EXHALATION: STORIES

Ted Chiang

[美国] 特德·姜 著

耿辉 等 译

呼吸

译林出版社

图书在版编目（CIP）数据

呼吸 /（美）特德·姜（Ted Chiang）著；耿辉等译. —南京：译林出版社，2019.12（2022.10重印）
（译林幻系列）
书名原文：Exhalation: Stories
ISBN 978-7-5447-7931-9

Ⅰ.①呼… Ⅱ.①特… ②耿… Ⅲ.①科学幻想小说－小说集－美国－现代 Ⅳ.①I712.45

中国版本图书馆 CIP 数据核字（2019）第 154363 号

呼吸　[美国] 特德·姜 / 著　耿辉 等 / 译

责任编辑　吴莹莹
装帧设计　@broussaille私制
校　　对　蒋　燕
责任印制　董　虎

原文出版　Alfred A. Knopf
出版发行　译林出版社
地　　址　南京市湖南路 1 号 A 楼
邮　　箱　yilin@yilin.com
网　　址　www.yilin.com
市场热线　025-86633278
排　　版　南京展望文化发展有限公司
印　　刷　苏州市越洋印刷有限公司
开　　本　890 毫米 ×1240 毫米　1/32
印　　张　10.5
插　　页　2
版　　次　2019 年 12 月第 1 版
印　　次　2022 年 10 月第 12 次印刷
书　　号　ISBN 978-7-5447-7931-9
定　　价　42.00 元

目录

商人和炼金术士之门

伟大的哈里发啊，穆斯林的领袖，匍匐于您的荣光之下是我的荣耀；在一个人的有生之年，他不可能奢望更大的福分了。我要向您讲述的是一个无比奇异的故事。若是熟悉其中细节，讲述者即使是单纯描述，也能重现故事发生时的奇异。对于能够被警示的人来说，它是警示；对于懂得学习的人来说，它富于教益。

我的名字叫福瓦德·伊本·阿巴斯，就出生在这座城市，祥和之城巴格达。我父亲是位谷物商人，但我一生中的大半时间都在买卖精细织料，从大马士革进口丝料，从埃及进口亚麻，从摩洛哥进口镶金边的丝巾。过去我很富有，但内心总是骚动不宁，无论是购买享用奢侈品还是慷慨捐赠，都无法让内心平静下来。但现在，我站在陛下面前，钱袋里连一个迪拉姆都没有，却觉得宁静安详。

世间万事万物，无不源自安拉。但是，如果陛下恩准，我想从我走进五金市场的那一天开始讲述我的故事。当时我需要买一件礼物，送给和我做买卖的一个人。有人告诉我，他似乎想要一只银盘。在市场里转了半个小时后，我发现这里的一个大店铺新换了东家。那家店的位置非常好，肯定要花大价钱才能买下店面。于是我走了进去，细看里面的货色。

我从没见过这么多珍奇的货物。靠近门口的地方摆着一具天象仪，由七块镶银薄板拼成；一座靠水流驱动的时钟，每到正点都会发出悦耳的铃音；还有一只铜制夜莺，风一吹过便会啾啾而鸣。更里面的地方放着更奇妙的制品。我呆呆地盯着这些东西，像个目瞪口呆盯着杂耍艺人表演的小孩子。就在这时，一个老人从店堂后面的一扇门里走了出来。

“欢迎光临敝店，尊敬的先生。”他说，“我的名字是巴沙拉特，能为您效劳吗？”

“你这里出售的货色真是妙极了。我和全世界各个地方的人做生意，却从没见过这样的东西。我能问问吗，你是从哪里进的这些货？”

“您的赞赏真让我受宠若惊。”他回答道，“您在这里看到的每一件东西都是我自己工场的出品，由我本人制作，或是在我指导下，由我的助手制作。”

这个人竟然精通这么多不同门类的手艺，我不由得大为敬佩。我向他询问店内五花八门的制品，听他向我侃侃而谈占星学、数学、泥土占卜和医学。我们聊了一个多小时，我听得如痴如醉，对这个人的痴迷和敬佩之心像黎明的花儿一般盛开怒放。但最后，他提到了他的炼金术实验。

“炼金术？”我吃了一惊，因为他看上去实在不像玩弄这类骗术的人，“你是说，你可以把廉价金属变成金子？”

“我可以，尊敬的先生，但炼金术追求的并不是这个目的。”

“那它追求的是什么？”

“他们想提炼出金子，但成本一定要比从地下矿脉中开采来得低廉。炼金术有办法制造出金子，但这个过程委实太过艰难。相比之下，从大山底下开采出金子实在太容易了，就像从树上摘下桃子。”

我笑道：“真是个聪明的回答。你是个学识渊博的人，这一点没人可以否认，可我还是觉得炼金术这一套不足取信。”

巴沙拉特注视着我，想了想，“我近来做了一件东西，也许可以改变您的看法。这东西我从未示人，您是第一个。您有兴趣看一看吗？”

“不胜荣幸之至。”

“请跟我来。”他领着我走进店堂里面的一扇门。隔壁是间工场，摆放着许多我猜不出名堂的装置：一根根金属棒，上面缠着铜线，解开的话，这些铜线的长度可以够到天边；一块花岗石板浮在水银上，石板上安着许多镜子……巴沙拉特径直走过这些东西，连看都没看一眼。

他领着我来到一个样子很结实的基座边。这个基座高齐人胸，上面立着一个粗大的金属环，直径有两掌张开那么宽，环身非常粗，看样子，就算是最强壮的男子汉，想搬动这个环也会非常吃力。那种金属是黑色的，黑得宛如夜色，但打磨得非常光滑，如果它不是这种颜色，一定可以当镜子使。巴沙拉特让我站在金属环的一侧，面对环身，而他自己则站在金属环的正对面。

“请注意看。”他说。

巴沙拉特将他的胳膊伸进环口。他站在我的右侧，但那只胳膊并没有从我左侧的环口钻出来，而是仿佛齐肘截断了一般。他上下挥动着半截胳膊，之后又抽回胳膊。胳膊完完整整。

我没想到这样一位渊博的学者竟会玩起戏法来，但这个戏法很不错，我礼貌地恭维了他几句。

“先别忙，接着看。”说着，他后退了一步。

我等待着。哎呀，我左侧的环口中伸出一只胳膊，孤零零的一只，没有连着身体。胳膊上还套着衣袖，看样式，和巴沙拉特的袍子正好相配。胳膊上下挥动起来，然后缩进环口，消失了。

头一个戏法已经很不错了，但我以前见过类似的，这一个可比头一个强得多。看底座和金属环的粗细，不可能藏进一个人。“真妙！”我赞叹道。

“谢谢您的夸奖，但这并不是靠手法玩出的花样。右侧环口在左侧环口之前，比它早了几秒。穿过这个环，就是瞬间穿过这段时间。”

“我没听明白。”我说。

“容我再向您演示一遍。”他再一次把胳膊伸进环口，胳膊消失了。他露出笑容，抽动了一下，像在拽一根绳头。接着，他重新抽回胳膊，在我面前摊开手掌。他的掌心里放着一枚戒指，我认出来了。

“这是我的戒指！”我看了看自己的手，戒指仍旧戴在指头上，“你变出了一枚一模一样的。”

“不，这确确实实是您的戒指。等着看吧。”

再一次，一只胳膊从左侧环口伸了出来。我想看看这个戏法究竟是怎么回事，于是冲过去，一把抓住那只胳膊的手。手是真的，有血有肉，暖乎乎的，跟我的手一样。我抓住它一扯，它往回一拽。接着，以小偷般的灵活，这只手从我手指上褪下戒指，胳膊缩进环口，消失得无影无踪。

“我的戒指不见了！”我叫道。

“不，尊敬的先生，”他说，“您的戒指在这儿。”他把手上的戒指递给我，“和您开个小玩笑，请别介意。”

我把戒指戴回手指。“可是，戒指早就在你那儿了，从我手上拿走之前已经在你那儿了。”

就在这时，一只胳膊伸了出来，这一次是伸出右侧环口。“这是什么？”我惊叫道，但没等它缩回去，我已经认出来了：这仍旧是他的胳膊。和上一次一样，我还是从这只胳膊上的衣袖认出来的。但奇怪的是，这一次，我并没有看见他把胳膊伸进环口。

“您再想想我刚才那句话，”他说，“想想时间先后次序：这个金属环右侧的环口在前，左侧的环口在后。”说着，他绕到左侧环口，将胳膊从那一侧伸进去。胳膊再一次消失了。

尊贵的陛下肯定早已明白了这是怎么回事，而我却直到这时才醒悟过来：一个动作，在金属环口右侧开始，几秒钟后，金属环口左侧显示出它的结果。“这是魔法吗？”我问道。

“不，尊敬的先生，我从没遇见过神仙鬼怪，即使遇上，我也不相信它会听从我的吩咐。这是炼金术的一种。”

他向我作了解释，讲述了他如何在现实的肌肤上寻找小小的孔洞（和虫子在树上蛀出的孔洞很相似）；找到一个之后如何扩大这个孔洞，像吹玻璃的人把一滴熔化的玻璃液吹成一根长管子；最后，他又如何让时间像水流一样注入管子的一端开口，让它在里面变得黏稠如糖浆，从另一端缓缓流出。我承认，他的话我并没听懂，更无法检验其真伪。我只能这么说："你创造了一件真正惊人的作品。"

"谢谢您，"他说，"但这只是一个序幕，我想让您观看的大戏还在后头呢。"他让我跟着他走进更里面的一个房间。屋里正中央矗立着一扇巨大的圆形门洞，用的材料仍是那种打磨得很光滑的黑色金属。

"刚才您看到的只是一扇'秒门'，那个环的两侧只相差几秒钟。"他说，"而这是一扇'年门'。门洞两边相差足足二十年。"

老实说，我一时没明白他的意思。我想象着他从右侧门洞伸进胳膊，等上二十年，胳膊才从门洞左侧伸出来。这样的戏法有什么意义呢？我这么说了，他大笑起来。"这也算是用法之一吧。"他说，"但请想一想，如果您跨进这扇门，会发生什么。"他站在门洞右侧，示意让我靠近些，接着指向门洞另一侧，"看。"

我照做了，发现房间那一边的地毯和垫子跟我进来时看到的不一样。我转头左右瞧了瞧，这才意识到：望向门洞那一侧时，我看到的是另一个房间，和我现在身处其中的房间大不一样。

"您看到的是这个房间二十年后的样子。"巴沙拉特说。

我使劲眨了眨眼睛，像个在沙漠中看到水流幻影的人。但我看到的一切并没有发生变化。"你刚才说，我可以迈过去，到那边去？"我问。

"您可以。一步之后，您就会置身于距今二十年后的巴格达。您可以找到二十年后更年长的您，和他聊聊。之后，您可以再次迈过这扇‘年门’，回到现在。”

听着巴沙拉特的话，我觉得头晕目眩。“这种事你干过吗？”我问他，“你去过吗？”

“是的，我的许多主顾也去过。”

“刚才你还说，你从没向别人展示过这个东西，我是头一个。”

“这扇门，您是头一个。但我曾在开罗有一间店面，在那里做了好些年买卖。就是在那儿，我造出了第一扇‘年门’。在那里，我向许多人展示过那扇门，他们都使用过它。”

“和更年长的自己谈过之后，他们学到了什么？”

“每个人学到的东西都不一样。如果您想听，我可以为您讲述这样一个人的故事。”接着，巴沙拉特给我讲了个故事。如果能取悦陛下，我愿在此重述这个故事。

幸运的绳匠的故事

从前有个名叫哈桑的年轻人，他是一个制绳匠人。他迈过了年门，想看看二十年后的开罗是什么样子。来到二十年后的开罗以后，他对城市的发展惊叹不已，觉得自己仿佛一脚踏进了一幅织在挂毯上的美景。眼前这座城市千真万确正是开罗，但哪怕是最常见的景物，他都像看到了奇迹一般。

他在聚集了许多玩蛇弄剑的艺人的老城门边游逛着。这时，一个占星术士对他喊道：“年轻人，想知道你的未来吗？”

哈桑大笑起来。“我已经知道了。”他说。

"你一定想知道有没有财富在未来等着你，对吗？"

"我是个绳匠，我知道我没财运。"

"绳匠就没财运吗？那位著名的大商人哈桑·阿尔-胡巴尔如何？他发家前就是个绳匠。"

这番话激起了他的好奇心。哈桑到市场向人打听，看有没有人听说过这位富商，结果发现人人都知道这个名字。据说他住在本城的富豪区，于是哈桑去了那儿。人家给他指点了那位富商的宅第，它是那条街上最大的宅子。

他敲响宅门，一个仆人领着他走进宅子。这所宅子很大，里面应有尽有，中央还有一个喷泉。仆人去通报主人，哈桑在大厅等着。望着周围光润的黑檀木和大理石，他感到自己完全不属于这个地方。正当他打算离开时，他年长的自己出现了。

"你总算来了！"对方说道，"我等你等得好苦！"

"等我？你知道我会来？"哈桑吃惊地说。

"当然，因为我拜访过我年长的自己，就像你现在拜访我一样。是很久以前的事了，我忘了具体的时间。来吧，跟我一块儿吃饭。"

两个人走进一间餐室，仆人们端上肚子里填着阿月浑子果仁的鸡肉、蜂蜜浸渍的油炸馅饼，以及用石榴汁调味的烤羊羔。年长的哈桑没有详谈他的生平经历：他提到各行买卖，却没说他是怎么成为一个商人的；他谈起他的妻子，却说现在时间不合适，没让她和年轻人见面。相反，他让年轻人讲起孩提时代的恶作剧，重新回忆起这些早已遗忘的往事让老人乐不可支。

最后，年轻的哈桑终于问老人："你是怎么改变了你的人生，让你的生活发生了这么巨大的变化？”

“眼下，我只能告诉你这些：去市场买制绳纤维的时候你要经过黑狗巷。过去你走的是巷子南侧，别那么走了，走北侧。”

“这样做就会让我发财吗？”

“只管按我说的做。现在回去吧，你还得搓绳子呢。到时候，你自然会知道什么时候应该再来找我。”

年轻的哈桑回到他的时代，按照老人说的话，走那条巷子时总是靠北走，哪怕北侧没有树荫也照走不误。几天之后，他亲眼看到一匹马受了惊，在街对面发起疯来，踢倒了好几个人，打翻了一个沉重的棕榈油罐，砸伤了一个人，还把另一个人踩在马蹄下。骚乱平复之后，哈桑祈祷安拉保佑伤者复原、死者升天，并且感谢安拉让他免遭一劫。

第二天，哈桑迈过年门，找到年长的自己。“你从那儿路过的时候，受伤了吗？”他问。

“没有，因为我年长的自己警告过我。别忘了，你和我是同一个人，发生在你身上的无论什么事，都曾经发生在我身上。”

就这样，年长的哈桑指点年轻人，年轻人谨遵他的教导。他不再从平时那家杂货店买鸡蛋，于是，当其他人因为吃了坏鸡蛋生病时，他却平安无事。他买了大批制绳纤维贮存起来，所以，当商队没有按时抵达，制绳纤维缺货时，他却有原料可以继续开工。按年长的自己的指点办事，哈桑避开了许多麻烦。但他还是觉得很奇怪，年长的自己为什么不多透露一些情况：他会娶谁为妻？怎么才能富裕起来？

有一天，他在市场上把制好的绳子全卖掉了，带着比平时更鼓的钱包回家。走在街上时，他和一个男孩碰了一下。他摸了摸钱包，发现它不见了，于是大喊一声转过身来，在人群中寻找那个小偷。听到哈桑的喊叫，那个男孩立即挤开人群飞跑起来，哈桑只来得及看到他手肘处撕破的衣袖。转眼间，男孩便消失不见了。

有那么一会儿，哈桑震惊不已：竟然会发生这种事，年长的自己竟然没有事先提醒他。但他的震惊很快就变成了一腔怒火。他紧紧追了上去，穿过人群，一路打量每个男孩的肘部衣袖。他的运气不错，发现那个小偷正蹲在一辆运水果的大车下面。哈桑一把抓住他，喊叫着告诉大伙儿他抓住了一个小偷，请大家找卫兵来。因为害怕被逮捕，男孩交出哈桑的钱包，哭了起来。哈桑瞪着男孩，看了许久，怒气渐渐消退了。他放走了男孩。

下一次见到年长的自己时，哈桑问他："那个小偷的事，你为什么没事先提醒我？"

"这次经历让你很愉快，对不对？"年长的自己问道。

哈桑正想否认，但马上又打住了。"我确实很愉快。"他承认道。追赶那个男孩的时候，他一点也不知道自己会成功还是会失败，只觉得全身热血奔涌。他已经好几个星期没产生过这种感觉了。看到男孩的泪水时，他想起先知教诲众人要有怜悯之心。决定放走那个男孩让他觉得自己是个善良的好人。

"那么，你希望我事先告诉你，然后剥夺你的这些乐趣吗？"

年少无知的时候，我们常常觉得很多习俗毫无意义，长大以后才渐渐醒悟过来。就这样，哈桑明白了：事先透露有好处，但同样地，不透露也有其好处。“不。”他说，“你没有提醒我，这样很好。”

年长的哈桑看出年轻人已经明白了。“现在，我要告诉你一些很重要的事。去租一匹马，我会告诉你往哪儿骑。你一直骑到城市西面山脚下的一个地方，在那里，你会找到一丛小树，其中有一棵被闪电打过。在那棵树下，找到你能推动的最沉的一块岩石，然后在石块下面挖。”

“挖什么？”

“挖到以后，你自然会知道。”

第二天，哈桑骑马到山脚下，找到了那棵树。树下到处是石块，哈桑只好翻开一块，在底下挖一阵，再翻开另一块。最后，他的铁锹碰到了什么东西，不是石头，也不是泥土。他刨开土，发现了一只青铜箱子，里头满满地盛着金第纳尔和各种珠宝。一生之中，哈桑从没见过这么多金珠宝贝。他把箱子搬上马背，回到了开罗。

下一次和年长的自己见面时，他问：“你怎么知道那里有宝藏？”

“从我年长的自己那儿知道的，”年长的哈桑说，“跟你一样。至于说我们最初是怎么知道这个宝藏的，我只能这么说：这是安拉的旨意。世间万事，还有别的解释吗？”

“我发誓，我一定会好好利用安拉赐给我的这笔财富。”年轻的哈桑说。

“当年我也是这么发誓的，现在我重申这一誓言。”年长者说，“这是我们之间的最后一次交谈了。从现在起，你要靠自己了，你会找到自己的路的。愿安宁与你同在。”

哈桑回家了。现在有了这些金子，他可以大批购进制绳纤维，雇用工人，给他们很公道的薪水，把制成的绳子卖给需要的人，获取可观的利润。他娶了一个美丽聪明的女人为妻，并且听从了妻子的意见，开始涉足其他生意，成了一位富裕、受人尊重的商人。这期间，他对穷人慷慨大方，为人正直善良。就这样，哈桑过着最幸福的生活，直到割断人间一切联系、消灭所有人生乐趣的死亡将他带走。

*　　*　　*

“真是个不同寻常的故事。”我说，“对那些还没拿定主意要不要使用这扇年门的人来说，这个故事的诱惑力真是大得不能再大了。”

“您还心存疑虑，这很明智。”巴沙拉特说，“但是，安拉奖赏那些他愿意奖赏的人，惩罚那些他愿意惩罚的人。‘门’不会影响安拉对您的看法。”

我点点头，觉得自己明白了他的意思，“也就是说，即使你成功地避开了年长的你遭遇的不幸，也仍然可能碰上其他形式的不幸。”

“不。我岁数大了，表达不清，请您原谅我。使用‘门’不是抽签。抽签的时候，每一支签都和别的签不同。‘门’不是这样。使用‘门’就像从一条密道进入宫殿。要进入某个房间，走密道比走大门更快。但无论你用什么途径进去，房间仍旧是那个房间。”

这番话倒是出乎我的意料，“这么说，未来是个定数？和过去一样无法改变？”

“据说忏悔和赎罪可以抹掉过去的罪孽。”

“这句话我也听说过，但我还没有机会检验它说得对不对。”

“听到这个我很遗憾。”巴沙拉特说，“但我只想说：未来也是一样的，在这方面，它和过去没有区别。”

我想了想，“这么说来，即使你发现二十年后自己已经死了，你仍旧无法避开你的死亡，毫无办法？”他点点头。我不由得十分沮丧，但转念一想，既然未来已经注定，可不可以让这个注定的未来成为现在的保障呢？我说：“假设你知道二十年后自己还活着，那么，这二十年中，无论做什么，你都不会死。你可以在战场上无所顾忌地厮杀，因为你注定会幸存下来。”

“有这种可能。”他说，“但还有另一种可能：仗恃未来、横行于现在的人，也许在头一次使用年门的时候，就会发现他年长的自己早已亡故。”

“啊。”我说，“那么，是不是可以这么说，只有小心谨慎的人才会见到他们年长的自己？”

“让我再给您讲一个故事吧，它说的是另一个使用年门的人。听完之后，您可以自己判断这个人算不算小心谨慎。”接着，巴沙拉特给我讲了一个故事。如果能取悦陛下，我愿在此重述这个故事。

从自己那里偷东西的织工的故事

从前有个年轻织工，名叫阿吉布，靠编织地毯过着贫苦的生活，但他总想品尝富人享受的奢侈的滋味。听说哈桑的故事以后，阿吉布立即跨过年门，寻找他年长的自己。他很有把握，这位年长的自己一定会像年长的哈桑一样，既富有，又慷慨。

来到二十年后的开罗以后，他立即前往富豪区，向人打听阿吉布·伊木·塔赫尔。他事先作了一番准备：如果碰上某个认识那位富翁的人，注意到了年轻人和他相似的长相，他就会自称是阿吉布的儿子，刚从大马士革回来。但是，他没有找到机会述说这个编造的故事，因为他问的所有人中，没有一个知道这个名字。

最后，他决定去从前居住的那个地方，看有没有人知道他搬到哪里去了。来到那条街上，他拦住一个男孩，问他知不知道有个名叫阿吉布的人住哪儿。那孩子领着他来到阿吉布从前居住的房子前面。

“可这是他以前住的地方呀，”阿吉布说，“他现在住哪儿？”

“如果他昨天搬了家，那我就不知道他搬到哪里去了。”男孩说。

阿吉布简直不敢相信。二十年后，年长的自己仍旧住在同一所房子里！这就意味着他根本没有发财。也就是说，年长的自己不可能指点他，至少阿吉布不可能按照他的指点发财。为什么他的命运如此不济，跟那个幸运的绳匠迥然不同呢？但他还是抱着一线希望：那个男孩也许弄错了。于是，阿吉布守在房子外面，观察着。

终于，他看到一个人走出屋子。阿吉布心里一沉，他认出来了，这正是他年长的自己。年长的阿吉布身后跟着一个女人，估计是他妻子。但阿吉布几乎没怎么看那个女人，他能看到的只有自己的失败：岁月并没有让他的境况好起来。他痛心地望着老两口身上穿的粗布衣服，直到他们走出视线。

好奇心让人们围观被砍头的犯人；在同样的好奇心的驱使下，阿吉布走近自己的房门。他的钥匙仍能打开门锁，于是他进去了。屋里的家具什物大都换了，但仍是那么简陋破旧。看到它们，阿吉布又羞又恼：过了二十年，难道他还是买不起好一点的枕头吗？

一时冲动之下，他来到平日存放积蓄的木箱旁，打开锁头。他掀起箱盖，发现里面满满地盛着金第纳尔。

阿吉布大吃一惊。他年长的自己有整整一箱金子，却穿得这么破旧，住在同一所小房子里，就这样过了二十年！明明发了财，却不知享受——年长的自己准是个小气吝啬、享受不到任何乐趣的家伙，阿吉布心想。他早就知道，钱财是身外之物，不可能带到坟墓里去。难道他年老之后，竟会忘记这个道理吗？

阿吉布拿定了主意：这笔财富应该属于懂得享用它的人，也就是他本人。他想，从他年长的自己手里拿走这笔财富，应该不算偷窃吧，因为说到底，得到财富的不正是他自己吗？他把箱子扛上肩头，好不容易才扛着它穿过年门，来到他熟悉的那个开罗。

他把新到手的财富存了一部分在一个银行家那里，但总是随身带着一个沉甸甸的钱袋，里面装满金子。他穿的是大马士革长袍，脚下是西班牙科尔多瓦拖鞋，头上缠着镶嵌珠宝的科罗珊头巾。他在有钱人居住的城区租了一幢房子，里面铺着最好的地毯，放着最好的长榻。他还雇了一个厨子，为他烹制最奢侈的美味佳肴。

接下来，他去找一个他很早以前就遥遥仰慕的女人的哥哥。这女人名叫塔希娜，她的哥哥是个药剂师，塔希娜也在他的药店帮忙。以前，阿吉布不时去那家药店配一剂药，好借机和她攀谈几句。有一次，她的面纱滑落下来，他发现她有一双像瞪羚般美丽的黑眼睛。塔希娜的哥哥不肯让她嫁给一个织工，但现在阿吉布有钱了，不再显得不般配了。

塔希娜的哥哥同意了这门婚事，塔希娜本人更是高兴地答应下来，因为她早就爱上了阿吉布，正如阿吉布爱上了她。筹办婚事的时候，阿吉布毫不吝啬。他雇了一艘豪华游艇，泛舟城南运河，召集了大批乐师舞女，在船上排开盛宴。宴会上，他把一条最美丽的珍珠项链送给了她。这场婚事在城里的富人区传得沸沸扬扬。

阿吉布沉浸在金钱带给他和塔希娜的享乐中。婚后的一个星期，他俩是所有人中最快乐的人。但接下来的一天，阿吉布外出回来，发现大门洞开，家里的金银器皿被洗劫一空。吓得魂飞魄散的厨子从藏身处钻出来，告诉他强盗们把塔希娜抢走了。

阿吉布向安拉祈祷，最后精疲力竭地睡着了。第二天早晨，他被敲门声惊醒。来者是个陌生人，“有人要我带一个口信给你。”

“什么口信？”阿吉布问道。

“你的妻子很安全。”

阿吉布只觉得恐惧和怒火在腹中翻滚，像黑色的毒液。“你们要多少赎金?”他问。

“一万第纳尔。”

“可我没有那么多钱哪！”阿吉布惊叫道。

“不要跟我讨价还价。”那个强盗说，“我见过你是怎么花钱的，像倒水一样。”

阿吉布跪了下来。“我那是浪费钱财啊。凭着先知的名字起誓，我真的没有那么多钱。”他说。

强盗仔细打量着他。“把你所有的钱全算上，”他说，“明天同一时间放在这里。只要我觉得你偷偷留了一笔，你的妻子就会没命。如果我觉得你还算老实，把钱都拿出来了，我的人就会把她交还给你。”

阿吉布没有别的办法。“好吧。”他说。那个强盗离开了。

第二天，他去了那个银行家那里，把剩下的所有钱财都取了出来，交给那个强盗。强盗打量着阿吉布绝望的眼神，知道他没有骗他。强盗没有违约，当天晚上，塔希娜被放了回来。

夫妻拥抱之后，塔希娜说：“当时我还不相信你肯出这么多钱来赎我。”

“没有了你，金钱再多也不能给我带来快乐。”阿吉布说。说完之后，他才惊讶地发现，这是他的真心话，“但现在我很难过，因为我再也买不起你应得的享乐了。”

“你永远不需要再给我买任何东西。”她说。

阿吉布垂下头，“我觉得，这是对我从前干的坏事的惩罚。”

“什么坏事?”塔希娜问。但阿吉布什么都没说。“有一句话，我一直没问过你。”她说，“但我知道，这么多钱不是你继承得来的。告诉我，这钱是你偷的吗?”

“不是。”阿吉布说。无论是对她还是对自己，他都无法坦承事实，“这钱是别人送给我的。”

“贷给你的?”

“不，这笔钱不需要还。”

“而你也不打算还吗?”塔希娜震惊不已，“也就是说，另有一个男人出钱筹办了我们的婚礼，支付了我的赎金，而你却心安理得?”她泪水盈盈，“那我算是你的妻子呢，还是那另一个男人的妻子?”

“你是我的妻子。”他说。

“连我的性命都属于另一个男人，我怎么可能是你的妻子?”

“我绝不会让你怀疑我对你的爱。”阿吉布说，“我向你发誓，我要偿还那笔钱，每一个第纳尔都还清。”

于是，阿吉布和塔希娜搬回了阿吉布的老房子，开始努力攒钱。夫妇俩都在塔希娜哥哥的药剂店里当帮工。后来，塔希娜的哥哥发了财，成了一个香料商，阿吉布和塔希娜盘下了药剂店。店里的收入还不错，但他们过得很节俭，家具坏了宁可修修补补也不肯买新的。好些年里，每当阿吉布把一枚金币投进那个箱子，他都会笑逐颜开地告诉塔希娜：这是个信物，表明他是多么爱她。他会说，即使这个箱子盛满了金币，这仍然是一笔好买卖。

但是，一次只增加一两枚金币，这个箱子是很难填满的。

日久天长，节俭变成了吝啬，节约开支变成了一毛不拔。更糟的是，阿吉布和塔希娜之间的感情也随着时间流逝渐渐淡漠了。因为那些两人都不能花的钱，他们开始憎恨对方。

就这样，岁月更替，阿吉布老了。日见衰老中，他等待着那一天。到那天，他的金子会第二次被人从他手中夺走。

*　　　*　　　*

“真是个奇异而悲惨的故事。”我说。

“是啊。”巴沙拉特说，“您现在怎么想？在您看来，阿吉布的行为算得上小心谨慎吗？”

我迟疑半晌，这才回答：“我没有资格对他下判断。”我说，“他的所作所为带来的后果必然由他自己承担，我也一样。”我沉默了一会儿，又说：“但阿吉布竟然会把他的所作所为全部告诉你，我很钦佩他的坦诚。”

“这个嘛，还是个年轻人的时候，阿吉布没有告诉我什么。”巴沙拉特说，“他扛着那只箱子迈过年门回来后，我有二十年没再见过他。再来找我的时候，阿吉布苍老多了。那天他回到家中，发现箱子没有了，于是知道自己已经偿清了欠债。直到那时，他才觉得可以把发生的一切告诉我了。”

“是吗？头一个故事里的老哈桑事后也找过你吗？”

“没有，老哈桑的故事是他年轻的自己向我讲述的。老哈桑再也没去过我的店铺。说起这件事，我这里还来过另一位客人，老哈桑的故事里也有她的一份。有关她的故事，老哈桑本人是不可能告诉我的。”接下来，巴沙拉特给我讲了那个客人的故事。如果能取悦陛下，我愿在此重述这个故事。

妻子和她的情人的故事

拉妮娅和哈桑结婚许多年了，夫妇俩过着最幸福的生活。有一天，她看见丈夫和一个年轻人一同进餐。她发现那个年轻人和当初娶她时的哈桑长得一模一样，因此大为震惊，好不容易才控制住自己，没有贸然闯进去，打断他们的交谈。年轻人走后，她要求哈桑告诉她，那个年轻人究竟是谁。于是，哈桑给她讲述了一个最最离奇的故事。

“你跟他说起过我吗？”她问，“我俩头一次见面时，你知道接下来会发生什么吗？”

“见到你的那一刻，我就知道我一定会娶你为妻。”哈桑面带笑容，“但不是因为有人事先告诉了我。我的妻子，你一定也不希望我现在就告诉他，破坏那一刻的惊喜吧？”

于是，拉妮娅没有和丈夫年轻的自己讲话，但她一次次偷听他们谈话，悄悄打量他。每次看到那张年轻的脸庞，她的脉搏都会加快。有时候，我们的记忆会愚弄我们，让过去的回忆比事实更加甜蜜。但两个哈桑面对面坐在一起时，她可以清清楚楚地看到年轻人的面孔。他是那么英俊，这是事实，绝不是记忆作祟。夜里她无法入睡，脑子里总是想着那张英俊的脸。

过了一些日子，哈桑和他年轻的自己分手道别。他离开开罗，去大马士革做买卖。丈夫不在的时候，拉妮娅找到了哈桑向她描述过的那家店铺，迈过年门，来到她年轻时代的开罗。

她记得他那时住在哪里，很容易就找到了年轻的哈桑，跟踪他的活动。望着他的时候，她想起他们年轻时如何做爱。当时的情景是如此鲜明，让她感到一股强烈的欲望。她已经好些年没对年长的哈桑产生过这种欲望了。她一直是个忠实的妻子，但眼前是个不会再有第二次的机会。拉妮娅决定遵从自己的欲念。她租了一幢房子，接下来的几天买了些家具什物，把房子布置停当。

房子收拾好以后，她一边小心翼翼地跟踪哈桑，一边鼓起勇气，准备和他接触。她跟着他来到珠宝市场，望着他走进一家店铺。年轻的哈桑拿出一条镶着十颗宝石的项链给珠宝商看，问他愿意出多少钱买下它。拉妮娅认出来了：他们的婚礼之后，哈桑送给她的正是这条项链。以前她还不知道他曾打算卖掉它呢。她站在不远处，装着查看店里摆放的戒指，一边侧耳倾听。

“明天再带过来吧，我会付给你一千第纳尔。”珠宝商说。年轻的哈桑同意了这个价钱，离开了。

目送他离去的时候，拉妮娅听到旁边两个人交头接耳：

“看见那条项链了吗？那是咱们那批货里的。”

“你看准了吗？”另一个人说。

“没错。挖走咱们箱子的就是这个杂种。”

“向头儿报告，给他说说这个人。等这家伙卖掉项链以后，咱们夺走他的钱，而且不只是项链钱。”

两个人走了，没有注意到拉妮娅。她心脏狂跳，但身体却僵立在那儿，动弹不得，像一只刚刚发现老虎从旁边经过的小鹿。她明白了，哈桑掘出的宝藏原来是一伙强盗的赃物，那两个人就是这个盗伙的成员。这些人监视着开罗的珠宝店，想找出是谁偷走了他们掠夺来的战利品。

拉妮娅知道，既然这条项链最后成了她的首饰，说明年轻的哈桑并没有卖掉它。她同样知道，那伙强盗不可能杀掉哈桑。但安拉的旨意绝不是让她袖手旁观。安拉让她来到这里，正是要她充当他的工具。

拉妮娅回到年门，迈回她的时代，回到自己的宅子，在首饰盒里找出那条项链。然后，她再一次使用了年门。但她没有再从左侧迈进去，而是从右侧进入，来到二十年后的开罗。在那里，她找到已经是个老太太的年长的自己。年长的拉妮娅热情地欢迎她，并从自己的首饰盒里拿出那条项链。接下来，两个女人做了一番排练，准备帮助年轻的哈桑。

第二天，两个强盗又来到那家珠宝店，他们还带来了第三个人。拉妮娅估计这就是他们的头儿。几个人望着哈桑将项链交给珠宝商。珠宝商正在检查项链，拉妮娅走了过去，说："真是太巧了！珠宝商，我正想卖掉一条项链，和这条一模一样。"她从带在身边的一个钱袋里取出她的项链。

"真是太不同寻常了。"珠宝商说，"我从没见过这么相似的两条项链。"

就在这时，年长的拉妮娅走上前来，"我看到了什么？一定是这双眼睛欺骗了我！"说着，她拿出第三条一模一样的项链，"把它卖给我的人还保证过，说它是独一无二的。事实证明他是个骗子。"

"也许你应该把这退还给他。"拉妮娅说。

"这就要看情况了。"年长的拉妮娅说。

她问哈桑："他付你多少钱买这条项链？"

"一千第纳尔。"早已晕头转向的哈桑说。

"哎哟！珠宝商，你愿意把这条也买下吗？"

"我现在必须重新考虑我的出价了。"珠宝商说。

哈桑和年长的拉妮娅与珠宝商讨价还价，拉妮娅后退一步，距离远近正好可以听到强盗头子痛骂另外两个强盗。"你们这两个笨蛋，"他说，"这是一条再寻常不过的项链。照你们这样做，我们就要杀掉开罗一半的珠宝商人，让卫兵找上门来。"他在手下的脑袋上扇了几巴掌，带着他们离开了。

拉妮娅这才把注意力转回珠宝商，他已经不肯按原价买下哈桑的项链了。年长的拉妮娅说："好吧，我还是尽量把它退还给卖主吧。"说完，年长的妇人走了。拉妮娅看得出来，她在面纱下露出了笑容。

拉妮娅转向哈桑，"看样子，咱们今天谁也卖不了项链了。"

"也许换个日子再说吧。"哈桑说。

"我要把我的项链带回家放好。"拉妮娅说，"愿意陪我一起去吗？"

哈桑同意了，陪着拉妮娅来到她租下的房子。她邀请他进屋，请他饮酒。两人都有些醉意之后，她领着他走进卧室。她用厚窗帘遮住窗子，吹灭所有烛火，让房间里黑得像浓重的夜色。直到这时，她才摘下面纱，将他领上了床。

这一刻拉妮娅期待已久，她盼望着得到预料中的欢愉。但她吃惊地发现，哈桑竟然十分笨拙。她清楚地记得他们俩结婚那一夜：他是那么自信，他的抚摸让她忘了呼吸。她知道，再过不久，哈桑就会头一次见到年轻的拉妮娅。有那么一会儿，她迷惑不解：这个笨手笨脚的毛头小伙子怎么会在这么短的时间里发生这么大的变化？当然，没过多久她就明白过来。答案显而易见。

于是，接下来的每个下午，拉妮娅都和哈桑在她租的房子里幽会，向他传授爱的技艺。她告诉他："给予对方的欢愉越多，你得到的欢愉就越多。"拉妮娅不由得心里偷笑；她这句话真是半点不假，千真万确。没过多久，他便掌握了这种技艺，表现出了她记忆中的那种本领。她也从中得到了极大的乐趣，比她身为年轻女人时得到的享受更多。

时间过得真快，转眼就到了分别的那一天。拉妮娅告诉年轻的哈桑，她要离开了。他很明白事理，没有追问她的理由，只问今后能不能再见面。她温和地告诉他，不能。接下来，她把家具卖给房东，从年门返回她那个时代的开罗。

年长的哈桑从大马士革回来时，拉妮娅在家里等着他。她热烈地欢迎他，但没有向他透露自己的秘密。

* * *

巴沙拉特说完以后，我沉浸在自己的思绪里。他说："我看得出来，这个故事打动了您。其他故事都没有激起您这么大的兴趣。"

"你说得不错。"我承认道，"这个故事让我发现，虽说过去无法改变，回到过去时，你仍旧可以遇到出乎意料的事件。"

"是这样。我说过，在这方面，未来和过去没有区别。您现在明白我的意思了吗？两者都是我们无法改变的，但我们可以更深入地理解它们。"

"是的，我明白了。你打开了我的双眼。现在，我希望能够使用这扇年门。我该付你多少钱？”

他摆了摆手。“我并不出售‘门’这种路径。”他说，“安拉按照自己的心愿指引人们来到我的店铺，我只是执行他旨意的工具。能成为他的工具，我已经十分满足了。”

换了旁人，我一定会把这看成讨价还价的伎俩。但听巴沙拉特说了那么多以后，我知道他说的是真心话。“您的慷慨之心正如您渊博的学识，两者都是无可衡量的。”说着，我向他躬身致意，“如果您今后需要一个织料商人为您效劳的话，请一定通知我。”

“谢谢您。让我们谈谈您的旅行吧。在您访问二十年后的巴格达之前，还有些事情需要讨论。”

“我不想访问未来，”我告诉他，“我想去的是另一个方向，重回我的年轻时代。”

“啊，真是太抱歉了。这扇门无法把您带回二十年前的过去。您看，它是我一周前刚刚制作完毕的。二十年前，这扇门并不存在，所以您无法穿过它迈回现在。”

我实在太沮丧了，说话时一定难过得像个被人遗弃的小孩子。我说：“如果朝那个方向走，这扇门能把我带到多久以前的过去？”我转到门洞的另一侧，面向我刚才站立的方向。

巴沙拉特也转过来，站在我身旁。穿过门洞望去，里面的景象和门洞外面完全一样。巴沙拉特伸出手臂，穿过门洞。手臂停在空中，好像遇到了一堵看不见的墙。我更仔细地望过去，这才注意到桌上放着一盏铜灯。灯焰没有半点闪烁，一动不动，仿佛固定在那里。门洞里面的房间好像是嵌在最透明的琥珀里一般，没有任何动静。

“您现在看到的是这个房间上个星期的样子。”巴沙拉特说，“再过大约二十年，这扇门的左侧才能进入，人们可以从这一侧进去，访问他们的过去。或者——”他领着我回到他最初展示给我看的那一侧，“我们也可以现在就从右侧进入，去访问未来。但这扇门恐怕无法让您回到您的青年时代。”

“您在开罗的那扇门呢？”我问。

他点点头，“那扇门还在那里，现在是我的儿子负责那边的店铺。”

“我可以先去开罗，用那扇门回到二十年前的开罗，从那儿一路旅行，来到巴格达。对吗？”

“对，那样的旅行是可行的，如果这是您的愿望的话。”

“这是我的愿望。”我说，“您能告诉我到了开罗后怎么才能找到您的店铺吗？”

“有些事我们必须先谈谈。”巴沙拉特说，“我不会询问您的目的，我会等待，直到您愿意告诉我的那一天。但我必须提醒您：已经发生的事是无法改变的。”

“我知道。”我说。

“所以，过去降临在您身上的不幸，您是无法避开的。无论安拉赐予您的是什么，您只能接受。”

“这一生中，我每天都在提醒自己别忘了这句话。”

“这样的话，我很荣幸尽我所能地协助您。”他说。

他拿出纸笔和墨水，开始书写。“我会为您写一封信，或许有助于您的旅途。”他把信折好，在页边滴了些熔化的蜡，用他的戒指在上面按下印记。“您到开罗以后，把它交给我儿子，他就会让您进入在开罗的年门。”

像我这样的商人自然惯于用华丽的辞藻来表达谢意，但我从来没有像感谢巴沙拉特那样言语丰赡，感情激动，而且每一个字都是发自内心深处。他指点我到开罗后怎么才能找到他的店铺，我则向他保证，回来以后一定原原本本地把一切都告诉他。我正打算告辞，突然想起一件事。“您在这里的这扇门通向未来，也就是说，您确切地知道，至少今后二十年内，您和这家店会一直在这儿，屹立不倒。”

“不错，是这样。”巴沙拉特说。

我正想问他是不是见过他年长的自己，话到嘴边又咽了回去。如果回答是“没有”，那当然是因为他年长的自己已经不在人世了。那样的话，我实际上就是在问他知不知道自己的死期。这样一个不问目的便施恩于我的人，我有什么资格向他提出这种问题呢？从他的表情上，我看出他知道了我打算问什么，于是我低下头，谦恭地向他表示歉意。他点了点头，接受了我的致歉。我这才回到家中，安排旅行事宜。

商队两个月后才抵达开罗。这段时间里，盘踞在我心中的是什么事？陛下，我这就向您禀报我没有告诉巴沙拉特的事情。我从前结过婚，那是二十年前的事了，娶的是一个名叫纳吉娅的女子。她的身姿像柳枝一样轻盈，脸庞像月亮一般可爱，她的善良和温柔更是俘虏了我的心。结婚的时候，我刚刚开始做买卖，生活虽不富裕，但也没什么欠缺。

结婚一年后，我准备启程去巴士拉见一个贩奴船长。我找到了一个好机会，可以靠贩卖奴隶赚一笔钱，但纳吉娅不同意。我提醒她，拥有奴隶并不犯法，只要善待他们就行。但她说，我不可能知道我的买家会怎么对待他们的奴隶，所以只能贩卖货物，不能贩卖人。

我离家远行的那天早晨，纳吉娅和我大吵了一架。我对她恶语相向。一想起那些话我就羞愧不已，所以恳请陛下原谅我不在此重复了。我怒气冲冲地上路，从此再没见过她。我走后一些日子，一座清真寺的墙壁倒塌下来，她受了很重的伤。她被送到大清真寺，但那里的大夫也救不了她。不久以后，她死了。我直到一个星期后返程回家才知道她的死讯。我感到仿佛是我亲手杀死了她。

地狱的煎熬比得上我在接下来的日子里所经受的折磨吗？这个问题，我只差一点就有了答案，因为内疚之心险些让我丧命。我敢说，我受到的折磨正是来自地狱。悲痛像冥世的烈焰，灼烧着我的身体，却并没有灼伤我的肌肤，只让我的心痛苦不已，再也经不起任何打击。

痛悼亡者的时期终于过去了，我觉得自己像被掏空了一般，只剩下一个皮囊，里面空无一物。我释放了买来的奴隶，成了一个织料商人。过了一些年，我成了富翁，但一直没有再婚。有些和我做买卖的生意人想把自己的姐妹或是女儿嫁给我，他们说，女人的爱情会让你忘记自己的痛苦。也许他们说得对，但它无法让你忘记你给予别人的痛苦。无论什么时候，只要我想象自己与另一个女人结婚的情景，我都会记起最后一次与纳吉娅相处时她眼中的痛楚。于是，我的心对其他女人关闭了。

我把这件往事告诉了一位毛拉。忏悔和赎罪可以抹掉过去的罪孽，这句话就是他说的。我努力忏悔，尽力赎罪。二十年来，我一直是个正直的人，按时祈祷斋戒，向比我不幸的人布施，还去麦加朝圣。但愧疚之情仍旧缠着我不放。安拉是仁慈的，这是我自己的失败。

即使巴沙拉特问我，我也不会把我期望达到的目的告诉他。他讲述的故事说得很清楚，那些我明知已经发生的事，是无法改变的。当时，没有人阻止年轻的我，让我不要在和纳吉娅的最后一次交谈中大吵大闹。但哈桑的一生经历中还暗藏了拉妮娅的一个故事，而哈桑本人并不知道。这一点让我看到了一线希望：或许，当那个年轻的我外出做买卖时，我可以做些什么。

当时或许出了什么差错，我的纳吉娅并没有死，而是幸存了下来。存在这种可能吗？在我出门经商期间，或许是另一个女人被尸布包裹着葬在墓地。也许我可以救出纳吉娅，带着她回到我那个时代的巴格达。我知道这是蛮干。饱经世故的人们常说，“不会回头的东西有四件：说出口的话、离弦的箭、逝去的生活和失去的机会。”我比大多数人更清楚，这句话再正确不过了。但我仍然抱着奢望：也许安拉会判定我二十年的忏悔已经足够了，也许他会给我一次机会，让我重新得到失去的亲人。

商队的旅行一路平安无事。六十次日出和三百次祈祷之后，我来到了开罗。不同于祥和之城巴格达整齐有序的设计，开罗是个让人摸不清方向的迷宫。我好不容易才弄清当地街道，来到横贯开罗法蒂玛区的大街。从那里出发，我终于找到了巴沙拉特店铺所在的街道。

我告诉那位店主，我在巴格达跟他父亲谈过，然后把巴沙拉特给我的信递给他。读完信后，他领着我走进店堂后面的一间屋子，屋里正中央的地方立着另一扇年门。他朝我打了个手势，请我从年门左侧迈进去。

站在那个巨大的金属环前，我突然感觉到一阵凉气袭人，赶紧暗暗责备自己过于紧张了。我深吸一口气，举步迈过门洞，发现自己置身于摆放着不同家具的同一间屋子里。如果不是这些不一样的家具，我不会觉得穿过年门与穿过普通房门有任何区别。过来之后我才意识到，刚才感到的凉气原来是拂过这间屋子的阵阵清风。这个时代的这一天比我刚刚离开的那一天凉爽得多。我的后背仍能感觉到刚离开的那一天的热气。热气透过年门吹来，柔和得像一声叹息。

店主跟着我过来了，他喊了一声："父亲，您来了位客人。"

一个人走进这间屋子，不是别人，正是巴沙拉特，比我在巴格达见到的巴沙拉特年轻了二十岁。"欢迎您，尊敬的先生，"他说，"我的名字叫巴沙拉特。"

"您不认识我吗？"我问。

"不。您一定见过我年长的自己。对我来说，这是我们头一次见面。但我仍然非常乐意为您效劳。"

陛下，叙述这个事件已经暴露了我的种种过失，所以我也就不必再掩饰什么了。从巴格达来开罗的一路上，我沉浸在自己的心事里，一直没有意识到巴沙拉特很可能在我踏进他在巴格达的店铺时便认出了我。早在我欣赏他的水钟和会唱歌的铜鸟时，他便知道我会长途跋涉前往开罗，甚至多半知道我这次远行最后是否实现了我的目的。

但在开罗跟我交谈的巴沙拉特对这些事一无所知。"而我加倍感激您的好意，先生。"我说，"我的名字叫福瓦德·伊本·阿巴斯，刚从巴格达来到这里。”

巴沙拉特的儿子离开了，巴沙拉特和我开始交谈。我向他打听了现在是几月份、哪一天，知道时间还很充裕，足够我赶回祥和之城巴格达。我向他保证，等我回来以后，我会把发生的一切告诉他。年轻的巴沙拉特和年长的他同样和蔼有礼。“我期待着您回来时与您再次交谈，并在二十年后为您效劳。”他说。

他的话让我顿了一下。“今天之前，您有在巴格达开一家店的打算吗？”

“您为什么这么问？”

“我一直觉得我们在巴格达的相遇太巧了，正好让我可以及时赶到这里，使用年门，然后回去。但现在我想，也许这并不是什么巧合。会不会正是因为我今天来到这里，才让您决定在二十年后迁往巴格达？”

巴沙拉特笑道：“偶然事件和有意安排，尊敬的先生，它们是同一张壁毯的两面。您或许觉得某一面更好看，但您不能说只有这一面才是真的，另一面是假的。”

“无论是现在还是未来，您的话总是那么发人深省。”我说。

我谢过了他，和他道别。就在我离开他的店铺时，一个女人和我擦肩而过，有些急匆匆地走进店堂。听见巴沙拉特管她叫拉妮娅，我不由得吃惊地停住脚步。

站在门外，我听见那女人说：“我把项链带来了，但愿年长的我没把它弄丢。”

“我相信，您年长的自己一定会好好保管它，等待您的来访。”巴沙拉特说。

我明白了，这正是巴沙拉特那个故事里的拉妮娅。她这是要去找到她年长的自己，让两人一块儿回到她们的年轻时代，用两根一模一样的项链愚弄强盗，拯救她们的丈夫。一时间，我真不知道自己是清醒着还是在梦中，因为我仿佛踏进了一个故事。一想到我竟然可以跟故事中的人物对话，参与事件的发展，我就觉得头晕目眩。我很想开口说话，看能不能在这个故事中扮演一个藏而不露的角色。但我马上清醒过来，想起我的任务是在我自己的故事中扮演一个藏而不露的角色。于是我一言不发地走了，想找一支商队，搭他们的车上路。

尊贵的陛下，有人说，命运会嘲弄凡人的计划和安排。一开始，我似乎是全世界最走运的人。这个月正好有一支商队前往巴格达，我很顺利地加入进去。但接下来的几周里，我开始诅咒自己时运不济。种种事故让商队的行程不断耽搁：离开开罗没多久，途中一个镇子的水井干涸了，不得不派出人手折回去取水；在另一个村庄，保卫商队的士兵染上了痢疾，我们又耽搁了好几周，等着他们康复。每一次延误都使我不得不重新修订抵达巴格达的时间，让我一天比一天焦躁。

接着又是沙暴。它仿佛是来自安拉的警告，让我开始怀疑自己的行动是否明智。好在沙暴开始时，我们已经在库法西边的一家商队旅店落脚了。在这里耽搁的时间从几天增加到几个星期。一次又一次，天空晴朗起来，但刚把货物装上驼背，天色又变得晦暗阴沉。纳吉娅出事的日子一天天逼近，我简直绝望了。

我挨个恳求赶骆驼的人，想雇一个驼夫带我单独上路。可我说不动他们，没有一个驼夫答应。最后，我只找到一个人愿意卖给我一头骆驼。价钱非常昂贵，远远超过通常情况下的售价。但我毫不犹豫地付了钱。就这样，我不顾一切，独自上路了。

不用说，沙暴之中，我没法前进多少。但狂风稍稍减弱之后，我立即以最快速度赶路。没有和商队随行的士兵的保护，强盗不费吹灰之力就能抓住我。两天之后，我果真落入了强盗手中。他们抢走了我的钱和骆驼，但没有杀我。我也不知道这是出于怜悯，还是懒得多此一举。我徒步往回走，想找到商队。沙暴停止了，现在折磨我的是晴朗无云的天空，高温让我苦不堪言。商队发现我时，我的舌头已经肿得很大，嘴唇像在太阳灼烤之下的泥土一样绽裂开来。这以后，我别无选择，只能跟着商队慢吞吞地前进。

玫瑰凋谢时，花瓣一片片脱落；我的希望也一样，一天天枯萎。商队抵达这座祥和之城时，我知道已经太迟了。但通过城门的时候，我还是向卫兵们打听，这里是不是有一座清真寺倒塌了。第一个回答的卫兵说他没听说过。那一刻，我的心脏停止了跳动；也许我记错了事件发生的日期，我到底还是及时赶到了。

就在这时，另一个卫兵告诉我，确实有一座清真寺倒塌了，就是昨天的事，发生在卡拉区。他的话像刽子手的斧头一般落下来。我从那么遥远的地方赶来，下场却是第二次听到我一生中最悲惨的消息。

我来到那座清真寺。原来是墙壁的地方变成了一堆砖石瓦砾。二十年来，这番情景一直盘踞在我梦中，挥之不去。现在，它出现在我睁开的双眼前，清晰得让我无法忍受。我转过身去，漫无目的地走着，对周围的一切视而不见。最后，我发现自己来到了我的老宅，就是纳吉娅和我一起生活过的那幢房子。我站在街上，呆呆地望着它，心中充满回忆和痛苦。

不知过了多久，一个年轻女孩走上前来。“尊敬的先生，”她说，“请问福瓦德·伊本·阿巴斯的家是哪幢房子?”

“就是这幢。”我说。

“请问您就是福瓦德·伊本·阿巴斯吗?”

“我就是。请你走开，不要打扰我。”

“尊敬的先生，请您原谅我。我的名字叫麦姆娜，是大清真寺里大夫们的助手。您妻子去世之前是由我照料的。”

我转身望着她。“照料纳吉娅?”

“是的，尊敬的先生。我向她保证过，一定替她把这个口信捎给您。”

“什么口信?”

“她让我告诉您，弥留之际，她仍旧想念着您。她让我告诉您，虽然她的一生很短暂，但却十分幸福，这全是因为有了您。”

看到泪水流过我的脸颊，她说:“我的话让您难过了，请原谅。”

“你没有什么需要我原谅的，孩子。这个口信对我太宝贵了，我永远无法报答你。我会终生感激你，但就算这样，我还是永远欠你的情。”

“沉浸在悲痛中的人用不着感激任何人。”她说，“愿安宁与您同在。”

“也与你同在。”我说。

她离开以后，我在附近徘徊了好几个小时。我哭泣着，但这是解脱的哭泣。我回味着巴沙拉特的话。他说得太对了：无论是过去还是未来，我们都无法改变，只能更深刻地理解它们。我这一次回到过去的旅行什么都没有改变，但我知道的事情却改变了一切。事情只能是这样，必然是这样。如果我们的人生是安拉讲述的一个个故事，那么我们既是故事的聆听者，又是故事中的角色。聆听和扮演人生这个故事，我们最终才能从中得到教益。

夜幕降临了，卫兵们发现我在宵禁之后仍旧风尘仆仆地四处游荡。他们问我是什么人。我告诉他们我叫什么，住在哪里。卫兵把我带到我的邻居面前，看他们认不认识我。没有一个人认出我来，于是我被关进了监狱。

我向卫兵们的长官叙述了我的故事。他觉得这个故事十分有趣，但他并不相信。谁又能相信这样的故事呢？这时，我想起了在我满怀悲伤度过的二十年间世上发生的一些事。于是我告诉他，陛下将有一个患白化病的孙子。过了几天，那个婴儿的病情传到那位长官耳中，他把我带到总督面前。听完我的故事后，总督把我带进宫中。皇宫总管大人听了我的故事，把我带到陛下面前，让我得到了至高无上的荣誉，亲口向尊贵的陛下讲述这个故事。

我的故事发展到现在，已经赶上了我的生活，和它齐头并进。两者盘绕纠缠，分解不清。至于它们接下来会朝哪个方向发展，全凭陛下明断。从现在起的二十年间，巴格达这座城市发生的许多事件我都知道，只是不知道等待我的是何种命运。

现在我身无分文，没有盘缠返回开罗，前往那里的年门，但我却觉得自己无比幸运，因为我有机会重新面对自己过去犯下的错误，安拉用这种方法抚平了我心中的伤痛。如果陛下垂询，我将把我知道的发生在未来的一切事件告诉陛下。能为陛下效劳，是我的荣幸。但对我自己而言，我所得到的最宝贵的教益是：

没有什么能抹掉过去。但你可以忏悔，可以赎罪。你可以得到宽恕。只有这些，但这已经足够了。

[后记]

二十世纪九十年代中期，物理学家基普·索恩在一次图书活动中提到如何——在理论上——造出遵循爱因斯坦相对论的时间机器。我被彻底迷住了。电影和电视让我们相信，时间机器是某种可以乘坐的车辆，或者某种可以将你带到不同时代的传送器。但索恩所描述的时间机器更像是两扇门，从其中一扇门进入或出来的任何东西，都将在一定时间之后从另一扇门出来或进入。这个类型的时间机器可以解决车辆或传送器时间机器的诸多问题。比如，地球自身的运动如何计算？为什么我们还没有看到来自未来的访客？更有趣的是，索恩已经进行了一些数学分析，表明你无法用这台时间机器改变过去，而且，只存在唯一一条自洽的时间线。

大多数时间旅行故事都假设过去可以改变，那些无法改变过去的故事往往以悲剧收尾。虽然我们都能理解改变过去的愿望，但我想尝试写一个时间旅行故事，表明无力改变过去不一定就会带来悲伤。然后我突然想到，时间旅行故事的递归性可能与《一千零一夜》故事套故事的传统很贴合，这听起来像一个有趣的实验。

李克勤　译

呼　吸

空气（还有人称之为氩气）就是生命之源的说法流传已久，实际情况却不是这样。我刻下这些文字的目的，就是为了说明我是如何理解真正的生命之源以及生命最终将如何消亡。这样的结局我们无法避免。

在大部分历史进程中，“我们依靠空气维持生命”这个命题的正确性显而易见。我们每天消耗两个充满空气的肺，然后把空肺从胸腔中取出来，再换上充满空气的肺。假如有人不小心让气压降得过低，他就会感到肢体变得沉重，需要补充空气。无法更换新肺导致体内两个肺的空气耗尽这种情况极少发生。如果不幸真的降临——比如有人被困住了，无法移动，而且旁边也没有人帮助他——空气用完之后几秒钟他就会丧命。

然而在正常生活中，我们可没有把对于空气的需求看得那么严重。大家觉得，到空气补给站不仅仅是为了满足这种需求，还有更重要的事情要做。因为补给站是最主要的社交场所，我们在那里既能补充生命的给养又能获得情感的满足。大家在家里都备有充满空气的肺，可是孤单一人的时候，打开胸腔更换肺似乎成了一件烦心的琐事；但是和大伙一起补充空气却是一种社交活动，一种共同分享的快乐。

假如有人非常忙碌或者不善交际，他只需要在补给站把一对充满空气的肺安装到自己体内，再把空的放在房间的另一边就行了。要是换好肺的人还有些空闲时间的话，他可以把空肺连接到空气配送机上，重新充满，以方便下一个人使用。这个过程很简单，也是一种礼貌的体现。不过最常见的行为显然是在补给站闲逛并享受与人相伴的美好时光，跟朋友或熟人讨论当天的新闻，顺便再把刚刚充满的肺提供给和自己聊天的人。尽管从最严格的意义上来讲，这也许不能称为分享空气，因为配送机仅仅是从深埋地下的储气槽连接出来的管道终端，所以大家都明白我们的空气来自同一个源头——伟大的世界之肺，我们的能量之源，认清这个事实使得人与人之间产生出一种同甘共苦的友谊。

很多肺会在第二天回到同一个气体补给站，不过大家出门去附近的地区时，也会有很多肺流通到别的补给站。从外观来看，肺都是一样的：光滑的铝质圆柱体，所以人们分辨不出某个特定的肺是一直待在自己家附近还是来自很远的地方。新闻和闲话随着肺在人和地区间传递。虽然我个人很喜欢旅行，但是通过这样的方式，人们不用离开家就可以了解到远方的新闻，甚至那些来自世界最边缘的新闻。我曾经一路前往世界边缘，亲眼看见坚固的铬墙从地面一直向上延伸，消失在无尽的上空。

我正是在一个气体补给站初闻那些谣言，然后才开始进行调查并最终获得领悟。很简单，事情始于我们社区公告员的一番话。按照传统，每年首日正午，公告员都要朗诵一段很久以前为这样的年度仪式而创作的诗文，这个过程需要整整一个小时的时间。公告员提到，他最近一次朗诵的时候，钟楼在他结束之前就敲响了整点报时的钟声，这可是以前从来没有发生过的事情。还有人说自己刚刚从附近的一个区回来，巧的是那里的公告员也抱怨了同样的事情。

没有人对此过多地进行思考，只把它当作看似正常的简单事实。仅仅过了几天，一个类似的情形再次被提起，又有一位公告员的朗诵与钟楼时间不符。有人认为这种异常情况也许体现出所有钟楼共有的机械缺陷，比较奇怪的是缺陷导致了时钟变快而不是变慢。钟表匠检查了出现问题的钟楼，但是没有发现任何缺陷。其实，经过与那些在新年庆典中走时正常的钟楼相比较，人们发现这些钟楼后来一直在准确地计时。

我个人认为这个问题有些蹊跷，但我的精力都集中在自己的研究上面，没法更多地思考别的事情。我是一名入行已久的解剖学学者，为了提供后续事件的背景信息，我先简要介绍一下我与这门学科的关系。

因为我们生命力旺盛，致命灾难也不常见，所以死亡很少发生。然而如此的幸运却令解剖学研究难以为继，尤其是很多致命的事故都导致死者遗体受损过于严重，从而不能用于研究。假如充满空气的肺破裂，爆炸的威力足以撕碎我们的金属钛躯体，仿佛那是锡做的一样。过去解剖学家把精力都用来研究四肢，因为这些部分最有可能完整保留下来。一个世纪之前我上第一堂解剖课的时候，讲师为我们展示了一条完整的断臂。为了露出里面密集的连杆束和活塞，外壳已被除去。回想起来，当时的情形仍然历历在目。讲师把那条手臂的动气管连接至挂在墙上的肺——这是他储存在实验室里备用的，然后他就能操纵从手臂残端伸出的操纵连杆了，那只手也断断续续地随之张开与合拢。

从那以后，解剖学的发展已经达到了可以将残臂修复的程度，偶尔还能实施断肢再植的手术。同时，我们也开始有能力研究世人的生理学。我也给别人描述过我亲身参与的第一堂解剖课，在描述的同时，我打开自己手臂的外壳，指导学生在我移动手指的时候仔细观察伸缩的连杆。

尽管有了这些发展，在解剖学领域的核心仍然存在一个无法解决的巨大难题：记忆。虽然我们了解一些大脑的结构，但是由于它极其精密复杂，脑生理学研究的艰难尽人皆知。在一些典型的死亡事故中，颅骨被打破，大脑喷出一股金粉，里面除了少量破碎的细丝和箔片，几乎没留下什么，留下的东西也一点用处都没有。几十年来，关于记忆的主导理论认为，一个人的所有经历都被刻在了金箔上，脑部破裂时，气体的冲击力撕碎了这些金箔，形成了后来发现的那些微小碎片。解剖学家收集起这些金箔碎片——它们薄得可以透过光线，只不过光的颜色会变绿——花上好些年的努力把它们拼成原样，希望最终能够破译死者临终的经历在金箔上留下的记号。

我不赞同这种所谓的铭刻理论，理由很简单，假如我们的经历真是以这种方式被记录下来，为什么记忆不是完整的呢？铭刻理论的鼓吹者为遗忘提出了一种解释——他们说随着时间流逝，金箔会从阅读记忆的探针下面移位，最初的金箔最终会完全移出记忆探针的触控范围——可我认为这个解释毫无说服力。不过这一理论所表达的主张对我来说还是很容易理解的，我也曾花过很长时间检查显微镜下的金箔碎片。我也曾想象，假如旋转细调旋钮便可清晰地看见符号的轮廓，这将多么令人愉悦啊。

而且不可思议的是，死者本人生前已经遗忘的过去也许会从他尘封已久的记忆中被揭示出来。我们对于以前的记忆仅限于百年之内，而文字记录——我们有自己铭刻的文字记录却不曾记得有过这样的行为——覆盖的时间也只比记忆多几百年。开始用文字记录历史之前我们存在了多久？我们来自哪里？从我们的头脑中就能找出这些问题的答案，这就是记忆铭刻理论看上去如此诱人的原因。

我所支持的反对派有这样的看法：我们的记忆存储在某种媒介中，也许是旋转的齿轮，也许是一系列不同状态的开关，清除记忆和保存记忆一样容易。这种理论表明，我们忘记的一切确实无法恢复，我们的头脑所承载的历史也不比图书馆中记录的那些久远。空气耗尽致死的人更换新肺以后，尽管可以复苏，但却没有了记忆，几乎变成了傻子。这种理论的一个优势就在于它可以更好地解释这种现象：死亡的冲击以某种方式重置了所有的齿轮或开关。记忆铭刻理论的支持者声称，死亡的冲击只不过使金箔发生了移位。不过没有人愿意为了解决争端而去屠戮生命，即使试验对象是一个傻子。我构想过一个实验，它也许能令我查明最终的真相。不过做这个实验要冒很大的风险，所以要三思而后行。了解到更多有关时钟异常的消息之前，我一直在犹豫。

从更远的一个社区传来消息，那里的公告员也发现了同样的状况，在他完成新年朗诵之前响起了正点报时的钟声。令这件事与众不同的是，那座钟楼采用了一种特殊的装置，它用流进碗里的水银计时。这样的话，时间差异就不能用那种共同的机械缺陷来解释了。大多数人认为这是一个骗局，某个捣蛋鬼耍的恶作剧。我却有一个不同的观点，它更加悲观，我都不敢说出来，不过它坚定了我的初衷。我要进行我的实验。

我制作的第一件工具很简单：将四块棱镜平行安放在支架上，仔细地调整它们，使它们截面上等腰直角三角形的顶点位于一个矩形的四角。这样，水平射入一块下层棱镜的光线会向上反射，再经过另外三块棱镜的反射，光线会沿着一个四边形环路回到原点。所以，当我坐下来，使眼睛和第一块棱镜等高时，我就能看到自己的后脑。这具自我观察潜望镜为将来我要做的一切打下了基础。

移动以类似方式排列的操纵杆便可以调整潜望镜的视场。操纵杆的活动半径要比潜望镜大得多，从而实现微调，不过这在设计上还是相当简单的。相比较而言，我分别在这些结构上继续增添的设备要更加精密。我为潜望镜添加了一台双筒显微镜，安放在可以上下左右转动的支架上，还为操纵杆配备了一批可以精确控制的机械手，不过这样描述那些机械杰作实在是有失公允。机械手结合了解剖学家的灵巧和他们钻研身体结构获得的灵感，操作者能够用它们代替自己的双手，完成更加精密复杂的工作。

把这套设备全部组装完毕花去了我几个月的时间，但是我必须小心谨慎。准备工作一旦完成，我就可以将双手放在一套旋钮和操纵杆上，控制一对安放在我脑后的机械手，并用潜望镜观察它们的操作对象。接下来，我就能解剖自己的大脑了。

我知道，这样的想法听上去十分疯狂，要是我讲给同事听的话，他们一定会极力阻止我。但是我不能让别人冒着受伤害的危险充当我的解剖实验对象，而且既然我打算亲自实施解剖，也就不会满足于在这个过程中仅仅充当别人的实验对象。所以自我解剖是唯一的选择。

我弄来一打充满空气的肺，把它们连在一个汇流管上并安放在工作台的下方。我将坐在旁边进行解剖。为了将其直接连接在我胸腔内的支气管入口，我又安装了一个分配器。这些设备将为我提供可以使用六天的空气。考虑到也许无法在这段时间里完成实验，我约了一位同事在实验结束时来我家做客。不过根据推测，决定我在这段时间里能否完成实验的唯一因素就是我在实验过程中死亡与否。

我首先取下了位于头顶和后脑的大弧度金属外壳，接下来是两块弧度稍小一些的侧面外壳。最后只剩下我的脸，不过它固定在一个约束支架上，因此即使能通过潜望镜观察到后面，我也无法看清脸的内表面。我看到自己的大脑暴露出来，它由十几个部件组成，外面覆着造型精致的外壳。我把潜望镜移到了将大脑一分为二的裂缝跟前，在迫切的渴望中瞥见了脑部件内惊人的机械结构。就算看到的内容不多，我也能断定这是我所见过的最具美感的复杂机械，超越了我们制造的一切，它毫无疑问具有非凡的起源。眼前的这一幕令我兴奋得不知所措。我又严格地从美学角度出发，品味了好几分钟，然后才继续探索。

一般的猜测认为，大脑的结构是这样划分的：一台引擎位于头部的中心，实现现实认知，环绕在它周围的是一系列存储记忆的部件。我的观察结果与这个理论一致，因为外围部件似乎大同小异，而位于中心的部件却不大一样，它更加特殊，而且活动的部分也更多。然而这些部件十分密集，我无法看清它们如何运作。如果我要更深入地研究，就得更近一步观察。

每个部件都有一个专属的空气储备器，从大脑基部的调节阀伸出的软管为它补充空气。我把潜望镜对准了最后边的那个部件，利用遥控机械手，迅速取下输气软管并装了一根更长的软管。为了在极短的时间内完成这个动作，我曾练习了无数次。即便如此，我也不确定自己能否在这个部件耗尽它自己的空气储备之前完成管路连接。确认了部件的运转没有被我打断之后，我才继续往下进行。我重新整理了一下较长的软管，以便更清楚地看到刚刚被它挡住的那个裂缝里有些什么：连接这个部件与相邻部件的其他软管。我操纵最纤细的一对机械手伸进那道狭窄的缝隙，一个接一个地用较长的软管替换原来的软管。最后，我完成了整个部件上的工作，它与大脑其他部分的每一条连接管路都被我更换。这样我就可以从支撑结构上拆下它，并把整个单元从后脑那儿取下来。

我知道这样做有可能在不知不觉中削弱我的思维能力，不过几项基础算术测试表明我的思维没有问题。一个部件已经挂在上边的架子上，此时我可以更清楚地观察大脑中央的认知引擎；不过，要将附加的显微镜伸进去进行更加细致的观察，空间还是不够。若想彻底弄清楚大脑的工作原理，我至少得取下六个外围部件。

我为每个部件更换软管，这项重复性工作需要极大的精力和耐心。我从后边又取下一个部件，从顶部取下两个，从两个侧面各取下一个，然后把所有的六个都挂在了头顶的架子上。我完成时的情形看上去就像大脑爆炸一秒钟之后某个短暂瞬间的再现。考虑到这些，我再一次感到震撼。不过，认知引擎终于显露出来，从我躯干伸出的一束软管和操纵连杆在下边撑着它，我也终于可以将显微镜旋转到任意角度并观察拆卸下来的组件的内表面。

我一面凝视此情此景，一面问自己，我的身体究竟由什么组成？协助我在房间各处操作和观察的管道，基本上类似于把我的手眼同大脑连接起来的软管。在实验过程中，这些机械手的本质不正是我的双手吗？潜望镜末端的显微镜头实际上不也是我的双眼吗？作为一个得到了扩展的个体，我微不足道的身体充当了中央的超级大脑。就是以这种不可思议的配合，我开始了探索自身的旅程。

我把显微镜转向了一个记忆单元，开始检查它的结构。我没指望自己能解开记忆之谜，只想着也许能推测出记忆存储的方式。如我所料，那里根本就没有用来记录的大片金箔，不过出乎我意料的是，成排的齿轮和开关也不存在。相反，里面的部件几乎就只有一排空气管。透过空气管之间的缝隙，我隐约看见这个存储单元的内部泛着涟漪。

经过仔细的观察和不断提高显微镜的放大倍率，我发现空气管分生出微小的毛细管，与毛细管交织在一起的是一张由金属丝编织成的致密的格子网，网上挂着金质的叶片。从毛细管逸出的气流使叶片各自保持着不同的状态，它们不是传统意义上的开关，因为如果没有气流的帮助，它们就无法维持自身的状态。但是我猜这些叶片就是我所寻找的开关，存储记忆的媒介。我看到的涟漪一定就是回忆的表现：叶片的排列方式被读取出来并传送到识别引擎。

拥有了这样全新的理解，我就可以再次将显微镜对准识别引擎了。在那里我也观察到了金属丝网格，不过上边承载的金叶没有固定在哪个状态，而是迅速地前后扑动，快得让我几乎看不清。实际上，整个引擎似乎都在运转，它所包含的网格多于输送空气的毛细管。我奇怪空气如何能连续不断地吹动所有的金叶。我对叶片进行了好几个小时的仔细观察才发现，它们自身也起到了毛细管的作用。叶片组成临时的管道和瓣膜，在短暂的时间里使气流转向，依次吹向其他叶片，最后管道和瓣膜还会消失。这是一台连续变化的引擎，它的一部分作用其实就是改变自身。网格结构还算不上一台真正的机械，它相当于一张纸，识别引擎不停在上面书写。

可以这么说，我的意识被编码成这些微小叶片的状态，不过更准确的描述是，被编码成不断改变方向并驱动叶片的气流。看着这些不停摆动的金叶，我明白了空气不像我们通常所想的那样，仅仅为实现思维的引擎提供动力。事实上，空气恰恰就是我们思维的媒介。我们的思维就是一种气流的模式。我的记忆被记录下来，不是通过金箔上的刻痕或者开关的位置，而是依靠持续不断的氩气流。

领悟了这种网格结构的性质之后，一系列结论接二连三地出现在我脑海里。第一个也是最普通的一个，我明白了为什么造就大脑的唯一成分是金这种最具延展性和韧性的金属。只有最薄的叶片才能满足这种机制对于移动速度的要求，只有最精致的细丝才能充当叶片的转轴。我用笔在铜板上刻下这些文字时会产生一些铜屑，每刻完一页，我就会把它们扫下来，相比之下，这些铜屑简直就是粗糙笨重的废料。只有金质媒介才能实现记忆的快速擦除和存储，而且比任何开关或齿轮的组合要快得多。

接下来我明白了为什么缺少空气致死的人在安装好充满空气的肺之后仍然无法恢复生命。持续的气流形成气垫，使网格结构中的叶片维持平衡状态，也使得它们来回的摆动非常迅速。这也就意味着，一旦气流停止，一切就全都丢失了，所有的叶片都垂下来，呈现同样的悬挂状态，它们所代表的思维模式和意识都被擦除了。恢复空气供应无法复原失去的一切。这也是高速思维的代价，更加稳定的存储思维模式的媒介意味着意识运作速度的减慢。

随后我明白了时钟出现异常的原因所在。我看出叶片移动的速度取决于吹向它们的空气，充足的气流几乎可以使叶片无摩擦地移动。要是它们移动得比较缓慢，那是因为它们受制于较大的摩擦力，只有在支撑它们的空气垫比较薄、吹过网格的气流比较弱时才会出现这种情况。

钟楼的时间没有变快，而是我们的头脑变慢了。钟摆驱动钟楼的节拍从不会改变，流过管子的水银也没有加快速度，但是我们的大脑依赖空气的流动，空气流动得越慢，我们的思维就越慢，从而使我们觉得时钟变快了。

我曾害怕我们的头脑会变得迟钝，正是这样的担心激励着我进行自我解剖。然而我认为我们的识别引擎——尽管是由空气驱动——最终的本质还是机械的，这台机器的某个部分会逐渐疲劳变形，从而造成速度减慢。这本来是一件可怕的事，不过至少我们还有希望修复这台机器，把我们的大脑恢复到它最初的速度。

然而，要是我们的思维纯粹是气流的模式，而不是齿轮的运动，这个问题就严重得多了。有什么因素可能导致流经每个人大脑的气流变慢呢？不可能是因为气体补给站的配送器压力降低了；我们肺部的气压特别高，空气必须经过一系列的调节阀降压后才能送到大脑。我觉得思维能力的减弱一定源于反方面的因素：外界环境的气压在升高。

怎么可能呢？这个问题一出现，唯一可能的答案也变得明确了：我们天空的高度一定是有限的。在我们目力所及的范围之外，环绕我们这个世界的铬墙向内倾斜，形成一个穹顶；我们的宇宙如同一座密室，而不是一口开放的井。空气逐渐在密室中积累，直到气压与地下气槽中的相同。

在这篇铭文最初，我说空气不是生命之源，这就是原因所在。空气既不会创生，也不会消失，宇宙中的空气总量保持恒定。假如我们的生命只需要空气，那么我们永远不会死。然而真正的生命之源是气压差，空气从稠密的地方流向稀薄的地方。我们的思维和活动，以及我们所造的每一台机器的运转都是靠流动的空气来驱动的，不同压力间达到平衡的趋势产生了这种动力。一旦宇宙间各处的压力达到平衡，所有的空气将不再流动，变得毫无价值。总有一天，我们将被静止的空气所围绕，无法从中获得半点能量。

其实我们不是在消耗空气。每天我从新换的肺中获取的空气完全从肢关节和身体外壳逸出，排放到周围的大气中。我只是把高压空气变成了低压空气。我身体的每一个动作都对宇宙气压的平衡起到了推波助澜的作用，我所思考的每一个想法，都加速了世界末日的到来。

要是在别的场合认识到这一点，我会从椅子上一跃而起，冲到大街上。但是以我现在的情形——身体锁在固定支架上，大脑四处悬挂在实验室里——那么做是不可能的。我能看见自己喧嚣的思维引发大脑中的叶片飞速运动，这反过来又增长了我对这种约束状态的不安。在这样的时刻恐慌起来可能会导致死亡：被噩梦般困住的同时再不由自主地扭动身体，挣扎着对抗身体的束缚，直到空气耗尽。有意无意间，我的手调整了操纵杆，把潜望镜的视场从网格结构转向了工作台面。不用再观察和放大自己的恐慌心理，我也得以平静下来。重新恢复镇定之后，我便开始了组装自我的冗长过程。最后我把大脑恢复到初始的紧凑结构，装好脑壳，然后从固定支架上解脱出来。

起初我给别的解剖学家讲述我的发现时，他们不相信我。不过，在进行自我解剖实验之后的几个月里，他们中越来越多人开始认同我。人们对大脑又进行了一些检查，对大气压力实施了多次测量，结果都证实了我的断言。我们这座宇宙的背景气压的确在升高，所以我们的思维速度减缓了。

这个真相被广泛了解之后，恐慌开始大范围传播，因为这是人们第一次审视“死亡不可避免”这个想法。为了缓解大气变得稠密，很多人号召严格减少活动，对于浪费空气的谴责逐渐升级为愤怒的谩骂，在有些社区，甚至还出现了死刑惩罚。考虑到许多世纪之后我们的大气压才会同地下气槽中的相同，恐慌又平息下来，因此死亡的惩罚也就令人蒙羞。我们不确定这个过程到底要经历多少个世纪，有人在进行进一步的测量和计算并对结果进行思考。同时，大家开始广泛地讨论，我们应该如何度过余下的时间。

有一个团体致力于实现气压平衡过程的逆转并发展了许多信徒。他们之中的机械师制造了一台机器，它从大气中获取空气，用外力减小其体积。他们将这个过程称为“压缩”。机器把空气恢复到储气槽的气压，那些逆转主义者兴奋地宣布，这为一种新型补给站的建造打下了基础，这种补给站——和它填充的每一个肺——不仅赋予个人以新生，而且也激活了整座宇宙。唉！仔细检查一下这台机器，你就会发现它的致命缺陷。机器本身由储气槽中的空气提供动力，要充满一个肺，它得消耗更多空气。它不能逆转气压平衡，反而和世上万物一样，只能加快这个过程。

尽管他们的一些信徒在这样的挫败之后幻想破灭，但是逆转主义者作为一个团体却没有踌躇不前，而是提出了新的设计，用展开的发条或落下的重物为压缩机提供动力。机械师没有获得更好的结果，每一根发条、每一个重物都需要释放空气来旋紧或抬升。在这座宇宙中，所有的动力源最终都由气压差产生。总而言之，没有什么机器能增大气压差。

逆转主义者继续从事他们的工作，他们确信总有一天会造出一台机器，使产生的压缩空气比消耗的多，那将是一个永恒的动力源，补充宇宙失去的生命力。我不像他们那么乐观，我相信气压趋于平衡的过程不可逆转。我们宇宙中所有的空气最终会均匀分布，不会有哪个地方更稠密或更稀疏。活塞无法驱动，旋翼无法转动，就连头脑中的金叶都不再运动。气压消失，动力枯竭，思维凝固，宇宙达到彻底的平衡。

有人会觉得这样的结果很讽刺：我们的脑研究没有为我们揭示过去的秘密，反而展现了未来的结局。然而我坚持认为，我们实际上了解到了一些有关过去的重要事实。宇宙的开端仿佛是深吸一口气，然后屏住了呼吸。没人知道为什么，然而不管原因如何，我很高兴宇宙以这样的形式诞生，因为我的存在也要归因于此。我所有的欲望和沉思，都是这个宇宙缓缓呼出的气流。在这漫长的呼气结束之前，我的思维将一直存在。

所以我们的思维也许会尽可能地被延长，解剖学家和机械师们正在研制脑部调节阀的替代品，作用是逐渐提高大脑内部的气压，使它保持高于周围环境的气压差。一旦这种阀安装到体内，即使我们周围的空气变得稠密起来，我们的思维速度大体上也能保持不变。可是这并不意味着生活不会改变，气压差的减小最终会令我们肢体虚弱，行动迟缓。到那时，我们也许得减缓思维，这样我们身体的迟钝才不至于那么明显，不过这也将导致一些外界过程看上去像是在加速。随着钟摆疯狂地摆动，嘀嗒的时钟好像变成了叫个不休的鸟儿；坠向地面的物体似乎受到了弹簧的推动；舞动的绳索仿佛成了噼啪作响的皮鞭。

我们的肢体将在某个时刻完全停止活动，我无法确定末日临近时各种问题出现的正确顺序，但是我想，会出现这样的情况：思维仍在继续运作，所以我们像雕像一样无法动弹的同时还具有意识。也许可以说话的时间要更长一些，因为声匣工作时需要的气压比肢体小。但是由于无法前往气体补给站，每次讲话都会消耗思维所需的空气，思维完全停止的结局就离我们更近了一步。为了延长思维能力而保持沉默，或者在交谈中走向最后的终结，哪个选择更好一些呢？我不知道。

在我们停止活动的前几天里，也许有一些人可以将大脑调节阀直接连在补给站的配送机上，其实就是用伟大的世界之肺代替了自己的肺。要是这样的话，那些人直到气压完全平衡的最后一刻都能保持清醒。我们这座宇宙中所剩的最后一丝气压将在驱动一个人思考的过程中消耗殆尽。

随后，我们的宇宙将进入绝对的平衡，所有的生命和思维都将停止，时间也因此而失去意义。

不过我还怀有一点渺茫的希望。

尽管我们的宇宙是封闭的，不过在无穷大的固体铬中，它也许不是唯一的气室。我推测别处可能还有一个，不同于我们的另外一个，甚至体积更大呢。这个假想的宇宙可能有跟我们一样或者更高的气压，然而，假如它的气压比我们的更低甚至是绝对的真空呢？

把我们同那个假想宇宙分隔开的金属铬厚得无法钻透，所以我们不能凭借自身力量到达那里，也就没有办法从我们的宇宙中释放掉过剩的大气并以这种方式重新获得动力。但是我想象这个宇宙邻居有它自己的居民，他们的能力超过了我们。假如他们可以在两个宇宙间开拓出一条管道，并安上阀门从我们这里向那边释放空气，那我们该怎么办？他们可以把我们的宇宙当作储气槽，开动配送机充满他们的肺，用我们的空气发展他们的文明。

为我提供动力的空气还能驱动别人，助我刻下这些文字的空气有一天会流过别人的身体，一想到这些我就感到欣慰。我不会欺骗自己说，这是我再生的方式，因为我不是那些空气，我只是空气流动模式的体现，暂时的体现。我是一种模式，我所存在的整个世界也是一种模式，而这一切都将不复存在。

然而，我还怀有更加渺茫的希望：另外那个宇宙的居民不仅把我们的宇宙当作储气槽，而且一旦用尽了这里的空气，他们哪天也许能开辟出一条通道，亲自来我们的宇宙探险。他们可能会徜徉在我们的街道上，观察我们僵硬的身体，勘察我们拥有的一切，惊异于我们的生命。

我写这篇说明的原因即在于此。我希望你就是其中一位探险者，希望你发现这些铜板并破译上面的文字。不论你们的大脑是否由我思考时消耗的空气所驱动，通过阅读我的文字，你的思维模式就模拟了我曾经的思维模式。以这种方式，我从你身上获得了新生。

你的探险者同伴们将会读到我们留下的其他书籍，通过你们合力思考，我们的整个文明将重获新生。当你们走在我们寂静的街道上，请想象这里曾经的样子：钟楼鸣响，补给站里到处都是闲聊的邻里，公告员在公共广场朗诵诗文，解剖学家在教室里上课。你观察周围这个静止的世界时，想象一下我所描述的这一切，这样它就会在你脑海里重新焕发生机。

探险者，我希望你一切顺利，不过我怀疑，降临在我们头上的命运会不会同样也在等待着你们。我能想象出平衡的趋势不仅仅是我们这个宇宙独有的特征，而且是所有宇宙的内在本质。也许我的目光短浅，而你们已经发现了一个真正永恒的压力之源。然而我的思索已经是异想天开，我会假设你们的思维有一天也会停止，不过我无法弄清那将是在多远的未来。你们的生命将和我们的一样终结，没有人能够逃脱。不管需要多久，最终的平衡一定会达成。

我希望你不要因为知道了这样的结局就感到悲哀，希望你们的探险不仅仅是为了搜索充当储气槽的其他宇宙，希望你们是在求知欲的激发下，渴望见识宇宙呼出一口气能产生什么结果。因为即使一座宇宙的寿命可以预测，宇宙中生命的多样性也是无法统计的。我们的建筑，我们的美术、音乐和诗词，我们各自的生命：没有一个可以预测，因为这些都不是必然的。我们的宇宙在滑向平衡点的过程中也许只能静静地呼气，但它繁衍出的我们这个丰富多彩的世界却是个奇迹，只有诞生了你们的宇宙才能与之媲美。

探险者，尽管你读到这里的时候我去世已久，但我还是要送你一句临别赠言。仔细想想，得以存在便是一个奇迹，能够思考就是一件乐事。我觉得我有权告诉你这一点，因为在刻下这些文字的时候，我就是这样想的。

[后记]

这篇小说源自我的两个完全不同的灵感。第一个是我十几岁时阅读的菲利普·迪克的短篇小说《电子蚂蚁》。故事讲述了一个人去医生那儿做常规检查，结果被告知自己其实是一个机器人。这令他大吃一惊，不过后来他打开自己的胸膛，看见一小卷打孔纸带缓慢地展开，形成他的主观体验。一个人真正看见自己的意识，这一幕场景让我久久不能忘怀。

第二个灵感是罗杰·彭罗斯所著的《皇帝的新脑》中讨论熵的那一章。他指出，我们通常认为进食是因为需要食物中的能量，但这种说法是错误的。能量守恒定律说能量既不会创生，也不会消失。我们在持续辐射能量，其速率跟我们吸收能量的速率大体相当。区别在于我们辐射的热能是高熵能量，也就是无序的能量，而我们吸收的化学能是低熵能量，即有序的能量。也就是说，我们在消耗秩序，造成无序，我们靠增加宇宙的无序度为生。正因为宇宙诞生在一个高度有序的状态，我们才能够存在。

这个观点挺简单，但读到彭罗斯的解释之前，我从没见过它以那样的方式被表达出来，所以就想试试看，能否以小说的形式将其呈现。

耿辉　译

前路迢迢

这是一个警告。请仔细阅读。

至此，你应该已经见过了预测器；读到这篇文章的时候，它的销量大概已有数百万了。允许我为尚未有幸目睹的人介绍一下。这是个小装置，尺寸犹如开车门的遥控器，上面只有一个按钮和一个偌大的绿色发光二极管。揿下按钮，绿灯闪烁。它的特殊之处在于：绿灯会在你揿下按钮的前一秒钟闪烁。

大多数人说刚上手时就好像在玩什么奇怪的游戏，游戏目标是在看见闪光之后揿按钮，容易得很。但当你起意想打破规则时，却发现自己做不到。每次你想在看见闪光前揿按钮，闪光就会立刻出现，而无论你的动作有多快，也无法在亮光过后一秒钟内揿下按钮。如果你想等待闪光，打算在闪光过后再揿下按钮，那么闪光便永远不会出现。无论你做什么，总是先闪光后揿按钮。你无法愚弄预测器。

预测器的核心部件是反向延时电路——它向过去发送信号。等负延时能够大于一秒钟以后，这项技术的深层内涵会变得更加清楚，但这并不是我警告的重点。迫在眉睫的问题是：预测器正在展示自由意志这东西根本不存在。

说自由意志只是幻觉的论证早已有之，有些基于严密的物理学，有些则基于纯粹的逻辑推理。尽管多数人都同意这些证明无法反驳，但没有谁真的接受这个结论。拥有自由意志的经验过于强而有力，一番论证并不能否定它。真正需要的是实证，而这恰好是预测器所提供的。

通常来说，一个人会着魔般地连玩好几天，拿给朋友看，绞尽脑汁瞒骗装置。这个人可以假装对它失去兴趣，但他不可能忘记其中的内涵——接下来的几周里，“未来无法改变”这个念头深入他的脑海。有一部分人意识到选择毫无意义，从此拒绝再作任何决定。他们仿佛整个军团的录事巴特比[1]，纷纷停止了一切自发性活动。最后，三分之一的玩家必须入院治疗，因为他们连自己吃饭都做不到了。终极状态是运动不能性缄默，醒状昏迷的一种。他们能用眼球追踪动作，偶尔改变躺姿，但仅止于此。运动能力依然存在，动因却已消失。

在人们开始玩预测器之前，运动不能性缄默非常罕见——这种病症由大脑前扣带区域受损导致，现在却犹如精神性疫病般蔓延。人们曾经设想过能够毁灭思考者的念头：无法用语言形容的洛夫克拉夫特恐怖，或是某个能让人类逻辑系统崩溃的哥德尔命题。结果，使得人们丧失能力的念头却是我们都已经遭遇过的：自由意志并不存在。只是在你相信之前，它并不具有杀伤力。

医生试着在患者还能对交谈作出反应时与其辩论。我们一直过着幸福、积极的生活，他们劝说道，那时候我们也没有自

1　梅尔维尔（Herman Melville）同名短篇小说中的人物，拒绝任何变化和沟通，不论别人要他做什么，都只是回答“我不愿意”，最后甚至拒绝进食。

由意志，所以并没有什么不同啊。“上个月你选择行动时并不比今天更加自由，”有医生这么说，“现在你还是可以那样过日子啊。”而患者总是回答道：“但现在我知道了。”一部分人就此再不开口。

有些人会争论说，预测器导致行为改变这件事本身就意味着我们确实拥有自由意志。机器人无法灰心丧气，唯有能自由思考的个体才可以。一部分人陷入运动不能性缄默而另一部分人却没有，这一事实突出的正是作出选择有多么重要。

不幸的是，这个推理存在缺陷，因为决定论适用于各种形态的应激行为。一个动态系统可以落入吸引域并收束于不动点，而另一个则展示出不确定的混沌表现，但这两个结果本身却是完全决定性的。

我正在你的未来一年后向你发送这个警告，它是兆秒级反向延时电路首次应用于通信设备后收到的第一个长信息。关于其他问题的消息将陆续送来。我给你的信息是这样的：假装你拥有自由意志。关键在于你必须假装你的决定至关重要，即便你知道事实并非如此。现实不重要，重要的是你相信什么，而相信谎言是避免醒状昏迷的唯一方法。文明如今维系于自我欺骗之上。也许一向如此。

但是我知道，既然自由意志是个幻觉，那么谁将陷入运动不能性缄默谁将不陷入早已注定。对此谁都无能为力——你无法选择预测器对你起什么作用。你们中有些人将倒下，有些人将不会，我送出这个警告无法改变两者的比例。那么，我为何还要这么做呢？

因为我无法选择。

[后记]

巨蟒小组曾有幅漫画，画的是一个能让人笑死的笑话。这是“有害感官主题”的一个实例：只要听到或看到某个东西，或者理解了某个东西，你就会因此而死。在巨蟒的漫画中，英语国家的人可以安全地复述这个笑话的德语版本，只要他们不理解所说的内容即可。

这个主题相关的很多例子都有超自然因素，比如，恐怖小说中经常会出现那种能让人发疯的被诅咒的书。我好奇是否存在没有超自然因素的例子，然后我想到，可以从生命没有意义这一点着手。这个观点不会立即生效，人们需要时间来沉淀，但当他们仔细思考并把它传达给别人之后，它就能传递得更广。

当然，即使是一个无懈可击的观点，也不足以说服所有人。很多观点都过于抽象，以至于无法影响大多数人。而一个物理演示，却能更具说服力。

姚向辉　译

软件体的生命周期

一

她的名字是安娜·奥瓦拉多，对她而言今天不是个好日子。一个星期以来她一直在准备工作面试——这是几个月里头一回入围到视频面试的阶段——可是主考官的脸刚出现在屏幕上，就告诉她公司已经决定录用另一个人。因此她只能空坐在电脑面前，精心准备的打扮派不上一点用场。她不抱什么希望地向其他公司发出应征问询，但立即就收到了系统自动回复的拒绝信。这样过去了一个小时后，安娜觉得她需要放松一下。她打开了“下一维度”的窗口，开始玩她现在最喜欢的游戏：《铱金时代》。

滩头阵地上人山人海，但她的角色身着令人艳羡的珍珠之母战斗装甲，因此没过多久就有玩家问她是否愿意加入他们的火力组。战斗区里四处散布着熊熊燃烧的车辆，他们穿越弥漫的烟雾，冲进一座螳螂人的要塞，花了一个小时把它扫荡干净。这个任务很适合安娜当下的心情：不那么困难，足以让她有必胜的信心；但也没那么简单，足以让她体会到成就感。正当她的队友准备接受下一个任务时，安娜的屏幕角落里弹出了一个通信窗口。是她的朋友罗宾传来的语音呼叫，于是安娜把麦克风调成通信状态，接通对话。

“嗨，罗宾。”

“嗨，安娜。面试怎么样了啊？”

“这样说吧，我正在玩《铱金时代》。”

罗宾微微一笑，“看来早上不太顺利啊？”

“可以这么说吧。”安娜告诉她面试被取消了。

“嗯，我有一些消息要告诉你，也许能让你打起精神。在数据地球见面成吗？”

“行。等我两分钟，我先注销。”

“我在家里等你。”

“嗯，待会儿见。”安娜退出了火力组，关掉下一维度的窗口。她登录数据地球，画面缩进到她上一次的登出点：一个舞会俱乐部。俱乐部蚀刻在一面巨大的悬崖之中。数据地球也有自己的游戏大陆——“上古王座”和“第三寰宇”，但这些都不合安娜的口味，因此她大部分时间都花在了社交大陆上。她的角色还穿着上次来访时的舞会服装，现在她换成平日着装，打开一扇通向罗宾住处的传送门。她一步就迈入了罗宾的虚拟起居室，这间起居室坐落在一只高空气球里，气球则悬浮在一座长达一公里的半圆形瀑布之上。

两人的虚拟角色互相拥抱了一下。“是什么好消息啊？”安娜问。

“‘蓝色伽马’要开张了，”罗宾说，“我们刚拿到新一轮融资，所以开始招新人了。我把你的履历传给他们看了，他们都很兴奋，想见见你。”

"我？因为我阅历丰富？"安娜才刚刚拿到软件测试的结业证书。罗宾教过其中一门基础课程，她俩就是在课堂上认识的。

"不瞒你说，正是这个原因。他们对你从事的上一份工作很感兴趣。"

安娜在一座动物园工作了六年，她回到学校的唯一原因是它关闭了。"我知道，新公司一开始总是百废待兴，可再怎么疯狂也不至于用到动物饲养员吧。"

罗宾呵呵笑起来，"给你看看我们都在做些什么吧。他们说我可以在遵守保密协议的前提下让你瞥一眼。"

看来这是件严肃的事，到现在为止罗宾还没告诉她在蓝色伽马工作的任何细节。安娜在保密协议上签了字，罗宾随后打开一扇传送门。"我们有个私用小岛，去看看吧。"她们的虚拟角色走进门中。

窗口刷新时，安娜期待着能看到美妙神奇的风景，可她的虚拟角色出现的地方第一眼看上去像个幼儿园。再仔细看，更像是童话书里的场景：一只小小的人形虎宝宝正在拨弄铁丝框上的几串彩色珠子，一只熊猫打量着一辆玩具小车，还有一只卡通版的黑猩猩在玩泡沫橡胶球。

屏幕上的注释显示，它们是"数码体"，生活在虚拟环境中的生物。安娜从没有见过这样的数码体，这些不是理想化的宠物，卖给没法全心全意去养真正宠物的人的那种；它们没有那些宠物的可爱劲儿，一举一动都很笨拙，看上去也不像是数据地球生物圈里的那些生物。安娜拜访过盘古群岛[1]，见过在各

1　通译泛古陆，是指古生代晚期到中生代早期，全部地球陆块聚集到一起所形成的超级大陆。字面上与群岛矛盾，实则暗地向同为模拟整个世界的经典游戏《文明》致敬——"泛古陆"和"群岛"都是文明中常见的世界地图模式。

式各样的温床[1]中演化出来的独脚袋鼠和首尾蛇，但这些数码体明显不是从那里来的。

“蓝色伽马就是做这个的？数码体？”

“是的，但不是做普通的数码体，你看。”罗宾的虚拟角色走到正在滚球的黑猩猩旁边，蹲下来面对它。“嗨，星儿，玩啥呢？”

“星儿弯筹[2]。”数码体说，吓了安娜一跳。

“在和球玩吗？真棒呀。我也能来玩玩吗？”

“不。星儿筹。”

“求求你啦？”

小黑猩猩抬头向周围望望，然后起身蹒跚地走向一堆散落的木块，手里依然紧紧抓着球。它用胳膊把一个木块推向罗宾的方向，“罗宾弯木坏。”它背朝罗宾坐下，“星儿弯筹。”

“那好吧。”罗宾走回安娜身边，“有何感想？”

“太让我吃惊了。我不知道数码体已经进化到这个程度了。”

“这都是最近的事。我们的研发团队去年看了几个博士的会议展示，然后就雇用了他们。现在我们搞出了一个基因组引擎，我们管它叫‘神经源’，就认知功能的发育而言，它比现在市面上其他引擎都强得多。而这些小家伙——”她指了指幼儿园的居民们——“就是我们迄今为止产出的最聪明的那些。”

---

1 本意是温度高于周围环境的土壤，这里指加速运行下的模拟环境，允许虚拟生物在较短的时间内发生演化。

2 这里的意思是“星儿玩球”，此时的数码体就像婴儿一样，吐字不清，后文也有类似的情况。

“你们打算把它们当宠物卖？”

“正是这样。我们的广告里会说，你可以和这些宠物谈话，还可以教它们许多很酷的小把戏。我们内部有个非官方宣传口号：‘像猴子一样好玩至极，还不用给它擦屁屁。’”

安娜笑了，“我有点明白了为什么你们想要有动物训练经验的人。”

“没错。我们并非总能让这些家伙听我们的话，而且我们不知道这种情况有多少是因为基因的问题，又有多少是因为我们的方法不对。”

她看着那只熊猫形状的数码体用一只爪子捡起玩具小车，打量着车底，另一只爪子小心翼翼地拍打着车轮。“这些数码体初生的时候知道多少东西？”

“相当于一无所知。给你看看吧。”罗宾在幼儿园的一面墙上激活了一个视频窗口。视频播放的是一间屋子里的景象，房间涂成三原色，一些数码体躺在地面上。从外表看它们和幼儿园里的数码体别无二致，可是它们的行动散漫无章，时断时续。“这些是新生的小家伙。它们原本要花上几个月的时间去学习基本能力：如何理解视觉刺激，如何移动四肢，等等。但在这个阶段，我们会把它们放在特殊的环境中，因此实际上只用花一个星期。当它们准备好学习语言和社会交往之后，我们就切换到实时运行状态，这时候就得靠你了。”

熊猫把玩具小车放在地面上来回推了几次，然后发出几声低沉的“哞哞哞”的声音。安娜意识到这只数码体是在笑呢。罗宾接着说：“我知道你在学校的时候学过与灵长类的交流。现在有个让你实际应用的机会，怎么样？有兴趣没？”

安娜犹豫了一下，当初她上大学时设想的未来可不是这样。小时候她梦想着追随弗塞[1]和古道尔[2]的足迹，前往非洲；但等到她研究生毕业时，野外的猿类已所剩无几，她的最佳选择就是在动物园工作。而她现在面对的是一份虚拟宠物训练师的工作，从她的职业轨迹中可以察觉到现实世界正在逐渐淡化，影响越来越小。

要振作，她对自己说。这也许不是她梦想的工作，可这毕竟属于软件行业，而她之所以回到学校，就是为了转到这一行。训练虚拟猴子没准儿比做测试员更有趣。只要蓝色伽马能提供不错的薪水，为啥不试试呢?

*　　*　　*

他的名字是德雷克·布鲁克斯，他不喜欢眼下的任务。德雷克负责为蓝色伽马的数码体设计虚拟角色，平常他很喜欢这份工作，可昨天产品经理让他做的事在他看来不是个好主意。他试过把自己的观点告诉别人，可决定权不在他，因此他不得不仔细考虑怎么把这件事做得像样些。

德雷克是学动画设计的，创造数码形象是他的专长，可他的工作又和传统的动画设计师大相径庭。正常情况下，他应该设计好角色的步态和举止，可对于数码体而言，这些特征都是从基因组里涌现出来的属性；他的任务是设计一具躯体，该躯

1　迪安·弗塞（1932—1985），美国动物学家，曾经对卢旺达大猩猩群体进行过长达十八年的研究。

2　珍妮·古道尔（1934—　），英国动物学家，因对坦桑尼亚黑猩猩的研究而闻名于世。

体可以用人们能够理解的方式去展现数码体的行为举止。因为这点差异，许多动画设计师——包括他的妻子温迪——不愿为数字生命体设计形象，但德雷克很喜欢这类工作。他觉得，身为一个动画人，能帮助一个新生命体去表达自我，是最让人激动的事情了。

他很认同蓝色伽马的人工智能设计思想：经验是最好的老师，因此，与其把你想让人工智能知道的东西编进程序里面，还不如让它们掌握学习能力，然后卖给用户，让用户自己去教。与之相对，为了让用户乐意付出这种努力，数码体的每一个方面都必须讨人喜欢。它们必须有迷人的个性（软件开发者们还在为此努力），外貌也必须可爱（这就是德雷克的工作了）。可德雷克不能简单地给数码体装上大眼睛和小鼻子，要是它们看起来像卡通人物，别人就不会严肃地对待它们了。但要是它们看起来太像真实的动物，面部表情和说话动作又会显得不协调。这需要达成一个精巧的平衡，他已经为此花了数不清的时间去观看各种幼兽的视频。他成功设计了许多不同的混合面容，既可爱可亲，又不过分夸张。

他当下的任务又有所不同。产品经理已经不满足于小猫小狗小猴子什么的了，他们认定，除了小动物之外，虚拟形象还需要有更多的种类。他们提议做机器人。

这个想法在德雷克看来毫无道理。蓝色伽马的整个经营策略都建立在人们对动物的天然亲和感之上。数码体的学习是一个正强化[1]的过程，正如动物学习的方式一样，它们获得的奖

1 “正强化”是心理学术语，指在一种行为发生之后施加刺激（通常为奖赏），从而增加这种行为的发生频率。

赏也是轻轻挠头或者获得虚拟食品这样的互动。对于动物角色而言，这些都合情合理，可放在机器人身上就显得滑稽做作了。如果他们销售的是实体玩具，那么机器人比起像样的动物还有成本低这个优势，可虚拟世界里的产品是不用考虑造价的，而动物脸孔明显更有表现力。增加机器人角色，就像是卖正品的同时又卖粗糙的模仿物。

他的思绪被一阵敲门声打断了，来者是测试团队的新成员，安娜。

“嗨，德雷克。你看了今早训练的视频没？很好玩的。”

“谢谢，我会看的。”

她转身要离开，又停下脚步，“你今天看起来不大高兴啊。”

德雷克觉得雇一个前任动物饲养员是个很不错的主意，她不但设计了一整套数码体的训练程序，还对改善它们的饮食提出了极好的建议。

其他数码体经销商为数码体提供的食物种类很有限，但安娜认为，蓝色伽马应该大胆开创数码体饮食的新模式。她指出，多样化的饮食不仅能让动物园里的动物更开心，还能让参观者在喂食过程中获得更多的乐趣。管理层采纳了这个建议，于是研发团队重新编辑了数码体的基本奖惩映射图，使它们能够识别各种不同的虚拟食物。他们目前还无法模拟各种化合物的不同刺激——数据地球的物理模拟还远没有达到这个精度，但他们给食物的味道和质感添加了参数，还为食物发放程序设计了一个界面，让用户可以调配自己的食谱。事实证明这一策略极其成功，每只数码体现在都有它们最喜爱的食物，而内测人员也报告说他们很享受根据数码体的喜好来准备食物这一过程。

“管理层觉得现有动物角色不够，”德雷克说，“他们居然想要机器人。你能相信吗？”

“这个主意听起来挺好啊。”安娜说。

他吃了一惊，“你真这么想？我还以为你更喜欢小动物呢。”

“这里每一个人都把数码体想象成动物，”她说，“可事实是，这些数码体的行为根本不像真正的动物，它们天生就带上了某种非动物的特质。因此，这就像是我们硬要给它们穿上马戏团的戏服，好让它们看起来像猴子或熊猫。”

听到别人将他精心打造的虚拟角色比作戏服，他心里终归是有些不舒服。安娜肯定也察觉到了对方脸色的变化，又补充道：“不过一般人应该注意不到吧。我只是和动物相处的时间比较久而已。”

“没关系，”他说，“你能提出不同视角的见解，我很感激。”

“抱歉。说真的，那些虚拟角色看起来棒极了。我尤其喜欢那只小虎仔。”

“没关系，真的。”

她略带歉意地挥了挥手，然后走向大厅，德雷克则在回味她刚才的话。

也许他只是太沉迷于动物角色这个想法了，以至于把数码体想象成了它们无法成为的某些东西。安娜当然是对的，数码体不是动物，正如它们不是传统意义上的机器人一样；谁能说把它们比作动物就一定比机器人好呢？反之亦然。对于这种新的生命形式而言，如果他先假定机器人和动物形体能同样出色地表达自我，也许他最后就能设计出让自己满意的虚拟角色了。

*　　　*　　　*

一年后，距离蓝色伽马的产品发布大会只有几天了。安娜正在她的小隔间里工作，过道对面是罗宾的隔间。虽然她们背对背，但她们的屏幕上现在显示的都是数据地球，她们的虚拟角色正坐在一起。不远处，一群数码体在操场上嬉戏，围着一座小桥互相追逐，时而跑上桥，时而从桥底爬过。这些数码体就是将要发布的候选品，再过几天，它们（或者和它们相差无几的数码体）就可供那些同时身处真实世界和数据地球的顾客购买了。

在这最后时刻，安娜和罗宾不再教授数码体新的行为，而是让数码体不断练习已经学会的东西。正当她俩进行一项练习时，麦黑什（蓝色伽马的创建者之一）路过了她们的隔间。他停下脚步观看，"不用管我，接着做就是了。今天训练的技能是什么？"

"形状辨识。"罗宾说。她的角色面前凭空出现了一堆各种颜色的积木，散落一地。她对一只数码体说："洛莉，到这边来。"一头小狮子从操场那边摇摇晃晃地走了过来。

与此同时，安娜叫来了贾克斯。这是一个新维多利亚风格的机器人，全身紫铜打造，闪闪发光。德雷克的设计相当出彩，无论是肢体比例还是脸部形状，在安娜看来都极其可爱。和罗宾一样，她也让自己的角色面前浮现出一堆不同形状和颜色的木块，把贾克斯的注意力吸引过来。

"贾克斯，看到积木了吗？蓝色的积木是什么形状？"

"山角。"贾克斯说。

“很好。红色的是什么形状呢？”

“正翻。”

“好。那绿色的呢？”

“圆形。”

“棒极了，贾克斯。”安娜给了他一块食物，他狼吞虎咽地吃了下去。

“贾克斯聪米。”他说。

“洛莉也聪米！”洛莉不肯示弱。

安娜笑着摸摸他俩的头，“没错，你们俩都很聪明。”

“都聪米。”贾克斯说。

“这正是我希望看到的。”麦黑什说。

这些即将发布的候选品是经过无数次尝试才最终筛选出来的，可以说是最拔尖的可塑之才。筛选固然是对智力的选拔，同样也是对脾性的选拔：寻找那些不会让顾客觉得沮丧的个性，其中最重要的一项是与人和睦相处的能力。研发团队努力弱化了数码体的等级划分行为——蓝色伽马可不希望顾客买到宠物后还得时不时重申自己的主人地位，但这并不代表不会有竞争行为。数码体喜欢被关注，如果有一只数码体看到安娜夸奖另一只数码体，它就也想得到表扬。大多数时候这没什么大不了的，但当一只数码体对它的同类或者安娜产生强烈愤恨感的时候，她就会记录下这只数码体，然后在它的下一代身上剔除特定的基因组。这有点像是为狗选种，但不妨说更像是在一个测试厨房里工作：不断地烘烤出蛋糕，然后一一品尝，以求找出最完美的烘烤方法。

现在这些将要发行的数码体样品将作为吉祥物保留下来，

要出售的是它们的复制品。大多数人都期望能买到比较年幼、还不会说话的数码体，毕竟能教数码体说话也是蛮有趣的。吉祥物们主要是作为实例，告诉顾客这些数码体将来会变成什么样子。同时，出售尚不会说话的数码体还能打开非英语国家的市场，尽管蓝色伽马只有足够的员工在英语环境中抚育这些吉祥物。

安娜把贾克斯送回操场，然后叫来一只名叫马可的熊猫宝宝。她正要开始测试其形状识别能力，麦黑什指向屏幕的一角，"嘿，快看!"几只数码体正在操场边的小山上，沿着山坡滚下来。

"嘿，真酷啊，以前从没见过它们这样玩。"她的虚拟角色向小山走去，贾克斯和马可跟在她身后。贾克斯的第一次尝试几乎立刻就失败了，但练习了一小会儿之后，他就能一路滚到山脚下了。这样滚了几次之后，他跑回到安娜身边。

"安娜看了?"贾克斯说，"贾克斯转着躺下去!"

"是的，我看见了！你刚才滚下了小山坡!"

"管下山坡!"

"你真是太棒了。"她又摸了摸他的后脑勺。贾克斯跑回去接着打滚。洛莉也热情十足地参与到这项新活动里面来。她滚下山脚之后，继续沿平地打滚，结果撞到了操场上的一座小桥。

"咿，咿，咿，"洛莉说，"操!"突然间所有人的注意力都落在了她身上。"她从哪儿学来这一句的?"麦黑什问。

安娜关掉话筒，让她的角色走上前去安慰洛莉。"我不知道，"她说，"她肯定是从哪儿偷听到的。"

"我们可不能把会说'操'的数码体卖出去。"

"已经在查了。"罗宾说。她在自己的屏幕上打开另一个窗口，调出训练课程的档案，在音频文件中搜索。"看起来这是头一次有数码体说这个字。至于是谁不小心说过这个字……"三个人注视着窗口里的搜索结果不断增加；看来罪魁祸首是斯蒂芬，蓝色伽马澳洲分部的一位训练师。当美国西海岸办公室晚上下班之后，蓝色伽马还有员工在澳洲和英国继续工作。数码体不需要睡眠，或者更准确地说，它们的整合处理进程（对它们来说相当于睡觉）可以高速运行。因此，它们实际上在接受二十四小时连续训练。

他们把斯蒂芬每次在训练过程中说到"操"这个字的视频片段都审查了一遍。最引人注目的一次发生在三天前；光看他的数据地球虚拟人物很难确定具体发生了什么，但听起来他好像是在真实世界中膝盖不小心撞到了桌子。好几个星期前也有些类似的例子，但没有这次这么响亮持久。

"我们怎么办？"罗宾问。

利弊权衡是显而易见的。发布日期已经如此之近，没时间去重复好几个星期的训练了；他们敢冒风险认定更早的那儿句脏话没有给数码体们留下印象吗？麦黑什想了一会儿，下定决心。"好吧，让它们回到三天前的状态，从那里开始。"

"全部？"安娜问，"不只是洛莉吗？"

"我们不能冒这个险，全部调回。还有，从现在开始，每一次训练都要运行关键词标记程序。如果下次有谁再说脏话，就把它们的记忆调回到最近的标记点。"

就这样，数码体失去了三天的经历，包括它们第一次从小山上滚下来的记忆。

二

蓝色伽马的数码体大受欢迎。产品发布的第一年里，便有十万名顾客购买了他们的数码体——更重要的是，顾客一直让它们运行着。蓝色伽马的营销策略是“饵钩模式”，因为只卖数码体是没法收回研发成本的。现在顾客每次制作数码体食物，公司都会收取一定费用，因此，只要顾客还觉得数码体好玩，公司就会有稳定的利润流入。迄今为止，顾客从数码体那里得到了巨大的乐趣，常常整天整天地让它们运行着。虽然有的顾客把整合处理进程调慢，让数码体睡上一整夜，但也有许多人让整合进程高速运行，他们的数码体几乎一直是醒着的，这样他们就可以和其他时区的人合作抚育数码体，让它们更快成长。几十家数码体游乐场和托儿所在数据地球的社交大陆上涌现，公共事件日历上满是团队出游、训练课程以及天赋测试等内容。有些主人甚至把他们的数码体带到赛车区，让它们搭乘自己的车辆。虚拟世界就是数码体的地球村，数码体则在其中化身为一条条社会纤维，编织出全新的宠物类型。

蓝色伽马出售的数码体中，有一半是独一无二的。它们的基因组是随机生成的，公司只确保其参数落在培育过程中选定的范围之内。另一半则是现有吉祥物的复制品，不过公司也在反复提醒买家，在不同的环境中，这些复制品的发育过程会完全不同。营销团队常常以马可和波罗作为范例。这两只吉祥物来自完全相同的基因组，都具有熊猫型的外表，但他们的性格却截然不同。波罗成型时，马可已经两岁了，因此波罗总是把马可当成哥哥一样黏住不放。现在他们俩已经形影不离，但马可的性格更加外向活泼，波罗则较为谨小慎微，没人觉得波罗将来会变成马可的样子。

蓝色伽马的所有“神经源”数码体里面，这些吉祥物是运行得最久的。管理层起先希望，能赶在这些吉祥物发售之前让测试团队预测出数码体的大体行为模式，可实际情况却不尽如人意——不同环境中成长起来的数码体，行为千差万别，根本没法预测。不夸张地说，每一只数码体的主人都是在探索一个全新的领域。他们也会互相寻求帮助。关于数码体的在线论坛如雨后春笋般涌现，充满了各种奇闻逸事和经验交流。

蓝色伽马有一位专职的顾客联络员，他的工作就是整理论坛反馈。德雷克下班后也常会去各个论坛上逛几圈。有时顾客会讨论数码体的面部表情，就算没有，关于数码体的各种小故事也让他觉得很有趣。

来自：佐伊·阿姆斯特朗

你绝不会相信我的娜塔莎今天干了什么！我们在游乐场，另一只数码体摔了一跤，哭了起来。娜塔莎拥抱了他一下，给他点安慰。我对她好一番夸奖。结果一转眼，她就把另一只数码体推倒在地上，让他哭起来，再抱抱他，然后再看着我，想得到表扬！

有一个帖子引起了他的注意：

来自：安德鲁·阮

有的数码体是不是天生就比别的笨？我的数码体不像我看到的别的数码体那样遵守命令。

他查看了一下这位顾客的公共资料，发现他的虚拟角色是一场无尽的金币雨。金币互相碰撞，形成的轨迹似乎是一个人形，极其抽象。这个动画的确很炫目，但德雷克怀疑这个用户没读过蓝色伽马关于抚育数码体的建议，于是他回了一帖：

来自：德雷克·布鲁克斯

当你和数码体玩耍的时候，你使用的虚拟角色是你档案里的那个吗？如果是的话，问题出在你的虚拟角色没有脸。把你的摄像头调成面部表情追踪模式，然后换用一个可以显示表情的角色，你一定会从你的数码体那儿得到更好的回应。

他继续浏览。一分钟后，他发现了另一个让他感兴趣的帖子：

来自：娜塔莉·万斯

我的数码体"可可"是洛莉的克隆，今年一岁半。最近她超级调皮，一点都不听我的话，快把我搞疯了，而几个星期前她还是一个绝对的乖宝宝。我曾试着把她恢复到最近的标记点，可是好景不长。我试过两次，每次到最后她都变成一个捣蛋鬼（虽然第二次坚持的时间要长一些）。有人遇到过类似的情况吗？特别是如果你的宝贝也是只洛莉的话。到底要把时间调回多久才能解决这个问题呢？

后面好几条回帖都建议说，应该把引发可可情绪变化的因素找出来，再对症下药。他正准备自己回一帖，说数码体不是一盘电子游戏，不能反复从头玩起，直到打出完美结局为止，这时他看到安娜回了一帖。

来自：安娜·奥瓦拉多

我理解你的感受，因为我见过完全相同的事情。不只是洛莉，很多数码体都要经历这个阶段。你可以继续尝试绕开这段历程，但我怀疑这也许是无法避免的，结果可能只是花上好几个月的时间去陪一只永远长不大的数码体；你也可以耐心挺过这段困难期，一旦熬过去之后，你就会拥有一只更成熟的数码体。

这条信息让他欣慰不已，太多人把有意识的生命当成玩具来对待了。德雷克有一次去姐夫家参加生日宴会，聚会上有一对夫妇，带着一个八岁大的克隆男孩。他每次看到这个男孩，都会感到一丝难过。这孩子浑身上下都散发出焦虑紧张，显然是因为他的父亲太过自恋，把自己的意志强加在他身上。即使是一只数码体，也应该得到比那更多的尊重。

他给安娜发了一封私信，对她这个回帖表示感谢。然后他注意到那个身着无脸角色的顾客给他的建议回了一帖。

来自：安德鲁·阮

见鬼去吧。这个虚拟角色可花了我一大笔钱，我是特意买来在社交大陆上穿的，我才不会为了一只数码体就不穿。

德雷克叹了口气。看来没办法改变这人的想法了。他只希望这人能就此终止他的数码体，而非一直用错误的方式去抚养。蓝色伽马已经尽其所能去减少虐待行为了：所有神经源数码体都装有痛感阻隔器，让它们对虐待免疫，从而对施虐狂也没有吸引力。不幸的是，面对有些伤害，没有任何办法能保护它们，比如忽略。

*　　　*　　　*

接下来的一年里，其他公司也开始向市场推出支持语言学习的基因组引擎。在数据地球，没有哪一家能够与神经源并驾齐驱，但是在其他平台上就不同了。在下一维度，千纸引擎成了主流；而在任意之所，主导市场的是花百姿。在蓝色伽马的启发之下，其他公司不仅推出了互补产品，还拿出了可与神经源相竞争的产品。

今天公司里一半的员工都挤在了前台区：经理、研发人员、测试人员、设计人员，一个不缺。大家聚在这里，是因为一个众人期待已久的包裹终于抵达了，一个大号手提箱大小的包裹此刻就放在接待员的桌子上。

“咱们开箱吧。”麦黑什说。

安娜和罗宾撕掉封条，把箱子分解成八块相互铰合的泡沫塑料。这具定制的“棺材”里面是一具机器人的身躯，刚从生产车间送来。这个机器人有人形躯体，但是个头很小，身高还不足一米。这是为了减小四肢的惯性，让它具有一定程度的灵活性。它的皮肤黑亮，头部大得不成比例，其表面大部分都被一块环绕显示屏占据了。

这个机器人是“灵猴机甲”玩具公司的作品。市面上已经涌现出许多为数码体的主人提供服务的公司，但灵猴机甲是第一家做硬件而非软件的公司。他们把样品送来蓝色伽马，就是希望能得到该公司的认证。

“哪个吉祥物得分最高？”麦黑什问。他指的是灵活性测试。上个星期，所有数码体都得到了一套测试用的虚拟身体。这套身体的重量分布和动作幅度都和机器人相匹配；它们每天都要花一段时间穿着这具身体，练习四处活动。昨天，安娜为数码体们的运动能力评了分，项目包括仰卧起坐、上下台阶和单腿站立。这就像是给一群蹒跚学步的小孩子做醉酒测试一样。

“贾克斯最高。”安娜回答。

“那好，让他作好准备。”

接待员把工作台让给安娜，安娜登录进数据地球，把贾克斯叫了过来。贾克斯这次是走运了，因为测试用的躯体和他本身的躯体没什么本质区别；这具躯体更笨重，但是四肢和躯干的比例差不多。相比之下，那些用熊猫和小老虎的身体长大的数码体，麻烦就大多了。

罗宾检查了一下机器人身上的诊断板，“看起来一切就绪。”

安娜在屏幕上的健身房里打开一扇传送门，向贾克斯比了个手势。“好了，贾克斯，过来吧。”

屏幕上的贾克斯迈进传送门，接待区的小机器人立刻活过来了。机器人头部的显示屏亮起，显示出贾克斯的脸，巨大的脑袋看上去就像戴上了鼓鼓的头盔。这个设计是为了延续数码体原来的虚拟角色形象，而不需要再专门定制躯体。贾克斯现在看起来像个紫铜机器人穿着黑曜石铠甲。

贾克斯转过身，视线扫过整间屋子。“哇哦，”他停了下来，“哇哦，声音不一样了啊，哇哦……”

“没事的，贾克斯，”安娜说，“别忘了我告诉过你，在外面的世界里声音听起来可能不一样。”灵猴机甲发来的信息包提到过这一点；金属和塑料质地的底座传导声音的方式和数据地球里的虚拟身体不同。

贾克斯抬头面对安娜，安娜则回之以一个惊奇的眼神。她知道他并非真的在这具躯体里——贾克斯的代码还在网络上运行，这个机器人只是个华丽的外设而已——但是眼前的幻觉却无懈可击。哪怕在数据地球交往了这么久，能亲眼看到贾克斯站在面前看着她还是让她激动不已。

“嗨，贾克斯，”她说，“是我，安娜。”

“你穿不一样的角色。”贾克斯说。

“在外面世界，我们叫它‘躯体’，不是‘虚拟角色’。而且人们在这儿不能更换躯体，只有在数据地球才能换。在这里我们一直用同一具躯体。”

贾克斯沉默了一会儿，思考着什么。“你一直这样子？”

“呃，我可以换穿不同的衣服。但是没错，我就是这个模样。”

贾克斯走到安娜身边，靠近观看；而安娜则蹲下来，让他俩差不多一样高。贾克斯看着她的手，然后是手臂；她穿的是短袖。他的头离得更近了，安娜可以听到他的电子眼对焦时微弱的旋转声。“很多细毛在你手臂上。”他说。

她笑了；她的虚拟角色的胳膊像婴儿一样光滑。“没错，是有。”

贾克斯抬起一只手，伸出拇指和食指想抓起那些毛发。他试了几次，但就像是售货机里机械臂的钳子一样，他的指头总是滑下来。接着，他掐住了她的皮肤往回扯。

“哎哟！贾克斯，这样很疼的。”

“对不起。”贾克斯检视着安娜的脸庞，“很小很小的洞在你脸上，到处有。”

安娜感觉到房间里其他人都在偷笑，“这些小洞叫‘毛孔’，”她边说边站起来，“咱们待会儿再谈我的皮肤吧，现在你可以参观一下这个房间。”

贾克斯转过身，缓缓地走过大厅，犹如一个小小的宇航员在探索未知的世界。他注意到一扇面朝停车场的窗户，便径直走了过去。

午后的阳光透过玻璃斜射进来。贾克斯迈入光束之中，又一下子退了出来。“那是什么？”

“那是太阳，就跟数据地球里那个一样。”

贾克斯小心地再次走到阳光中，“不像。这个太阳太亮，太亮，太亮。”

“没错。”

“太阳不需要太亮，太亮，太亮。”

安娜大笑，“我想你是对的。”

贾克斯转身向她走来，看着她裤子上的纤维。她试着轻抚他的后脑勺，他则顺势让身体倚靠着她的手——显然机器人体内的触觉传感器运转良好。她能感觉到他的重量，还有他体内元件的动态阻力。接着贾克斯抱住她的腿。

“让我留着他好不好？”她问其他人，“是他自己跟着我回来的呀。”大家全都笑了。

“你现在是这么说，”麦黑什道，“等他把你的毛巾冲到厕所里，看你怎么办。”

“知道啦，知道啦。”安娜说。蓝色伽马之所以把产品定位在虚拟世界而非现实世界有很多原因，比如成本低廉、容易建立社交网络等，但其中还有个原因就是可以规避财产损坏的风险。他们可不能卖给顾客一个能把现实里的百叶窗帘扯下来的宠物，或者能在你现实里的地毯上浇筑起蛋黄酱城堡。“我就是觉得这样看到贾克斯真好。”

“没错，确实很棒。为灵猴机甲着想的话，我希望这些体验到了录像里仍然能表现出来。”灵猴机甲玩具公司不准备销售这些机器人身体，而是打算出租，一次几个小时。数码体将在大阪郊外的一座设施里接入现实身体，然后踏上一次现实世界的野外旅行；而主人可以从搭载在迷你飞艇上的摄像头中观看宠物的举动。安娜心中涌起一阵强烈的冲动——这样看着贾克斯让她意识到，自己是多么怀念抚养动物时的现实接触，那种感受和通过屏幕抚养数码体又是何等不同。

罗宾问麦黑什：“你打算让所有吉祥物都在机器人身体里试一圈吗？”

“没错，但要等它们都通过灵活性测试之后。我们要是把这个弄坏了，灵猴机甲可不会再免费给我们一个。”

此时贾克斯正在玩安娜的帆布鞋，扯着鞋带末端。平日里安娜并不那么在乎金钱，可是现在，感受着自己的鞋带被贾克斯扯紧，她真希望自己是个有钱人。付得起的话，她会毫不犹豫地买下这样一个机器人。

*　　　*　　　*

不同的员工轮流带领吉祥物们参观现实世界，德雷克通常会带上马可或者波罗。他最开始的想法是把他们带到室外，环游蓝色伽马总部所在的写字楼园区，给他们看停车场上的花草和灌木。他把那个螃蟹模样的园丁机器人指给他们看，那是一次把数码体带到现实世界的更早的尝试。那个机器人装备有一把细长的园丁手铲，用于除杂草，而它的辛劳则出自本能，是数据地球的温床里数代园艺竞赛的成果——每一代获胜者产生下一代继续参赛，最后产生了它。德雷克很想知道，吉祥物们在听到这个除草机器人的故事后会作何反应，会不会因为这也是来自数据地球的“出逃者”而产生认同感呢？但他们对此好像没有一点兴趣。

真正令吉祥物们着迷的是各种物体的质感。在数据地球，虽然物体表面的视觉效果相当精细，但是除了摩擦力之外，就再没有触觉质地了。毕竟大部分玩家的手柄都没有触感传递功能，因此大部分商家也不愿费事为他们的环境界面植入触觉质感。而现在，数码体在真实世界里感受到了这些表面，它们在最简单的事物里发现了全新的体验。马可从那具机器人躯体回来之后，整天喋喋不休地说着地毯和家具覆料；而波罗穿着这具躯体的时候，把所有时间都花在了抚摸台阶的砂质防滑层上。如此一来，手指上的传感垫就成了最先需要替换的零件。马可接着又注意到德雷克的嘴和他自己的嘴是如何不同。数码体的嘴和人类只是看起来相似；尽管它们说话时嘴唇也在动，但数码体的语音发声器并非基于物理结构。马可很想了解声音产生的机理，德雷克每次说话时，他都要把手指放到德雷克的嘴唇上去感受。而波罗则惊讶地发现，当德雷克吞咽时，食物真的从他的喉咙中通过，而不是像数码体食物那样直接消失。

德雷克曾经担心，数码体在懂得它们自身躯体的局限性之后可能会感到苦恼；但实际上，它们只是觉得这一切非常好玩。

数码体穿上机器人躯体还带来了一个意想不到的好处：与在数据地球里相比，人们能以更近的距离去观察它们的脸孔，这样，德雷克在数码体面部表情上下的功夫也更容易被欣赏到。

有一天安娜来到他的工作间，激动地说："你真了不起！"

"呃……谢谢。"

"我刚看到马可做了一个好笑到极点的表情。你真应该看看。我可以用一下吗？"安娜指着他的键盘，德雷克把椅子向后挪，给安娜让位。她在他的屏幕上打开两个视频窗口：一个来自机器人身上的摄像头，显示的是数码体的视角；另一个是机器人头盔屏幕上显示的内容。从前者来看，他们又到停车场去玩了。

“他上个星期去了野外，”安娜解释道，“着迷得不行。现在他觉得写字楼园区一点意思都没有。”

屏幕上的马可说：“想去公园我们野外旅行。”

“你在这里也可以一样玩得开心啊。”屏幕上，安娜示意马可跟她走。

图像晃来晃去，因为马可在摇头。“不一样，公园更开心。让我展示给你看。”

“我们去不了那个公园。那里非常非常远；我们要走很长时间才能到那里。”

“开传送门。”

“对不起，马可，在外面的世界里我开不了传送门。”

“注意看他的脸。”安娜说。

“你试试。好好试试，求你啦，求你啦。”马可的熊猫脸上现出一副乞求的表情，这表情连德雷克都没见过。他忍不住大笑起来。

安娜也笑了，然后说：“继续看。”

她在屏幕上说：“马可呀，我再努力也没有用；外面世界没有传送门，只有数据地球才有。”

“那我们去数据地球，在那里开通道。”

“如果那边有一具身体给你穿的话，你是可以这样做，但我没法换另一具身体，只能移动这一个。这要花很长时间。”

马可想了想，德雷克高兴地看到数码体的脸真的能够显示出他的怀疑。“外面世界真无趣。”他大声说。

德雷克和安娜哈哈大笑起来。她关了窗口说：“你的工作做得棒极了。”

"谢谢，谢谢你给我看这些，我可以开心一整天了。"

"不用谢。"

得知早先的工作已经结出硕果，这让他很开心，因为他最近的任务大多很无趣。千纸和花百姿的数码体已经开始推出更加多样的虚拟角色，比如小龙、小狮鹫，还有其他神话中的生物；因此蓝色伽马也打算为神经源数码体提供类似的躯体。新的虚拟角色是在已有角色的基础上直接改装而成，对于它们的面部表情没有什么新要求。

事实上，他最新的任务是去创造一个根本没有面部表情的角色。有一群人工生命的狂热爱好者为神经源基因组的潜力所震撼，等不及真正的智能从现有的虚拟生物圈里演化出来，而是委托蓝色伽马为他们设计一种外星智能物种。研发团队设计出了一种新的个性群，和蓝色伽马销售的那些品系有天壤之别。德雷克设计的新躯体有三条腿，有一对触手但没有胳膊，还有一条可以缠卷的尾巴。有些爱好者想要更奇特的身体造型，环境也要换用另一套物理定律，但是德雷克提醒他们，抚养数码体的时候他们自己也得穿着类似的虚拟角色，而光是控制触手就已经难如登天了。

这些狂热者将他们的新物种命名为"陌兽"，并且创建了一个名为"数据火星"的私人大陆，他们打算在那里从零开始创造一套外星文化。德雷克对此非常好奇，却无法参与，因为在那些数码体面前获准使用的只有人工语言"逻辑语"的一种变体方言。他很好奇这些爱好者在这个项目上能走多远，且不说创造世界的难度是多么巨大，抚养异体兽恐怕也不会带给他们像德雷克和安娜刚才欣赏马可时的那种乐趣。他们所能获得的只是一些纯理性的东西，长此以往，他们受得了吗？

三

接下来的一年里，蓝色伽马的前景预报从阳光灿烂变成了乌云密布。新顾客的购买量开始下滑，更糟的是，食品发放软件带来的收益也开始下跌：越来越多的现有顾客停止了数码体的运行。

问题在于，神经源数码体度过了婴儿期之后，要求变得越来越高。蓝色伽马原先的计划是把它们培育成既聪明又温顺的宠物，但是任何基因组——哪怕是数字基因组——都有内在的不可预知性，现在看来设计者没能达成目标。数码体变成了一场难度过大的游戏，所提供的挑战——奖赏平衡已经偏离了最佳状态，在大多数人眼中这已不再是乐趣，因此他们停止了运行。你可以责怪狗的主人没作好准备就买下它，却没法责怪蓝色伽马的顾客事先没做准备工作，毕竟连公司自己都没想到数码体会发育成这个样子。

志愿者开始运转一些救助点，收养被人类抛弃的数码体，希望能为它们找到新主人。这些志愿者采取了许多不同的策略，有的让数码体不受干扰地运行，有的则每过几天就把数码体恢复到上一个标记点，以免它们因被抛弃而产生心理隐患，增加被人认领的难度。这些策略都没能有效地吸引潜在顾客。偶尔会有人想尝试抚养成熟的数码体而不愿意从婴儿期开始养，但这样的领养大都不会维持很久，最后收养所实际上变成了数码体的仓库。

安娜不愿看到这样的趋势，但她懂得动物福利的现实就是如此：永远不可能挽救每一个动物。她能做的只有保护蓝色伽马的吉祥物免受冲击，可这种现象蔓延得如此之快，连做到这一点都显得不现实了。一次又一次，当她把吉祥物们带到游乐场时，总有一只数码体会意识到，某个一直以来的玩伴突然不见了。

今天的游乐场之行和以往不同，有个惊喜在等着他们。吉祥物们甚至还没有全部走出传送门，贾克斯和马可就注意到了一只穿着机器人角色的数码体。他们同时喊道："提波！"然后向他跑去。

提波是除了吉祥物之外最早的数码体之一，他的主人是一个测试员，名叫卡尔顿。他在一个月前停用了提波，安娜很高兴看到这不是一次永久停用。趁数码体在聊天的时候，她走到卡尔顿身边和他攀谈起来。他解释说之前只想要休息一下，现在已经准备好再次给予提波应有的关注。

晚些时候，当她把吉祥物们从游乐场带回蓝色伽马的小岛之后，贾克斯给她讲了自己和提波的谈话。"把他不在的那段时间里发生的那些趣事告诉他。告诉他野外旅行动物园很有趣，很好玩。"

"他有没有因为错过了这些事情而伤心呢？"

"没，他反而争论说旅行去的是商场而不是动物园，但那是我们上个月去的啊。"

"那是因为他不在的那段时间一直处于停用状态，"安娜解释道，"所以上个月的旅行在他看来就像在昨天一样。"

"我说了。"贾克斯说，安娜为他的理解能力大吃一惊。"但他不信。他争论直到马可和洛莉也告诉他。然后他伤心。"

"嗯，我相信还有别的机会去动物园的。"

"不因为错过动物园。伤心错过一个月。"

"哦。"

"我不要被挂起。不要错过一个月。"

安娜竭尽全力让自己的声音听起来让人安心。"你不需要担心那个，贾克斯。"

"你不挂起我，是吧？"

"是的。"

贾克斯似乎对这回答很满意，这让她松了一口气；他好像还没意识到自己可以向别人索取承诺，而她也不得不尴尬地承认，自己很高兴不用向他作出这番承诺。还好她清楚，不管什么时候，只要公司需要挂起吉祥物，不会只挂一只，而是全部挂起，这样至少在群体内部不会出现经历上的差异。假如公司什么时候想要把吉祥物调回之前的时间点，情况也是如此。当顾客发现自己的数码体要求过高时，公司提出的建议里就包括恢复到较早的标记点。有人议论说，公司也应该对自己的吉祥物这样做，以表示对这项策略的支持。

安娜看了看时间，启动一些游戏，让吉祥物自己去玩；现在是训练蓝色伽马新生产线上的数码体的时间了。神经源基因组诞生之后的这几年里，研发团队已经开发出一些更高级的工具来分析基因组中不同基因之间的相互作用，他们对基因组的种种特征也有了更深入的了解。最近他们创造的一类个性群，在认知能力的可塑性方面较差，这样产生的数码体应该可以更快地稳定下来，永远温顺下去。真正能检验他们工作成效的办法是让顾客们抚养它们几年，看看会发生什么事；但是研发者对此很有信心。这与公司最早的目标——创造出一直在成长的数码体——相比已经有了很大的偏离，可非常时期就得使用非常手段。蓝色伽马指望这些新的数码体能够帮公司止住利润下滑，因此安娜和测试团队的其他人员都在加紧训练它们。

她的吉祥物们被训练得很好，只有得到她的许可，它们才会开始玩游戏。“大家听好了，开始吧。”她说，所有数码体都冲向它们最喜欢的游戏。“回头见。”

“不。”贾克斯说，他停了下来，走回她的角色身边。“不想玩。”

“什么？你肯定想玩。”

“不玩。想工作。”

安娜笑了，“啊？你为什么想要工作呢？”

“得到钱。”

她意识到贾克斯说话的时候并不高兴，他的情绪很阴郁。因此她更郑重地问：“你干什么事情需要钱啊？”

“不需要。给你。”

“你为什么想要给我钱呢？”

“你需要。”他一字一句地说。

“我说过我需要钱吗？什么时候？”

“上周问为什么你和别的数码体玩而不和我，你说你和他们玩时人们给你钱。如果有钱可以给你，你和我玩得更多。”

“哦，贾克斯。”她一时间失语了，“你真好。”

*　　　*　　　*

又一年过去了，形势逐渐变得明朗起来：蓝色伽马正在逐步关闭它的各项业务。没有足够的顾客愿意尝试永远温顺如一的数码体。公司内部讨论过很多提案，比如可以听懂语言但不能说话的数码体品系，但是为时已晚。顾客群体已经缩减成一个小小的核心用户群，而他们带来的收益并不足以维持蓝色伽马的运作。此后，公司将会发布一个免费版的食品发放软件，让那些仍想养着数码体的顾客能永远养下去，但是其他问题就只能靠顾客自己解决了。

大多数雇员都经历过公司倒闭，因此他们虽然很伤心，但对他们来说，这不过是软件行业里又一个人生阶段的落幕而已。可是对于安娜而言，蓝色伽马的倒闭让她想起了动物园的关闭，那是她一生中最心碎的时刻。每当她想起最后一次和她的猩猩们见面的那一天——幻想自己能够给它们解释明白为什么它们将再也看不见她，希望它们能够适应新的家庭——她的眼睛仍然会湿润。当她决心转行接受软件业的培训时，她曾经庆幸自己在新行业里不必再一次面对那样的别离。可出乎意料地，现在她在这里，却面对着一幕似曾相识的场景。

似曾相识，但并不全然一样。蓝色伽马无须为它的几十只吉祥物寻找新家，只需要挂起它们就可以了，这不会像动物安乐死那样招来非议。安娜自己在培育期里已经亲手挂起了成千上万的数码体，它们并没有死去，也不会感觉到被抛弃。如果要挂起吉祥物的话，唯一痛苦的是训练人员；过去五年里，安娜每一天都和这些吉祥物待在一起，她不希望对它们说再见。幸好，还有另一种选择：在数据地球里，任何雇员都承担得起养一只吉祥物做宠物的费用，而养一只猩猩在公寓里则是完全不可能的事情。

哪怕这件事如此容易，安娜依然惊讶地发现大多数雇员并不想去收养一只吉祥物。她知道德雷克肯定会收养一只——他和她一样关爱着数码体，可是训练人员大都出乎意料地不愿收养它们。他们喜欢数码体，可大部分人觉得在现在这种情况下养数码体就好像为公司无偿工作一样。安娜本来确信罗宾肯定会领养一只的，可是午餐时间罗宾抢先告诉了她一个消息。

"我们还不打算告诉别人，"罗宾对她说，"但是……我怀孕了。"

"真的吗？恭喜！"

罗宾咧嘴一笑，"谢谢！"她一口气向安娜吐露了一大堆压在心头已久的事情：她和自己的爱伴琳达考虑过的种种可能，她们赌了一把卵子融合技术，幸运地中了头彩。安娜和罗宾讨论了找工作和休产假的问题，话题最后转到了领养吉祥物。

"很明显你要忙得不可开交了，"安娜说，"但你考虑过收养洛莉吗？"洛莉对于怀孕的反应一定很有趣。

"没有。"罗宾摇头说，"我已经过了数码体那个阶段了。"

"过了阶段？"

"我已经作好准备去迎接真东西了。你明白我的意思吗？"

安娜小心翼翼地说："恐怕我不清楚。"

"人们总是说，我们天生想要孩子。我曾以为那是瞎说，可我现在改变主意了。"罗宾的表情变得沉醉起来，她好像是在自言自语，"小猫、小狗、数码体，这些都不过是我们真正应该关心的东西的替代品。到头来你会明白一个孩子意味着什么——然后一切都变了。你会意识到，你过去的一切感受都不是——”罗宾停了下来，“我是说，对我而言，这让我看问题更全面了。”

和动物打交道的女性总是能听到这种言论：她们对动物的爱一定是来自她们对于抚养孩子的冲动的升华。安娜早就厌烦了这种把人脸谱化的言论。她确实喜欢孩子，可孩子并不是唯一的标准，不应该把一切成就都用孩子来衡量。照顾动物这件事本身就是非常有意义的，干这一行不需要任何借口或辩解。

她刚来蓝色伽马工作时，对于数码体不会说类似的话；但她现在意识到，这对它们而言可能是成立的。

四

蓝色伽马倒闭后的一年里，德雷克的生活发生了许多变化。他在妻子温迪的公司找到一份工作，为电视制作虚拟动画演员。他很幸运，接手的这部连续剧有个好剧本，剧中的对话听起来机智灵巧，每一个字、每一个音调全都经过煞费苦心的编排。可是动画制作期间，这些对话他要听成百上千次，到最后的表现哪怕再完美，在他听来也只剩下浮华和乏味。

相比之下，有马可和波罗相伴的生活却充满了连续不断的惊喜。他把他俩都收养了，因为他俩不想分开。虽然他不能像为蓝色伽马工作时那样陪他们玩那么长时间，但现在其实比以前更有趣了：那些还在养着数码体的顾客组成了一个神经源用户小组，保持联络；虽然这比以前的圈子要小，成员却更加活跃和热心，而他们的努力也结出了成果。

今天是周末，德雷克正开车驶向公园，后面坐的是马可，穿着机器人的身体。他站在座位上，身上系着安全带，这样可以看到窗户外面的景色。他在找寻一切他只在视频里看过的东西，在数据地球见不到的东西。

“敲防川。”马可指向窗外。

“消防栓。”

“消防栓。”

“对啦。”

马可所穿的这个机器人身体就是蓝色伽马曾经拥有的那一具。集体野外旅行已经不复存在，蓝色伽马关闭后不久，灵猴机甲也关门了，因此安娜——她后来找到了一份为碳埋存站点测试软件的工作——就折价买下了这具躯体，给贾克斯用。她上周把躯体借给了德雷克，让马可和波罗也可以玩一玩；现在他就是来归还的。她今天一天都会待在公园里，让其他数码体的主人都有机会用一下。

“下次手工课我做消防栓，”马可说，“用圆柱，用圆锥，用圆柱。”

“好主意。”德雷克说。

马可所说的手工课是现在数码体每天都要进行的项目。这个课程始于几个月之前，有个数码体主人写了一款软件，允许从数据地球环境内部来操作某些在屏编辑工具。通过操纵一个由滑杆和按钮组成的界面，数码体现在可以生成不同形状的实体，改变他们的颜色，还可以用各种各样的方式对其进行组合与编辑。现在的数码体感觉自己仿佛身在天堂，似乎被赋予了魔力；考虑到编辑软件绕过了数据地球自身的物理模拟，某种意义上讲这确实是魔力。德雷克每天下班后登入数据地球时，马可和波罗都会向他展示他们做出的小物件。

“然后给波罗看如何？公园！已经公园了？”

“没有，我们还没到呢。”

“牌子写着‘公园二〇二〇’。”马可指向他们刚驶过的一块标牌。

“那是‘公元二〇二〇’，是年份，不是用来玩的公园。我们还有一小段路呢。”

“公元。”马可说，看着标牌向远方退去。

数码体的另一项新活动是上阅读课。马可和波罗以前很少注意到文字——在数据地球，除了屏幕注释外没有多少文字，而数码体是看不到这些注释的。但有一个主人成功教会了他的数码体认出写在卡片上的命令，这促使很多人开始尝试。总的来说，神经源数码体在识别文字方面表现得相当不错，但把字母与读音联系起来对他们而言则有些困难。这似乎是神经源基因组特有的一种症状。其他用户组表明，千纸的数码体很容易就能学会字母，但花百姿的数码体怎么教都学不会。

马可、波罗、贾克斯还有其他一些数码体一起上阅读课，他们似乎很喜欢这门课程。数码体并不是从小听着床边故事长大的，因此他们不像人类的小孩那样，对文字有特殊的痴迷。但他们普遍的好奇心——还有主人的夸奖——却促使他们去探索文字的种种可能用途。德雷克为这个过程激动不已，也时常叹息蓝色伽马过早倒闭，没能见证这一切的发生。

他们抵达了公园。德雷克停车时，安娜向他们走过来。德雷克刚把马可从车里放下来，他就给了安娜一个拥抱。

“嗨，安娜。”

“嗨，马可。”安娜轻抚着机器人的后脑勺，“你还待在机器人身体里？已经一整个星期了。还没玩够吗？”

“想坐车。”

“你们想在公园里玩一会儿吗？”

“不，我们现在就走。温迪不想我们留下。再见安娜。”德雷克已经从汽车后座拿出了机器人的充电平台，马可跨了上去，机器人的头盔暗了下来。数码体们经过训练，已经学会了在回到数据地球之前把身体留在充电平台上。

安娜取出手持电脑，让另一只数码体作好准备进入机器人的身体。“这么说你也得上路了？”她问德雷克。

“不，我哪儿都不去。”

“那马可刚才那句话是什么意思？”

“呃……”

“让我猜猜，是温迪觉得你和数码体在一起的时间太多了，对吧？”

“没错。”德雷克回答。让温迪同样不高兴的是他和安娜在一起的时间，但是这个不必向安娜提及，他一再向温迪保证，安娜和他之间没有什么，他们只是朋友，都喜欢数码体而已。

机器人的头盔亮了起来，显示出一只小豹子的脸。德雷克认出那是扎弗，他的主人是一个测试人员。“嗨，安娜，嗨，德雷克。”扎弗说，然后立刻向附近的一棵树跑去，德雷克和安娜跟在后面。

“这么说就算让她看到数码体在机器人的身体里，也改变不了她的看法吗？”安娜问道。

德雷克一边拦住扎弗，不让他去捡狗粪，一边对安娜说：“是的。她依然不明白为什么我不找个机会把他们挂起来。”

“想找个理解你的人并不容易，”安娜说，“就跟我在动物园工作时一样。那时，每个跟我约会的人都觉得动物好像才是我心中的第一位，而他只能排第二。现在如果我告诉哪个人，我在付钱给我的数码体上阅读课，他看我的眼神就像我疯了一样。”

“花钱上课也是温迪不喜欢的事情之一。”

他们看着扎弗从一堆枯枝败叶中挑出一片朽烂到近乎透明的叶子，然后把它贴在脸上露出眼睛，就像是一副蔬菜面具。“不过我想这不能怪他们，”安娜说，“我自己也花了不少时间才明白数码体的可爱之处。”

“我可不是这样，”德雷克说，“我一开始就觉得这些数码体太神奇了。”

“是啊，”安娜表示赞同，“你这样的人难得一见。”

德雷克看着她陪扎弗玩，很钦佩她引导扎弗时表现出的耐心细致。上一次他如此深切地感到和一位女性产生共鸣还是在他遇到温迪的时候，他俩对于用动画赋予角色以生命都抱有极大的热情。要不是已经结婚，也许他会邀请安娜出去约会，但现在考虑这件事情已经没有意义了。他们只能止于朋友阶段，这样已经很好了。

* * *

又一年过去了，这天晚上安娜待在她的公寓里。电脑上一个窗口显示的是数据地球，贾克斯和另外几只数码体结成小组，约好在这个时间一起出来玩，而安娜的角色则站在一旁照看着他们。来玩的数码体越来越少，比方说提波就好几个月没出现了，不过贾克斯的小组最近和另一个小组合并了，所以他依然有机会结交新朋友。有几只数码体身穿装备正在攀岩，有的在游乐场上玩玩具，还有两三只在看虚拟电视。

在另一个窗口里，安娜浏览着数码体的用户组论坛。今日的热点是“信息自由阵线”的最新行动。这个组织致力于消灭私有数据，让一切信息都成为公有财产。前一周他们公布了破解数据地球访问控制机制[1]的技术，最近几天里人们常常能看到自己游戏背包里稀有而昂贵的装备被人像发传单一样扔得遍地都是。自从这个问题出现以来，安娜就再没去过数据地球的游戏大陆。

游乐场上，贾克斯和马可决定玩一个新游戏。他俩趴下身去手脚着地，然后开始四处爬行。贾克斯向安娜招手，于是她走了过去。“安娜，”他说，“你知道蚂蚁能互相说话吗？”

贾克斯和马可看了一些自然生态的纪录片。“嗯，我听说过。”安娜答道。

“你知道吗，我们能听懂它们说的话。”

“你们懂？”

“我们说蚂蚁话。像这样：唧咕噼噗嘀哞哔叭。”

马可紧接着回答：“哔哒啼嗒噜噗唔啪。”

1　信息安全术语，指限制未授权用户访问某些内容的技术，比如加密。

“这是什么意思啊？”

“不告诉你。只有我们知道。”

“我们和蚂蚁。”马可补充道。

接着贾克斯和马可都“哞哞哞”地大笑起来，安娜也笑了。他俩跑开去玩别的东西了，安娜则继续浏览论坛。

来自：海伦·柯斯塔丝

你觉得我们有必要担心我们的数码体被别人复制吗？

来自：斯图亚特·格思特

谁会费那个劲呢？要是数码体的需求还旺盛的话，蓝色伽马也不至于关门了。记得救助点的事吗？那些数码体白送都送不出去。从那以后，数码体就很少有人问津了。

游乐场上，贾克斯大喊：“我赢了！”他和马可在玩某种看不太明白的游戏。他高兴得摇来晃去。

“好了，”马可说，“该你啦。”他从旁边的玩具堆中翻出一支口笛，递给贾克斯。

贾克斯跪在地上，把笛子的一头衔在嘴里，然后用笛子很有节奏地一下下戳着马可的腰部，大概在他肚脐眼的部位——如果他有肚脐的话。

安娜问：“贾克斯，你在做什么？”

贾克斯把笛子从嘴里拿出来。“给马可口交。”

“什么？你在哪里看见口交了？”

“昨天电视上。”

她转身看了看电视，现在上面播的是儿童动画。电视的内容本来应该全部来自一个儿童节目数据库，很可能是有人利用了信息自由阵线的黑客技术，恶意插进了一段成人视频。当着数码体的面，她决定装成没什么大不了的样子。“知道了。”她说。贾克斯和马可又开始玩他们的哑剧。她在论坛上发了一个帖子，告诉大家有人窜改视频，然后继续浏览。

几分钟后，安娜听到一阵不寻常的嘁喳响声，她看到贾克斯已经跑去看电视了，所有的数码体都在看。她的角色也走过去，看看到底是什么吸引了他们的兴趣。

虚拟电视上，一个穿着小丑虚拟角色的人正把一只小狗形状的数码体压在地上，用一把锤子不停地狠砸它的腿。数码体的腿不会被砸断，因为设计它的身躯时并没有考虑这样的重伤，同样道理，它也很可能没法叫喊呼救；可这只数码体一定很痛苦，而那嘁喳声是它表达痛苦的唯一方式。

安娜关了虚拟电视。

“怎么了?”贾克斯问。另外几只数码体也问了这个问题。她没有回答。她在现实里的屏幕上另外打开了一个窗口，观看这段视频的描述。这不是动画，而是某个恶意玩家使用信息自由阵线的技术黑掉了数码体身体里的痛感阻隔器。更糟的是，那只数码体并不是随便造出来的，而是借用了某人的宠物，用信息自由阵线的技术非法克隆的。原始的数码体名叫奈缇，安娜想起来他是贾克斯阅读课上的同学。

不管是谁克隆了奈缇，他很可能也拥有贾克斯的克隆体，或者他可能正在克隆贾克斯。考虑到数据地球的分布式架构[1]，只要那个恶意玩家和游乐场同处一片大陆，贾克斯就有危险。

贾克斯还在问电视上是怎么回事。安娜打开一个新窗口，上面列出她账号下所有的数据地球进程。她找到代表贾克斯的那个进程，然后把它挂起了。游乐场上，贾克斯话说到一半突然停住，接着就消失了。

“贾克斯怎么了？”马可问。

安娜打开了德雷克的进程管理器——他们两人都给了对方最高账户权限，然后关掉了马可和波罗。但她没有关掉其他数码体的权限，她不知道接下来该怎么办。她看出了他们的不安和困惑。他们并没有动物那样的“战或逃”[2]的应激反应机制，也不会因为闻到信息素[3]或听到呼救信号而作出反应，但他们确实有类似于镜像神经元[4]的结构。这种结构有助于他们学习和社交，但也意味着他们看到电视上的场景后会感到痛苦。

让安娜带数码体一起来玩的主人们都给了安娜一定的权限，允许数码体打个盹儿，但是哪怕他们睡觉时进程都仍然在运行，这意味着他们仍然有被克隆的危险。她决定把数码体们

---

1 指的是由大量分散的计算机而非单一的中央服务器进行运算的网络结构。由于其分散性，很难拦截来自内部的有针对性的恶意攻击。

2 遭遇威胁时，动物体内的交感神经系统会迅速兴奋起来，由此带来的一系列反应使动物进入高度兴奋和紧张状态，准备根据威胁的严重程度决定战斗或逃跑。这是动物神经系统最重要的反应模式之一。

3 同种个体之间相互作用的化学物质，能影响彼此的行为、习性乃至发育和生理活动。信息素由体内腺体制造，直接排出散发到体外，依靠空气、水等传导媒介传给其他个体。

4 动物大脑中的某一类神经元。当某些动物自己做出某一行为或者看到其他个体做出同样行为时，这一类神经元会兴奋。学界猜想它们的存在对于动物的学习、模仿、同情、利他主义等行为都有重要作用。

转移到一座远离主要大陆的小岛上，希望可以减小被恶意玩家扫描到的可能性。

“大家听好啦，”安娜宣布，“我们要去动物园了。”她打开一扇通往盘古群岛游客中心的传送门，领着数码体走了进去。游客中心看起来没人，但她不敢冒任何风险。她强行让数码体全部入睡，然后给他们的主人发去讯息，告诉他们在哪里接他们回去。她让虚拟角色看着他们，然后在论坛上发帖警告所有人。

接下来的一个小时里，主人们陆续赶到，接走了数码体，安娜则在论坛上目睹了狂风暴雨般的讨论。愤怒的呼喊和层出不穷的诉诸法律的威胁，指向不同的群体。有些玩家认为，数码体的主人们管好自己的宠物就是了，没必要多管别人的事情，反正数码体又不值什么钱，这种态度引发了一场大对喷。安娜忽略了大部分帖子，专心寻找瑞山数码对此次事件的回应——那是负责运营数据地球平台的公司。最后终于有了正式消息：

来自：恩里克·贝尔川

瑞山已经有了一个数据地球安全架构的升级包，他们声称这能够补上漏洞。这本来是作为明年更新的一部分的，但是由于近来发生的一系列事件，他们正在匆忙赶工。他们无法给出更新完成的时间表。在更新完毕之前，大家最好把自己的数码体全部挂起。

来自：玛丽亚·郑

还有一个选择。莉丝玛·吴在架设一个私人小岛，只有经她许可的代码才可以在上面运行。你新买的一切东西都用不成，但是神经源数码体在上面运行一切正常。如果你想进入访客名单的话，请联系她。

安娜给莉丝玛发去一个请求，收到一封自动回复说小岛架设完成时会通知大家的。安娜的电脑还没有设置好，没法在本地运行数据地球环境的程序；但她有一个备选方案。她花了一个小时设定系统，让它能够完全在本地运行神经源引擎的进程。没有了数据地球的传送门系统，她只能手动载入贾克斯的存储状态，最后她终于让贾克斯在机器人的身体里运行起来。

“关掉电视？”他停下了，意识到周围的环境全变了，“怎么回事？”

“没事的，贾克斯。”

他看到自己穿着的身体。“我在外面世界。”他向她望去。

“你把我挂起了？”

“是的，我很抱歉。我知道我说过不会，可我真的迫不得已。”

他哀伤地问：“为什么？”

安娜不知怎么就紧紧地抱住了机器人的身体。她的拥抱是那样紧，让她自己都有点不好意思。“我只是想保护你而已。”

* * *

一个月之后，数据地球的安全系统完成了升级。信息自由阵线声称，他们不为恶意玩家利用他们公布的信息负责。他们的说法是：任何自由都有被滥用的潜在可能。好在他们的注意力转移到了其他项目。数据地球上的公共大陆对于数码体来说，起码暂时是安全的了，但伤害业已造成，无法消弭。没有什么办法能追踪到那些私下运行的非法克隆体。尽管不再有人放出虐待数码体的视频，但很多神经源用户一想起这种事情可能还在进行就难过不已。他们选择了永久性挂起自己的数码体，然后离开用户组。

与此同时，另一些人则非常兴奋地看到了利用数码体副本的可能性，特别是那些学会识字的数码体。有一家人工智能机构的研究人员想研究温室里的数码体能否在没有外界干预的情况下形成自己的文化，但他们找不到能识字的数码体，也没兴趣自己养。现在，这些研究者正在努力收集尽可能多的识字数码体，其中大多是千纸的数码体（因为它们的阅读能力最强），也混有少数的神经源。他们把这些数码体安置在私人小岛上，岛上备有文字和软件图书馆，然后将小岛加速运行，以促进进化。论坛上全是对结局的各种猜测：瓶中之城，或者桌面的微宇宙。

德雷克认为这个想法荒谬至极，一群被抛弃的孩子不可能主动去学习，不管留给他们多少书也没用。因此他对结果毫不惊讶：每一个测试种群最后都完全变野了。数码体天生没有多少侵略性，还不至于沦落到《蝇王》那种野蛮程度，它们只是分化成了散乱的、没有等级区分的小圈子。一开始，每个小圈子还能靠习惯的力量维持每天的日常行为——到了上课时间它们就读书和使用教育软件，下课了就去游乐场一起玩耍。可是，没了强化过程，这些仪式很快就分崩离析了。每一个物件都成了玩具，每一处空地都成了游乐场，渐渐地，它们连原有的技能都丢掉了。在某种意义上它们倒是发展出了一套自己的文化，可如果把野生数码体放进生物圈里让它们自由演化，得到的结果无非也就如此。

尽管这也很有趣，但和研究人员所期待的新生文明还是相距甚远，于是，他们尝试对岛屿进行重新设计。首先是增加测试种群的多样性，他们请求那些识字数码体的主人捐赠一些副本。出乎德雷克预料的是，有几个主人真的向他们寄来了副本。这些人已经厌倦了花钱给数码体上阅读课，只要这些未经养育的数码体不会遭受什么痛苦，他们就满足了。研究者还设计了各式各样的奖惩措施——都是全自动化的，不需要和外界实时交互——以此激励数码体，让懒惰者付出相应的代价。虽然改进后的测试里的确有几个种群没有野化，但也没有一个种群开始攀登技术的高峰。

研究者的结论是千纸基因组中缺少了一些东西，但在德雷克看来，错在研究者自己。他们忽略了一个简单的事实：复杂心智不可能自动产生，不然也不会有狼孩了。而且心智也不像野草，无人照看也能茂盛生长，不然孤儿院里的每一个儿童都应该能茁壮成长。只有接受了其他心智的栽培，一个心智的潜力才可能被完全开发出来。而这种栽培正是他一直努力带给马可和波罗的东西。

马可和波罗偶尔也会吵架，但每次很快就和好了。可前几天他俩争论马可比波罗早出生是否公平，不知怎么就越吵越凶。自那天起，两只数码体之间就没怎么说过话。因此，现在看到他俩一起走过来，德雷克不禁松了一口气。

“你俩又在一起了，真好。和解了吗？”

“没！”波罗说，“还气着。”

“那真遗憾。”

“我们都要你帮忙。”马可说。

“好啊，我能帮什么忙？”

“想要你把我们调回到上周，大吵之前。”

“什么？”这是他头一回听到数码体主动要求把自己恢复到标记点。“你们为什么想要这样做呢？”

“我不想记得大吵架。”马可说。

“我想高兴，不想生气。”波罗说，“你希望我们高兴，对吧？”

德雷克决定不要和他们讨论恢复前后他们将有何不同。“当然希望，但总不能每次你们一吵架，我就把你们恢复到上一个点吧。静下心来等一阵子，你们就不会这么生气了。”

“等过了，还是生气。”波罗说，“吵得凶凶。想让这事从没发生过。”

德雷克尽可能用安抚的语调说：“可它已经发生了，你们应该学会如何处理它。”

“不！”波罗喊道，“我生气生气！要你修好！”

“为什么你想我们永远生气呢？”马可问。

“我不是想让你们一直生气，我想让你们互相宽恕。但如果你们做不到的话，我们大家就必须面对这个事实，这也包括我。”

“现在对你也生气！”马可说。

两只数码体各自朝不同的方向走开，都气鼓鼓的。德雷克不知道自己是否作出了正确的决定。抚养马可和波罗并不轻松，但他从来没有做过标记点回调。这个策略迄今为止很好用，但他不确定将来是否依然有效。

抚养数码体并没有现成的指南。把养宠物或养孩子的技巧用在他们身上有时能成功，有时会失败。数码体的身体很简单，他们走向成熟的旅程中，不会像有机躯体那样因为激素而遭遇青春的心情风雨，但这并不意味着他们不会有心境起伏，也不代表说他们的性格永不改变。在神经源基因组所能提供的相空间[1]内，他们的心智在不断探索新的领域。其实，数码体甚至有可能永远也达不到所谓的“成熟”；所谓“发育平台期”的概念是基于生物模型建立的，对于数码体未必适用。他们的性格可能会一直以同样的速度演化下去，直到他们被挂起为止。只有时间能回答一切。

德雷克想找个人聊聊刚刚在马可和波罗身上发生的事，不幸的是，他想找的那个人不是他的妻子。温迪能理解数码体具有不断成长的可能性，也懂得马可和波罗得到的关爱越多，他们就会越懂事，但她就是无法对这种前景产生半点热情。她一直对德雷克为数码体付出的时间和关注耿耿于怀，要是她知道他们主动请求回调，一定会觉得这是个绝好的时机永远停用他们。

他想要倾谈的人，毫无疑问，是安娜。温迪的担忧从前看似毫无依据，现在却已成真；他已经对安娜产生了一种超越友谊的情感，这是确凿无疑的。其实这并不是他与温迪之间不和的原因，如果非要定义的话，这是结果。他和安娜一起度过的时光对他而言是种慰藉，在安娜这里，他可以毫无

1　一个系统的所有可能状态的集合构成的数学空间，其中每一点都代表系统的一个状态。

愧疚地享受数码体的陪伴。生气的时候，他觉得完全是因为温迪的态度才导致了两人的疏远，可冷静下来后，他又觉得这样想是不公平的。

重要的是，他并没有因为这份情感而做出任何实际行动，他也不准备这么做。他应该关心的是怎样和温迪在对待数码体这件事上达成一致，如果他能做到这一点，安娜的吸引力应该就会逐渐消散。在此之前，他应该减少和安娜共处的时间。这并非易事，数码体主人的社群本来就非常小，和安娜的交往是不可避免的，他也不想让马可和波罗一直难过下去。他不知道该怎么做，但现在，他抑制住给安娜打电话咨询建议的想法，在论坛上发了一个求助帖。

五

又一年过去了。市场地幔之下的岩浆流已经转向，虚拟世界也随之经历了板块变迁：一个叫作“真实空间”的新平台因为运用了最新的分布式处理架构技术，成了数字地貌架设的热点。与此同时，任意之所和下一维度停止了扩张的步伐，地形逐渐稳定下来。数据地球向来是虚拟宇宙中的一个不动点，不见大起大落，可是现在，它的版图开始被侵蚀了。它的虚拟陆块像真实的岛屿一样，一个又一个地淹没在消费者的冷漠之中，消失在上涨的潮水里。

与此同时，随着用温室实验产生微型文明的尝试失败，人们对数码生命体的总体兴趣也减退了。偶尔能在虚拟生物圈里发现有趣的新动物群，也许是某个物种发展出了奇特的躯体模式或者全新的生殖策略；但是人们普遍认为，虚拟生物圈还不足以演化出真正的智能。生产千纸和花百姿引擎的公司也陷入了衰退。许多技术评论员声称数码体技术已经式微，并据此认为实体化人工智能除了娱乐之外，别无用途；但一种新的基因组引擎——名为“玄思”[1]——的出现却使局势有所改观。

玄思的设计者希望开发能用软件进行教育的数码体，从而免去和人交流的需要。为此，他们制造出了一个能够生成孤僻和痴迷性格的基因组引擎。由这个引擎生成的绝大多数数码体都因为心理畸形而被抛弃了，但是也有少数几只获得了学习自觉性：只要有合适的教学软件，它们就能开开心心地连续学上几个星期，这样就算是以温室速度运行也不会野化。有些热心者已经向人们展示了几只玄思数码体样本，它们在数学测试中足以胜过神经源、千纸和花百姿的数码体，所需的实时互动训练却远远少于这三者。有人设想，如果能把玄思数码体的能量导向某些实际用途，它们几个月之内就能被训练成有用的工人；问题是和它们打交道是如此无聊，就算它们需要的人类互动是如此之少，也没几个人愿意去做。

* * *

安娜带着贾克斯来到了“天国围攻”，这是数据地球一年来出现的第一个新的游戏大陆。她带着他在银色广场上参观，玩家在任务间隙大都聚在这里聊天。这片宽广的庭院位于一朵

1　本意指智能的最高级别。这种智能不但能够思考和解决问题，感知苦乐并对未来做出预期，而且具有自我意识，能够反思自己的思想。

积雨云的顶端，放眼望去，皆是汉白玉、天青石和金丝镶花。在这里，安娜必须穿着她的游戏角色，智天使[1]隼，而贾克斯则保留着他一直以来的紫铜机器人形象。

在其他玩家之间闲逛时，安娜看到了一只数码体的在屏标志。他的形象是一个头大得不成比例的矮人，这是德雷塔的标准形象。所谓德雷塔，就是一类玄思数码体，专长在于解决游戏大陆上的各种逻辑谜题。德雷塔起初的主人从真实空间平台上的“五大王朝”大陆偷了一个谜题生成器，训练了德雷塔，然后把他的副本发布到了公共领域。现在已经有相当多的玩家在执行游戏任务时带上一只德雷塔，导致各大游戏公司都在考虑对谜题设计作出重大调整。

安娜把那只数码体指给贾克斯看，“看到那边那家伙没？他是只德雷塔。”

“真的？”贾克斯听说过德雷塔，但这还是他第一次亲眼看到。他走向那个矮人，“嗨，”他说，“我是贾克斯。”

“想解谜。”德雷塔说。

“你喜欢什么样的谜题呢？”

“想解谜。”德雷塔有点焦虑了，在等待区里绕着圈子跑。“想解谜。”

旁边一个身穿炽天使[2]鹗角色的玩家停下了谈话，向德雷塔伸出一根手指；德雷塔脚还没落地就停住了，然后缩成一个图标，跳进了一个玩家的物品栏里，就像是被一根皮筋牵进去

1　中世纪天使学中的第二阶天使。

2　中世纪天使学中的第一阶天使。

了一样。

“德雷塔好奇怪。”贾克斯说。

“是挺奇怪的。”

“所有的德雷塔都这样？”

“我想是的。”

炽天使走向安娜，“你这是什么数码体？没见过这样的。”

“他叫贾克斯。他是基于神经源基因组的。”

“没听说过这基因组。是新出的吗？”

炽天使的一位队友走了过来，他身穿尼弗巨人[1]的角色。“不是，老玩意儿了。上一代的。”

炽天使点点头，“他擅长解谜不？”

“不太擅长。”安娜说。

“那他能干些啥？”

“我喜欢唱歌。”贾克斯抢先答道。

“真的？那给咱唱支歌听听。”

这些鼓励对贾克斯而言已经足够了，他立马唱起了他喜欢的一首歌：《三分钱歌剧》[2]选段，“快刀麦克”。他词都记得，但唱出来的调子顶多只能说和原曲差得不太多。唱的时候他还来了段自编自排的伴舞，基本上就是一连串的摆姿态和打手势；这是他从一段喜欢的印尼嘻哈音乐视频里看来的。

其他玩家看着他的表演从头笑到尾。贾克斯的表演以一个屈膝礼结束，大家都鼓起掌来。“这太赞了。”炽天使说。

---

1 《创世记》中描述的在洪水灭世之前统治陆地的巨人。

2 著名诗人和剧作家贝尔托·布莱希特创作的一部音乐剧，一九二八年于柏林首演。

安娜告诉贾克斯："他的意思是他很喜欢。快说谢谢。"

"谢谢。"

炽天使转向安娜，"但是在迷宫里派不上啥用场，是吧？"

"他能给我们带来乐趣。"她回答。

"那肯定的。啥时候他学会解谜了给我发个消息，我也买一只。"他看到他的小队已经全部集合完毕。"好了，向下一个任务进发。祝你好运。"

"好运。"贾克斯回答。炽天使和他的队友们展翅起飞，排成阵形俯冲向一座遥远的山谷，贾克斯在后面挥手告别。

几天后，安娜看到用户组里的一个帖子，又想起了这件事。

来自：斯图亚特·格思特

昨天晚上我玩天国围攻的时候有队友带了一只德雷塔去执行任务，虽然这家伙一点都不好玩，但他确实很管用。我由此想到，好玩和管用是不是鱼与熊掌不可兼得？那些玄思数码体其实没比咱们的好到哪儿去。咱们的数码体难道就不能既好玩又管用吗？

来自：玛丽亚·郑

你是想出售你数码体的副本吗？你觉得你能培养得比安绰更好？

玛丽亚指的是一只名叫安绰的玄思数码体，他的主人布莱斯·塔博特把他训练成了个人助理。塔博特曾把安绰展示给"虚拟星期五”看——这是一家专门设计行程安排软件的公司——并成功引起了公司决策层的兴趣。可是决策层收到样品副本后不久，合作就夭折了；塔博特没有意识到，安绰其实和德雷塔一样有强迫症，只是表现形式不同罢了。就像一条狗会永远忠于它的主人一样，安绰根本不肯为别人工作，除非塔博特在现场对他发出指令。

虚拟星期五试过安装感觉输入过滤器，让每个新安绰出生后都把他主人的角色和声音当成是塔博特的，可这种伪装最多只能维持几个小时。没过多久，所有决策层理事都不得不关掉他们那个一直在找寻主人塔博特的绝望的安绰。

结果，安绰的版权卖得的价钱远远没有达到塔博特所希望的数目。不过，虚拟星期五确实买下了安绰的基因组，还有他所有记录点的完整档案，而且把塔博特也雇来干活了。现在塔博特是一个训练小组的成员，负责提取安绰早先时候的标记点然后重新训练，希望最终能创造出一个版本，拥有同样的个人助理技能，同时又愿意接受新主人。

来自：斯图亚特·格思特

不，我的意思不是卖副本赚钱。我只是在想，扎弗可以做些类似于导盲犬或者缉毒犬之类的工作。我的目标不是赚钱，但是如果数码体可以做一些有价值的事情，让人愿意掏腰包，那就足以向所有怀疑论者表明，数码体不仅仅是用来娱乐的。

安娜回了一帖：

来自：安娜·奥瓦拉多

我想确认一下我们都明白自己抚养数码体的动机。要是我们的数码体能学会实用的技巧，那当然好极了；但假如他们学不会，我们也不应该觉得这是失败。也许贾克斯确实能挣钱，可他并非为挣钱而生的。他和那些德雷塔、那些除草机器人都不一样。不管他能解决多少谜题，能做多少工作，这都不是我把他养大的原因。

来自：斯图亚特·格思特

是的，我完全同意这一点。我只是想说，我们的数码体也许还有尚未开发的潜能。如果有些工作他们做起来得心应手，那试着让他们去做一下不是很好吗？

来自：玛丽亚·郑

但他们能做什么呢？狗擅长做某些事情是因为经过了特别的训练，玄思数码体是死心眼只想做一件事情，不管它们擅不擅长。而这两点神经源数码体都不具备。

来自：斯图亚特·格思特

我们可以让他们接触各种各样的事物，看他们对哪一样感兴趣。我们可以给他们人文教育，而不是职业培训。（我不完全是在开玩笑。）

来自：安娜·奥瓦拉多

这听起来很可笑，但其实不然。只要有机会，倭黑猩猩能学会几乎任何技能，不管是制作切石器还是玩电子游戏。我们的数码体可能擅长某些事情，而我们对那种事情想都没想过，更谈不上训练他们了。

来自：玛丽亚·郑

我们到底在讨论什么啊？我们已经教他们识字了。难道还要给他们上物理课上历史课吗？还要教他们批判性思维技巧吗？

来自：安娜·奥瓦拉多

我真的不知道。但我想，如果我们要这么做的话，一定要视野开阔，不能抱着怀疑论。取法其中，得乎其下。如果一开始就定下远大目标，结果就会好得多。

大多数用户组成员都对他们的数码体目前接受的教育表示满意，即一个由家庭教育、集体辅导和教育软件临时拼凑而成的大杂烩式教育。但还是有些人兴致勃勃地希望走得更远。这些人和数码体的辅导员们展开了关于新课程的讨论。接下来的几个月里，许多主人都在阅读教育理论，并尝试判断数码体的学习模式与黑猩猩和人类婴儿有何不同，又怎样据此设计课程。大多数时候这些人都很愿意接纳别人的建议，直到有人问起如果辅导员布置家庭作业的话，数码体会不会进步得更快。

安娜希望他们能找到一项既可以发展技能，又让数码体喜欢的活动，从而驱使他们自觉地去完成。但其他人说辅导员应该给他们规定具体的任务。她很惊讶地在论坛上看到德雷克发帖支持这些人的想法。下次两人见面时她问起了此事。

“为什么你想让他们做作业呢?”

“这有什么问题吗?”德雷克说,“莫非你小时候有个凶神恶煞的老师?”

“这不好笑。严肃些。我是认真的。”

“好吧,严肃些。作业有什么不好的?”

她一下子不知道从何说起。“让贾克斯增加课外的乐趣,这很好。可是给他布置作业限时完成,如果他不喜欢做呢?他没做的话就让他难堪?这违反了动物训练的每一条原则。”

“很久以前,是你告诉我数码体和动物是不一样的。”

“没错,我是说过,”她承认,“但他们也不是工具。我知道你很清楚这一点,可照你现在的观点,听起来你已经打算让他们去做他们不喜欢的工作了。”

他摇摇头,“重点不是迫使他们去工作,而是让他们学会一些责任感。他们或许已经很坚强,能够承受偶尔的心情低落。要想知道结果,唯一的办法是试试看。”

“为什么一定要冒险让他们难过呢?”

“我是和我姐姐谈话时想到这些的。”他说。德雷克的姐姐是老师,专门教那些患有唐氏综合征的孩子。“她提到,有些家长不愿给孩子太大压力,因为他们害怕孩子遭遇失败而丧失信心。家长的本意是好的,可这样娇惯却阻挠了他们发挥全部的潜能。”

她花了好一会儿才想明白这个观点。安娜已经习惯于把数码体当成是天赋异禀的类人猿了;虽然过去人们也曾把类人猿比作智力有缺陷的幼儿，但这只是个粗略的比喻而已。要把数码体真正地看作有特殊需求的儿童，确实需要换一个视角。“你觉得数码体能担当多大的责任?”

德雷克一摊手，“我不知道。其实这和唐氏综合征有一点很像——它的影响是因人而异的。每当我姐姐和一个新孩子接触时，她都得依具体情况来作出决定。我们所能依赖的信息比她还少，因为从没有人把数码体养到这么大。假如最后我们发现，布置作业的唯一结果是让他们难受，那我们当然应该停止。可就因为不敢给马可和波罗一点压力，任凭他们的潜能荒废？这种事我可不愿做。”

她意识到，德雷克心中的“远大目标”和她所想象的完全不同。不仅如此，她还意识到德雷克的目标其实更好。她沉默了一会儿，说:“你是对的。我们应该试试看能不能让他们做点作业。”

*　　　*　　　*

一年过去了。这是一个周六，德雷克赶在和安娜见面吃午饭前忙完了一些活儿。刚才的几个小时里，他一直在测试一个角色相貌修正程序，这个程序能够改变数码体躯体和面部的比例，让他们看起来更成熟。有些主人选择了给他们的数码体提供更深层次的教育，而他们中越来越多人觉得，数码体永远可爱的外表和他们愈发成熟的心智之间有点不协调。这个插件就是打算修正这一点，让主人们更清晰地知道他们的数码体已经长大了。

离开之前，他查收了一下邮件。让他困惑的是，有两封来自陌生人的邮件，指责他在从事某种诈骗活动。这看起来不像是垃圾邮件，于是他仔细看了一下。发信者抱怨说，在数据地球时，有一只数码体走近他们，问他们要钱。

德雷克马上意识到出了什么事。他最近开始给马可和波罗一些零花钱，他们一般都用来订阅游戏和购买虚拟玩具；他们也曾提出要更多的钱，但他没有同意。他们肯定是在数据地球随便找人要钱，却被拒绝了；因为这些数码体都运行在德雷克的数据地球账户之下，所以人们以为是他训练数码体去讨钱的。

以后他会给这些人发一封完整的道歉信，但现在他命令马可和波罗马上进入他们的机器人身体。纤维制造技术的发展已经让他负担得起两具机器人躯体，并且可以按照马可和波罗的角色体型加以定制。一分钟后，他们的熊猫脸就出现在了机器人的头盔上面。德雷克狠狠斥责了他们一顿。“我还以为你们比以前懂事了呢。”他说。

波罗显得很愧疚。“是，懂事了。”他说。

“那你们为什么还这么做？”

“我的主意，不是波罗的，”马可说，“早知道他们不会给钱。早知道他们会给你发邮件。”

德雷克大吃一惊，“你们想让别人对我发火？”

“这事发生是因为我们在你的账号上，”马可说，“要是我们像沃尔那样有自己的账号就不会了。”

现在他明白了。他们肯定是听说了那个叫沃尔的玄思数码体。沃尔的主人是一名律师，名叫杰拉德·海克特。他办了相关手续，注册了沃尔公司，并以这个公司的身份注册了另一个数据地球账户，而沃尔现在就运行在这个账户之下。现在沃尔缴税，能够拥有私有财产，可以签署合同、提起诉讼或被人起诉。在许多方面他已经算得上是一个法人了，虽然严格说来海克特仍然是他的经理。

这个想法已经流传了一些时间。人工生命爱好者一致认为，数码体永远不可能作为一个阶层得到法律的保护。就拿狗来说吧，不管人类对狗的感情有多么深厚，宠物收养所里对狗施行安乐死的数目依然不断攀升，甚至称之为大屠杀也不为过。如果法庭对这种行为都不加以制止，显然更不可能去保护那些连心跳都没有的生命。有鉴于此，一些用户认为，最可行的办法是对每一个个体进行单独的法律保护：已经有堆积如山的判例法[1]为非人类实体确立了权利，因此只要申请让某个数码体成为法人，主人就可以援引这些法律保护他。而海克特是第一个将此想法付诸实践的人。

“这么说，你其实并不是想要钱。”德雷克说。

“人们说当法人好，”马可说，“想做什么都能。”

好些青少年抱怨说，沃尔拥有的权利比他们还多，这些数码体显然是看到了这些评论。“可你们还不是法人，而且你们肯定不能想做什么就做什么。”

“我们抱歉，”马可说，突然意识到自己陷入了多大的麻烦，“只想当法人。”

“我早就告诉过你们了，你们年龄还不够大。”

“我们比沃尔大啊。”波罗说。

---

1 在英美法系中，如果某次判决对已有法律作出了新的诠释，在今后的其他审判里，这次的判决结果就可以作为法律依据。

“特别我。”马可说。

“沃尔年纪也不够。他的主人犯了个错误。”

“那么你永远不让我们当法人？”

德雷克严厉地瞪了他们一眼，“也许等你们再大一些的时候，咱们可以考虑一下。但如果你俩再敢玩这种花招，后果可是很严重的。你们明白？”

他们显得闷闷不乐。“明白。”马可说。

“明白。”波罗接着说。

“很好。我得走了，晚些时候我们再谈。”德雷克紧绷着脸，“你俩回数据地球去，现在。”

开车前往餐厅的路上，德雷克又想起了马可的要求。很多人都对数码体成为法人这件事持怀疑态度，他们觉得海克特的所作所为不过是个噱头而已；而海克特不停地召开新闻发布会宣布他对沃尔将来的打算，这又进一步加深了人们的怀疑。现在沃尔公司实际上还是完全由海克特掌管的，但他在训练沃尔学习《商业法》，且坚持认为总有一天沃尔可以全权做主；到那时，公司经理这个职位不管是由海克特还是别人来担任，都仅仅是走形式而已。与此同时，海克特还邀请大家对沃尔的法人身份提出挑战。他有足够的资源来应对一场官司，实际上他都有点等不及了。虽然迄今为止无人应战，但德雷克一直盼望着有人站出来，只有这样，在马可和波罗成为法人的时候才有先例可循。

至于马可和波罗的心智是否成熟到可以当法人，则是另一个问题。对德雷克来说，这个问题更难回答。神经源数码体已经证明，他们可以自己做作业；德雷克相信随着时间推移，他们独立完成任务时的注意周期[1]也会不断增加。但就算他们可以不需督促地完成规模可观的任务，这和对自己的将来作出决定并负责的能力依然有很大差距。他甚至不知道自己到底该不该鼓励马可和波罗去追求那种程度的独立自主。把马可和波罗变成法人，就可以让他们在德雷克去世之后继续运行，而这个前景让人担忧。有些组织可以帮助那些唐氏综合征患者独自生活，可还没有组织来帮助那些成为法人的数码体。也许等到德雷克没法照料他们的时候，挂起他们是更好的办法。

不管他最后决定怎么办，都得一个人担当。他和温迪已经决意离婚，原因当然很复杂，但有一点毫无疑问：温迪想要的不是抚养一对数码体的生活。如果德雷克想有人陪他一起努力，那他只能去找别人。他们的婚姻顾问解释说，问题不在于数码体本身，而是德雷克和温迪找不到办法来协调双方的兴趣分歧。德雷克明白，顾问说得没错；但是如果两人都对数码体感兴趣的话，也不至于落到如此地步。

他总是忍不住去想，离婚或许给了他一个机会，能和安娜超越朋友关系，哪怕他明白现在这么想有些不合时宜。她肯定也有过类似的想法，毕竟都认识这么久了，她怎么可能没有一点感觉呢？他们俩将成为绝佳的队友，为数码体的福祉一起奋斗。

他当然不准备在午餐时就把这个想法和盘托出；现在还为时过早，而且他知道安娜正在和一个叫凯尔的人交往。但他们的关系很快就要抵达六个月的门槛了，通常男方到这个

1　指一个人专注于一项任务而不会分心的时间长度。

时候就会意识到，贾克斯对于安娜而言并不是业余爱好，而是她生命中最重要的部分之一。大概过不了多久，分手就会到来。德雷克想，如果把离婚的消息告诉安娜，也许能让她意识到还有其他的可能——并不是每一个男人都觉得，她关注数码体的时候忽视了他的存在。

他走进餐馆四处张望，看到了安娜，便向她挥挥手，她回以一个灿烂的笑容。他在桌边坐下之后说："你绝不会相信马可和波罗刚刚做了什么。"他把事情的来龙去脉告诉了安娜，她惊讶得合不拢嘴。

"真让我吃惊，"她说道，"天哪，我想贾克斯肯定也听到了同样的消息。"

"没错，回家的时候你最好跟他谈谈。"顺着话题他们又讨论了让数码体接触社会上的论坛都有哪些好处和坏处。比起主人自己，论坛能提供更加丰富的社会交际，可是它所带来的影响并不都是正面的。

两人谈了一会儿数码体，接着安娜问道："说点别的吧，有什么新情况？"

德雷克叹了口气，"还是告诉你吧，我和温迪要离婚了。"

"不会吧，德雷克。我很抱歉。"她的同情是真诚而温暖的。

"我知道这一天终究会来的。"他说。

她点点头，"但我还是很抱歉。"

"谢谢。"他说了说他和温迪目前所达成的协议，怎样卖掉公寓房，怎样分财产，还好双方都比较心平气和。

"至少她没想要马可和波罗的副本。"安娜说。

“是啊，谢天谢地。”德雷克表示同意。配偶通常能得到数码体的一份副本，如果离婚的时候闹翻了，很容易把副本当作撒气的对象。他们在论坛上见过很多次这种事情了。

“不说这个了，”德雷克说，“谈点别的吧。你最近怎么样？”

“没什么，真的。”

“在我提到温迪之前，你看上去心情很好。”

“呃，啊，是的。”她承认。

“是什么事情让你这么高兴啊？”

“没什么。”

“就是没来由的好心情？”

“呃，是有些新消息，但我们不用现在就说吧。”

“别傻了，没关系的。有什么好消息，说给我听听。”

安娜顿了顿，几乎是带着歉意地说：“凯尔和我决定要住在一起了。”

德雷克愣住了。“恭喜啊。”他说。

六

又过了两年。生活依旧继续。

安娜、德雷克还有其他一些愿意教育数码体的人们偶尔会让数码体去参加一些标准化测试，看看他们和人类儿童相比达到了怎样的阶段。结果不尽相同。花百姿数码体因为不识字，做不了书面测试，但是他们的其他指标发育得都很好。千纸数码体的测试结果出现了奇怪的两极分化，其中一半随着时间推移继续进步，另一半却抵达了瓶颈期，停滞不前。这可能是由于基因组内部的某个隐蔽缺陷所致。至于神经源数码体，如果在测试中像对待人类失读症患者那样给他们一些特殊照顾，那他们的表现可谓相当不错。虽然个体间仍然存在差异，但整体而言他们的智力水平发展飞速。

更难衡量的是他们的人际交往能力。一个好的迹象是：数码体们现在正通过许多在线社区和人类的青少年交流。贾克斯喜欢上了“四元霹雳”，这个亚文化圈子热衷于为四只手臂的虚拟角色编排舞蹈；马可和波罗则各自加入了一部游戏系列剧的粉丝俱乐部，而且整天都在努力说服对方自己的俱乐部更好。虽然安娜和德雷克都不怎么明白这些社群究竟哪里吸引人，但他们还是很高兴看到自己的数码体能成为其中一员。社群成员大部分都是青少年，他们似乎并不在乎数码体并非真人的问题，只是把他们当成又一种不太可能线下碰面的网友。

安娜和凯尔的关系起起伏伏，但总体而言还算不错。他们有时也会和德雷克及其女友一起出去吃个饭什么的。德雷克谈过很多女朋友，但没一个真正有进展。他告诉安娜说，那是因为他的女朋友都不明白他对数码体的热情；但真正的原因是，他一直对安娜无法忘怀。

最近一次流感疫情过后，经济陷入了衰退，虚拟世界也随之发生变迁。数据地球平台的创建公司瑞山数码和真实空间的母公司维萨传媒发表了一份联合声明：数据地球即将并入真实空间。原先属于数据地球的各大陆将被完全相同的真实空间版本取代，并添加入后者的宇宙之中。他们管这叫两个世界的合并，但这只是婉辞而已，实际上是说：在年复一年的升级和改版之后，瑞山已经无力把虚拟平台战争继续下去了。

对大多数用户来说，这不过意味着他们可以不用登入登出就能往返于更多的虚拟地点之间了。在过去的几年里，几乎所有在数据地球平台上发行过软件的公司都发布了真实空间的对应版本。玩天国围攻和上古王座的人只需要运行一个转换包，他们的物品和装备就会出现在真实空间的游戏大陆。

然而神经源引擎却是个例外，它没有对应的真实空间版本，因为蓝色伽马在真实空间平台出现以前就倒闭了。换言之，神经源基因组下的数码体是没有办法进入真实空间的环境中的。对千纸和花百姿数码体而言，迁往真实空间意味着全新的开始；可是对贾克斯和其他神经源数码体来说，瑞山的声明却等于是宣告了世界末日。

*　　　*　　　*

安娜正准备睡觉时，忽然听到什么东西“咣当”一声摔在地上，她赶忙来到客厅看看是怎么回事。

贾克斯穿着机器人的躯体，正在检查他的手腕。他身旁屏幕墙上的一块显示屏裂开了一道缝。看到安娜进来，他说：“我对不起。”

“你刚才在干什么？”她问。

“很抱歉。”

“告诉我你刚才在干什么。”

贾克斯很不情愿地答道：“侧空翻。”

“然后你的手腕支撑不住了，你撞到了墙。”安娜看了看机器人的手腕。跟她担心的一样，得换零件了。“我给你定规矩不是故意让你不开心，而是你在机器人身子里跳舞就是这个下场。”

“我知道你说过。但我小跳了一下，身体很好。我又多试了一点，身体还很好。”

“然后你又多试了一点，现在我们不得不买一副新手腕加一块新显示屏了。”她想了一下，要花多长时间才能装好一块新显示屏，能不能瞒住出差在外的凯尔。几个月前贾克斯才弄坏了凯尔喜欢的一座雕像，最好是别让他想起那次事故。

“我非常非常对不起。”贾克斯说。

“好吧，回数据地球去。”安娜指向充电板。

“我认错了……”

“给我走。”

贾克斯乖乖地走了过去。就在踏上平台之前，他轻轻说了一句：“那不是数据地球。”机器人的头盔暗了下去。

贾克斯抱怨的是神经源用户组建立的数据地球私服，它从原版复制了很多大陆。一方面来讲，这比他们当初用来躲避信息自由阵线黑客的私人避难小岛要好很多，因为现在处理器很便宜，他们可以运行很多大陆；但另一方面又糟糕得多，因为那些大陆几乎完全无人居住。

问题在于不仅所有的人都搬到了真实空间，而且千纸和花百姿的数码体也搬走了。安娜没法怪罪他们的主人；换成她，她也会这么做的。更让人伤心的是，大部分神经源数码体也不见了，其中有很多是贾克斯的朋友。数据地球倒闭的时候一些人就退出了，另一些人则持观望态度，但是看到这个私人的数据地球是何等空旷之后，他们也逐渐失去了信心，选择停用数码体，而不是让他们在一座“鬼城”中长大。用“鬼城”这个词来形容现在的数据地球是再合适不过了，一座行星大小的鬼城。广阔的大地任人游荡，虽然地形地貌极其精细，可除了来上课的老师之外，就再也找不到人可以说话。没有任务的地牢，没有店家的商铺，没有赛事的球场。这就是数字世界里末世之后的景象。

贾克斯在四元霹雳认识的朋友们以前也常登录到数据地球的私服来看望他，但这种探访已经变得越来越少；现在四元霹雳的活动都在真实空间里进行了。虽然贾克斯可以发送和接收编舞的录像，但是主要活动就是大家相约碰面然后现场即兴演出，而他现在已经没法参与这一块了。贾克斯失去了虚拟世界中大部分的社交生活，而他在现实世界中也找不到补偿——他的机器人身体被归类为无人驾驶的可自由移动机器，如果没有安娜或者凯尔陪同，他没法进入公共场所。整天关在公寓里，他渐渐烦躁不安起来。

几个星期以来，安娜一直试图让贾克斯穿着机器人的身体，用她的电脑登入真实空间，但他现在已经不愿这么做了。用户界面确实带来了一定的困难——他对使用真正的电脑还缺乏经验，而且摄像头捕捉机器人身体姿态的能力也不是很理想。她觉得这些问题都还是可以克服的，更大的问题在于，贾克斯不愿意远程控制虚拟角色，他想让自己成为那个角色。对他而言，键盘和屏幕只不过是不能身临其境，因此退而求其次的可悲替代品，这就像是让一只刚果黑猩猩去玩丛林探险游戏一样不过瘾。

所有剩下的神经源数码体都一样沮丧，很明显，给数据地球建私服只是权宜之计。大家真正需要的是一种能让数码体在真实空间中运行的方法，能让他们自由往来，和其中的物体及居民打交道。换言之，唯一的解决方案是重写神经源引擎，把它移植到真实空间的平台上。安娜已经说服蓝色伽马之前的拥有者放出了神经源引擎的源代码，但是，重写移植只有经验丰富的研发人员才能完成。用户组已经在开源论坛上贴出了公告，以吸引志愿者加入。

数据地球的过时作废只带来了一个好处：其上的数码体可以避免接触社会的阴暗面。一个名为“边缘玩家”的公司正在真实空间平台上推销一款数码体刑讯室，为避免涉及盗版拷贝的指控，他们只把进入公共领域的数码体作为受害者。用户组已经达成一致，一旦他们成功移植了神经源引擎，转换程序里一定要包括完整的所有权认证。如果没有人承诺照管，任何一只神经源数码体都不能独自进入真实空间。

*　　　　*　　　　*

两个月过去了。这天，德雷克正在浏览用户组论坛，看看他先前发的关于神经源引擎移植进展的帖子有了哪些回复。可惜，进展没有多少——招募程序员的计划进行得很不顺利。用户组在他们的数据地球私服举办了好几次开放日活动，让人们来参观数码体，但真正对此感兴趣的没有几个。

问题在于，基因组引擎早就不是什么新玩意儿了。只有那些全新的、激动人心的项目才会吸引软件开发者，眼下时兴的是脑机接口和纳米医学软件。开源代码库里半死不活地挂着几十个进度不一的基因组引擎，全都没有完工，全都在等待志愿者；而把十几年前的老引擎移植到新平台上面，这大概是其中最没意思的一项了。现在只有几个学生在做神经源引擎的移植，而考虑到他们实在没有多少时间，等到移植完成的时候，估计真实空间平台自己都得过时。

另一个办法是去雇用专业的程序员。德雷克已经和一些有过基因组引擎开发经验的人谈过，请他们估算移植神经源引擎所需的花费。考虑到整个项目的复杂程度，对方的估价其实还算合理。要是一家拥有几十万顾客的公司的话，毫无疑问会立刻开展工作；可是对于一个不断缩减，现在只剩下大概二十人的小小用户组来说，这个开价足以让人望而却步。德雷克读完了最近的评论，然后给安娜打了个电话。他的数码体被困在了数据地球的私服里，这确实很让人难受；但是往好处看的话，起码他现在可以每天和安娜说话，讨论引擎移植的进度，或者为数码体组织活动。过去几年里，大家逐渐养成了各自的兴趣，马可、波罗两兄弟和贾克斯的往来也渐渐减少。可现在神经源数码体已经没了其他伙伴，因此，他和安娜正设法寻找一些能让大家都感兴趣的活动。他已经没有对此抱怨连连的老婆，而安娜的男友凯尔好像也不介意，因此他给安娜打电话时不会感到自责。花这么多时间和她在一起，对德雷克而言一半是欢乐，一半是痛苦；也许少来往一些对他更好，可他不愿这样做。

安娜的脸孔出现在电话窗口。“你看了斯图亚特的帖子没?”德雷克问。斯图亚特算了一下，如果大家平摊费用的话每个人要出多少，然后问有多少人能承担得起这笔费用。

“刚看到，”安娜说，“也许他自己觉得是在帮忙解决问题，可实际上他只是让大家更焦虑而已。”

“我同意，”他说，“但在我们想到更好的办法之前，反正都会去盘算要花多少钱的。你和那个募捐人谈过没？”安娜之前说她要和一个朋友的朋友见一面，那个人一直在为自然保护区做募捐宣传。

“说实话，我刚刚和她吃完午饭。”

“太好了！她怎么说的？”

“坏消息是，她不认为我们的情况满足非营利的标准，因为我们只想为一小群特定的个体筹钱。”

“但任何人都可以使用这个新引擎……”他停住了。诚然，全世界大概有几百万神经源数码体储存在档案库中，可用户组没法声称自己能够代表他们。如果没人愿意领养，这些数码体就没法从引擎移植中得到半点好处。真正获益的数码体恐怕只有用户组自己的那些。

安娜点点头，他则沉默不语。她早些时候肯定也想过这个问题了。“好吧，”德雷克说，“我们算不上非营利。那好消息是什么？”

“她说，即使不能归入非营利模式，我们还是可以募到捐款的。我们只需要想办法唤起人们对数码体的同情心。有的动物园遇上为大象动手术之类的事情，就是用这种办法募捐的。”

他考虑了一会儿，“我想我们可以贴出一些数码体的录像，试试用情感打动人们。”

“没错。如果我们能够成功地触动大家的感情，也许在得到捐款的同时，还能获得人力赞助。任何能够提升数码体形象的东西都会有助于我们从开源社区招募志愿者。”

“我会把我手头关于马可和波罗的视频片段浏览一遍，”他说，“他们小时候有一大堆可爱的画面，最近的我就不敢保证了。或者我们应该用些让人伤感的片段？”

“我们应该好好讨论一下哪种比较好，”安娜说，“我会在论坛上发个帖，问一下大家的意见。”

德雷克想起一件事，“对了，昨天有人给我打了个电话，也许对咱们的事情有帮助。不过这事不怎么靠谱。”

“谁打来的？”

“还记得陌兽吗？”

“那些外星人数码体？那个项目还在进行？”

“算是吧。”他解释说，一个叫菲利克斯·拉德克里夫的年轻人联系了他，他是陌兽项目的最后一批参与者之一。最早那批爱好者大多在好些年前就放弃了——从零开始创造一个外星文明，其难度确实能让人灰心丧气；但还剩下一小批狂热分子近乎痴迷地坚持着。从他所了解到的情况来看，这些人大多没有工作，成天宅在父母家的卧室里不出来；他们的生命全都投入在数据火星上了。菲利克斯是这个团体中唯一一个愿意和外界接触的人。

“人们还管我们叫痴人呢，瞧瞧他们。”安娜说，“他为什么要联系你？”

“他听说我们正在尝试移植神经源引擎，想看看能不能帮上忙。他记得我的名字，因为是我给他们设计了陌兽的虚拟角色。”

“真走运啊你。”她笑着说，德雷克做了个鬼脸。“他为什么要关心神经源的移植呢？我以为数据火星的意义就是要陌兽与外界隔绝。”

“起初是这样的，但他认为现在是时候让它们去见一见人类了。他想做一个第一次接触[1]的实验。假如数据地球没关闭的话，他会让陌兽派一支远征队去各个主要大陆，但现在这已经不可能了。因此菲利克斯的处境和我们一样，他也希望神经源引擎能够顺利移植，让他的数码体能够进入真实空间。”

“哦……我大概理解了。你说他也许能帮我们筹些资金？”

“他正在努力激发人类学家和太空生物学家的兴趣。他认为这些人会对陌兽研究感兴趣，从而为移植买单。”

安娜看起来不太相信，“他们真的会为这种东西付钱吗？”

“我很怀疑，”德雷克说，“陌兽又不是真的外星人。我想他还不如去找个游戏公司更有把握，那帮人没准儿需要一些外星人数码体居住在他们的世界里呢。但这是他个人的决定，我觉得，只要他别去找那些我们正在联系的人，对我们就没什么损害。何况，他毕竟有可能帮上忙。”

“可听起来他不像是个巧舌如簧的家伙，估计他说服不了几个人吧。”

“啊，咱不用指望他的口才。他做了个陌兽的视频，拿去给人类学家看，希望能激发他们的兴趣。他让我稍微看了点片段。”

“感觉如何？”

他耸耸肩，两手一摊，“就我能看懂的部分来说，跟一大

---

1 人类学上特指两种不同文化的首次相遇。

窝乱糟糟的除草机器人没什么两样。”

安娜笑了，“嗯，没准儿这是好事。也许它们越是让人不可理解，就越有意思。”

德雷克也笑了，想象着这里面的讽刺意味：蓝色伽马做了这么多工作让数码体能够吸引人，如果到头来反而不如外星数码体让人感兴趣，这算什么事啊。

七

又过了两个月。用户组募集资金的努力并不怎么成功。那些打算把资金投给慈善事业的人早就听厌了自然界里濒危物种的故事，更不要说是人造生命了，何况数码体又远远不如海豚上相，募得的款项只能算是涓涓细流。

困在数据地球里的压力已经明显影响到了数码体们。他们的主人想方设法多花时间和他们相处，不让他们感到无聊，可是任何努力都不能代替一个生机勃勃的虚拟世界。安娜想对贾克斯隐瞒神经源引擎移植遭遇到的种种困难，但他到底还是知道了。有一天她下班回来，登入后发现他明显生气了。

“想问你移植的事。”他开门见山。

“怎么了？”

“原来以为只是另一次升级，像以前那样。现在觉得大得多。更像上载，只不过把人换成了数码体，对吗？”

“嗯，我想是的。”

“你看了老鼠的视频？”

安娜知道贾克斯指的是什么。一个上载研究小组刚刚发布了一段视频，内容是一只小鼠先被瞬间冷冻，然后被扫描电子束一点一点蒸发成几缕青烟。随后，小鼠出现在一处测试虚拟景观里，在那里被解冻，然后苏醒。小鼠立刻表现出中风症状，在可怜地抽搐几分钟之后死去。目前，这是哺乳动物上载存活时间的最长纪录。

“这种事情不会发生在你身上的。”她向他保证。

“你意思说如果发生我不记得，”贾克斯说，“只有转换成功我才记得。”

“引擎测试之前，没人会让你或者任何人在上面运行的。当神经源移植完成之后，我们会在上面先运行全套的测试，修复全部的漏洞，然后才会运行数码体。那些测试品是没有感觉的。”

“研究者上载老鼠前运行了测试？”

贾克斯很擅长问尖锐的问题。“老鼠本身就是测试品，”安娜承认，“但那是因为没人拥有生物大脑的源代码，因此他们写不出比真的老鼠更简单的测试品。而我们有神经源的源代码，所以不存在那个问题。”

“但你们没钱移植。”

“是的，现在没有，但早晚总会有的。”她希望自己的声音比她的真实感受更自信。

“我怎帮忙？我怎挣钱？”

“谢谢，贾克斯，但现在你没办法挣钱，”她说，“现在你的任务就是努力学习，在班上取得好成绩。”

“是的，知道这个：现在学习，以后做别的事。但如果现在我贷款，以后挣钱了还呢？”

“这不需要你来操心，贾克斯。”

贾克斯看起来不太高兴，“好吧。”

实际上，贾克斯所建议的几乎正是用户组近来在作的努力：寻找企业方的投资。这条道路是虚拟星期五开拓的——他们把数码体当作个人助理来销售的想法取得了成功。塔博特前后花了好几年时间，终于成功培养出一个愿意为任何人工作的安绰，而虚拟星期五已经卖出了几十万份拷贝。这是数码体也可以盈利的第一个证据，已经有好几家公司希望能效仿塔博特。

其中一家公司名叫“多维体”，他们公布了一个计划，准备开展一项巨大的繁育工程，创造出第二代安绰。用户组联系了这家公司，邀请他们为神经源的未来下赌注：多维体将出资完成神经源引擎的移植，而作为回报，今后这些数码体产生的任何收入，他们都将获得其中的一定比例，且没有限期。用户组对此抱有极大的希望，已经很长时间没有这么好的机会了；可公司的答复是不行。多维体只对玄思数码体感兴趣——如果数码体想取代传统软件的话，它们必须得专注执迷。

用户组已经简单地讨论过自己支付移植费用的可能性了，但这显然行不通。因此，一些成员开始考虑更出格的办法：

来自：斯图亚特·格思特

我真的不希望由我来提起这事，但总得有人来说。是否可以先暂时把数码体挂起一两年，直到我们为移植募集到钱为止？

来自：德雷克·布鲁克斯

你知道挂起数码体的结果是什么，暂时变成了不定期，不定期变成了永久。

来自：安娜·奥瓦拉多

我非常赞同。陷入永久拖延模式实在是太容易了。你听过哪个人在挂起超过六个月之后又重启数码体吗？反正我是没听说过。

来自：斯图亚特·格思特

但我们和那些人不一样。他们挂起数码体是因为他们厌倦了。我们即使挂起数码体，仍然会每天怀念他们，这将成为我们筹集资金的动力。

来自：安娜·奥瓦拉多

如果你觉得挂起扎弗能给你带来动力的话，那请便。我的动力是让贾克斯保持清醒。

安娜发布这个回复的时候心中没有疑虑，可是几天之后贾克斯自己提起这件事时，她就不再那么自信了。那时他俩正在数据地球的私服里，她带着他游览一片新的游戏大陆。这是一部经典之作，好多年前安娜玩过，最近放出了免费版本，因此用户组为数码体开辟了一份游戏的副本。她努力让这个游戏给自己带来的热情也能感染他，指出这片大陆和其他游戏大陆有何不同，那些大陆数码体们已经玩厌了。可贾克斯心里明白这片大陆的本质，这不过是另一次尝试，想让他在等待神经源移植期间有点事情可做而已。

他们走过一个废弃的中世纪城镇广场，贾克斯说："有时候真希望我被挂起来，不用再等。到能进入真实空间时再重启，不会感觉到时间过去。"

这句话让安娜一下子不知所措。数码体没有权限浏览用户组的论坛，因此贾克斯一定是自己想到了这件事。"你真的愿意？"她问。

"不是真的。想醒着，知道发生什么。但有时很灰心。"接着他问，"你有时希望你没照料过我吗？"

她先确定贾克斯看着她的脸，然后才回答："如果我没有照料过你，我的生活会更简单，但不会像现在这样快乐。我爱你，贾克斯。"

"也爱你。"

*　　　　*　　　　*

德雷克开车回家的路上收到了一条来自安娜的消息，说多维体的人联系了她，因此他一回到家就给她打了个电话。"是什么事？"他问。

安娜看起来有些困惑，"很奇怪的电话。"

"怎么个奇怪法？"

"他们给了我一份工作。"

"真的？什么样的工作？"

"训练他们的玄思数码体，"她说，"因为我拥有过去那些训练经验，他们想让我当训练小组的负责人，开出了很高的薪水，三年雇佣合同保证，还有一笔签约奖金——数目大得让人难以置信，但是有个条件。”

“说吧，别卖关子了。”

“所有训练人员都要使用‘捷立亲’。”

德雷克的眼睛瞪得老大，“你开玩笑吧。”他说。捷立亲是一种智能透皮贴剂，每当某个特定的人在场时，就会释放出一定剂量的催产素[1]和阿片类试剂[2]的混合物。这通常是用来挽救濒临崩溃的婚姻还有父母与子女的关系的，最近刚进入非处方药领域。“天哪，这是要干什么？”

“他们认为，爱意能让训练效果更好，而要让训练员喜欢上玄思数码体，唯一的办法就是药物干预。”

“哦，我明白了，是个提升雇员效率的办法。”他知道很多人会服用益智药[3]或使用经颅磁刺激[4]让自己工作时表现更出色，但迄今为止还从来没有哪家公司对此作出硬性规定。他摇摇头，觉得难以置信。“如果他们的数码体这么不讨人喜欢的话，照理说他们就该明白，干脆换用神经源数码体算了。”

“我给他们提过类似的建议，但他们一点都不感兴趣。不过我有个主意。”安娜身体前倾，“如果我去给他们工作的话，也许能改变他们的主意。”

1　一种哺乳动物的多肽激素和大脑神经递质。除在分娩和哺乳过程中发挥重要作用之外，还会影响配偶忠诚和亲子关怀等感情。

2　指各种能和大脑中阿片受体结合的化合物，如吗啡和可待因。下文提到的内啡肽也属此类物质。这类药物除了常见的止痛镇咳作用外，还可产生欣快感。

3　各种能增进人类认知能力的药物的统称。

4　利用颅外快速变换的磁场在颅内引发微弱的感应电流，是使神经元去极化的一种手段。

“你怎么打算的？”

“这样我就有机会逐渐给多维体的管理层展示贾克斯了。我可以在工作时登录到我们的数据地球服务器，甚至可以让他穿着机器人身体跟着我。还有什么更好的办法能展示神经源引擎的灵活性呢？一旦他们意识到这一点，就会把神经源移植到真实空间的。”

德雷克考虑了一下，“前提是他们不会禁止你上班时去找贾克斯……”

“给我点信心，好吗？我肯定不会像推销员似的上来就给他们讲，这事要潜移默化。”

“也许能成，”他说，“但他们会让你戴上捷立亲贴片的。这样做值得吗？”

安娜沮丧地耸了耸肩，“我不知道。要是有别的出路的话，我肯定不干。但有时我们必须冒一下险，对吗？做些大胆的举动。”

他不知道说什么好。“凯尔对此怎么想？”

她叹了口气，“他坚决反对。他一点都不想让我戴那个贴片，而且丝毫也不觉得这件事成功的把握有那么大。他觉得不值得。”她停了一会儿，“但关于数码体，他的感受和你我是不一样的。对他来说，回报肯定没那么多。”

安娜显然在期待他表示支持，于是他照办了，但他内心里依然有许多相互矛盾的念头。对于她的提议，他其实还是有些犹豫，但又不愿意明说出来。

他厌恶自己的这些想法，可每当安娜提及她和凯尔的摩擦时，他总是幻想着两人会分手。他对自己说，他绝不会做任何事情去拆散他俩；但如果凯尔不能理解安娜对数码体的心意，而德雷克表示出他懂得的话，他实际上并没有做任何错事。如果这让安娜觉得他比凯尔更配得上她，这也不是他的错。

问题是，他真的觉得安娜应该接受多维体的工作吗？他不知道。但在他确定之前，他一定会支持她的选择。

挂断电话之后，德雷克登录数据地球的私服，去陪马可和波罗。他们正在打零重力壁球，一看到德雷克来了就从球场里降落下来。

“今天遇见了些好访客。”马可说。

“真的？你知道他们是谁吗？”

“叫珍妮弗的人，以及叫罗兰德的人。”

德雷克查了下访客记录，沮丧地意识到，珍妮弗·蔡斯和罗兰德·迈克尔是一家名为“零一欲望”的公司的员工，这家公司专门生产现实的和虚拟的充气娃娃。

这不是用户组第一次遇到人来询问能否把数码体用在性领域了。现在绝大部分性玩具运行的仍然是传统的软件，只能表演预先写好的脚本和情节；但是人们和数码体发生性关系的尝试，也几乎和数码体本身的历史一样长了。最典型的做法是，复制一份处于公共领域的数码体，重写它的奖惩映射图，让它喜欢上主人觉得能引起自己性趣的东西。有人批评说，这和在外生殖器上抹花生酱然后让狗去舔没有什么区别——这个比喻还算公平，毕竟数码体无论是智力还是所受的训练都和狗有一定的可比性。当然了，那些被当作性玩具的数码体就和人类的相似度而言，还远远比不上马可和波罗，因此用户组偶尔会收到来自性玩具制造商的问询，问能否购买他们数码体的副本。

组里每个人都同意，这种请求应该直接无视。

但是按照访问记录，蔡斯和迈克尔是由菲利克斯·拉德克里夫陪同的。

德雷克让马可和波罗继续玩，然后给菲利克斯打了个电话，“见鬼，你到底在想什么？把零一欲望给带进来？”

“他们没有试图把数码体用在性上。”

“我看到了。”另一个窗口里，他们的来访录像正在以双倍速度快播。

“他们只是和数码体聊了聊天。”

和菲利克斯谈话有时真的像跟外星人说话一样。“对这些充气娃娃制造商，我们达成过一致。你还记得吗？”

“这些人和别人不一样。我喜欢他们的思维方式。”

他都不敢问这句话是什么意思。“如果你喜欢他们，那就带他们去数据火星，给他们看陌兽。”

“我给他们看了，”菲利克斯说，“他们不感兴趣。”

他们当然不感兴趣，德雷克想，没几个人会愿意和说逻辑语的三脚生物做爱吧。但他看得出来菲利克斯是诚实的，假如能帮助他的第一次接触实验筹到经费，他不会在乎让自己的陌兽去卖淫。他也许是个怪人，但不是伪君子。

“那么你那时就应该罢手，而不是把他们又带来这里。”他说，“我们也许得禁止你再来数据地球。”

“你应该和这些人谈谈。”

“不，我们不应该。”

“如果你听他们谈谈，他们会付给你钱的。他们会发来一则消息，包含具体细节。”

德雷克差点忍不住笑出来。如果零一欲望竟然要付钱让人去听他们的推销讲座的话，那大概是绝望到一定程度了。“发消息可以。但我会把那些人放到黑名单里，我也不希望你再把任何一家充气娃娃制造商的人带进来。明白了？”

“明白。”菲利克斯说，然后挂上电话。

德雷克摇摇头。正常情况下他根本不会考虑去听这种推销讲座，给钱也不会，因为他不想让人觉得他愿意把马可和波罗当成性玩具卖出去。

可现在用户组需要每一分钱。如果听一家公司的展示能够鼓励其他公司也来付钱做展示的话，没准儿是值得的。于是，他重新打开来访者和数码体见面的录像，用正常速度播放。

八

用户组通过视频会议聚集在一起，来参加零一欲望的展示会。零一欲望已经把钱交付给一家委托交易中介，会议结束后就会转交给用户组。安娜坐在环形屏幕的焦点位置，环顾四周；所有人的视频回馈都经过了整合处理，让全体用户组看起来就像是聚集在一座虚拟讲堂里面，每人一间私人小包厢。德雷克坐在左边的包厢里，菲利克斯坐在他的左边。前方的讲台上，站在演讲席上的是零一欲望的代表，珍妮弗·蔡斯。屏幕上她的形象是金发白肤，美丽动人，穿着讲究。双方事先约定都使用经过认证的真实视频，因此安娜知道这就是她本人的现实形象。她在想，也许零一欲望的全部协商任务都是由她来完成的，她看起来很擅长取得自己想要的东西。

菲利克斯从座位上站起来，用逻辑语说了些什么，然后才意识到自己的错误。“你们会喜欢她接下来要讲的东西的。”

“谢谢，菲利克斯，接下来请交给我就可以了。”蔡斯说。

菲利克斯坐回座位，蔡斯转身面对整个用户组。“谢谢你们同意和我见面。一般来说，当我和某个潜在的生意伙伴面谈时，我会对他们讲零一欲望能如何帮助他们拓宽市场；但我不打算和你们讨论那些话题。我这次会面的目的是向你们保证，你们的数码体将会得到尊重。我们想要的不是那种经过简单的操作性条件反射[1]处理、拥有性特征的宠物。我们想要的生物应该能在更高、更人性化的层次上参与性行为。”

斯图亚特突然大声说：“可我们的数码体完全是无性的，你打算怎么做到这一点呢？”

蔡斯一点没有停顿，“最少需要两年的训练。”

安娜大吃一惊。“这可是笔很大的投资啊，”她说，“我还以为数码体性娃娃一般只需要训练两三个星期呢。”

“那是因为它们通常都是玄思数码体，两个星期就够了；就算花上两年时间训练，它们也不会变成更好的性伴侣。我不知道你是否见过训练成果，但如果你感兴趣的话，我可以告诉你在哪里能找到一个数码体后宫，里面全是身穿玛丽莲·梦露身体的德雷塔，全都哭着喊着要给人口交，那叫一个恶心。”

安娜忍不住大笑起来，组里还有几个人也笑了。“嗯，听起来确实挺恶心的。”

1　与经典条件反射（如巴甫洛夫实验）不同，操作性条件反射利用奖惩手段强化或修改原有的自发行为。

“零一欲望想要的不是这种东西。随便哪个人都能拿来一个进入公共领域的数码体，然后重新配置它的奖惩图；但我们希望给顾客提供具有真正人格的性伴侣，为了达成这个目标，我们愿意付出必要的努力。”

“那你们的训练是如何进行的呢？”后排的海伦·柯斯塔丝问。

“首先，是发现性和探索性。我们会赋予数码体符合人体形态和生理需求的身体，让他们适应性敏感区域的存在。我们会鼓励数码体互相之间进行性行为，让他们熟悉身为有性生物的体验，然后选择一个自己认为合适的性别。由于这个阶段的大部分学习行为仅仅发生在数码体之间，有些时段可以让数码体加速运行。一旦他们拥有了足够的经验，我们就可以让他们和合适的人类伴侣配对，建立感情。”

“你们凭什么确信他们会和某一个特定的人建立感情呢？”德雷克问。

“我们的研发人员已经研究过收容所里的一些数码体。他们太年轻了，不适合我们的目的，但他们已经发展出感情上的依附。我们的研发人员作了大量分析之后认为，他们可以在更年长的数码体身上诱发出类似的依恋。随着数码体逐渐了解一个人，我们会人工强化他们之间互动的情感维度，包括性的互动，也包括非性的互动。这些强化后的互动就会在数码体身上产生爱情。”

“就像是捷立亲的神经源版本。”安娜说。

“有些类似，”蔡斯说，“但更加有效，也更具特异性，因为整个过程将会为消费者量身定制。而在数码体看来，这和主动坠入爱河是无法区分的。”

“这个定制过程听起来挺复杂，不像是那种能一次搞定的事情。”安娜说。

“当然不是，”蔡斯说，“我们预计，一个数码体要花好几个月时间才会坠入爱河。这段时间里我们会和顾客协力合作，不断回调数码体到先前的标记点，尝试各种各样的调节措施，直到感情纽带坚实地建立起来为止。这有点像你们在蓝色伽马时的育种程序，我们只是为每一位顾客专门定制一套新程序而已。”

安娜想说这和蓝色伽马有本质的区别，但最后还是决定保持沉默。她只需要听完这个女人的推销演讲就行了，不需要反驳。“我明白了。”她说。

德雷克说：“但就算你们能让他们爱上一个人，我们的数码体也不可能成为玛丽莲·梦露。”

“确实不可能，但那并非我们的目标。我们给他们的角色是人形的，但他们并不是人类。要知道，我们并不打算复制真实人类的性体验；我们希望提供非人类的伴侣，但要迷人、有爱心，而且对性有真正的激情。零一欲望相信，这是一个全新的性领域。”

“全新的性领域？”斯图亚特说，“你的意思是说，把一种怪癖推广开来，直到它成为主流吧。”

“你要这么说也无妨，”蔡斯说，“但是换个角度来看，随着时间的推移，所谓‘健康的性’这个观念实际上是在不断拓宽的。人们曾经把同性恋、性虐和多人关系都看作是心理疾病的表现，其实这些行为和恋爱关系并没有本质的不相容。问题是，社会把人们的正常欲望定义成了耻辱。我们相信，总有一天，数码体的性也会被人们接受，成为性的一种健康的表现形式。但这需要我们有开放坦诚的心态。”

屏幕上显示出一个图标，表明蔡斯给用户组发来了一份文档。“我给你们发送了一份我们所提议的合同的副本，”她说，“请容我简单说一下主要内容。零一欲望将支付移植神经源引擎到真实空间的全部费用，以换取你们数码体的非专属使用权。你们依然保留制造和出售你们数码体的副本的权利，只要这些副本不和我们的产品竞争。如果数码体卖得好的话，我们还会支付版税，而且你们的数码体会很喜欢他们的工作。”

“好的，谢谢。”安娜说，“我们会看一下合同内容，然后给你答复。就这些了吗？”

蔡斯笑了，“还没完。在将资金转交给你们之前，我还希望能有机会回答你们的疑虑。问什么都可以，我不会觉得被冒犯的。你们是否对性这方面有所抵触？”

安娜犹豫了一下，“不，我担心的是被胁迫的问题。”

“不会有任何胁迫的。感情建立的全过程已经确保了数码体将和他们的主人一样喜欢这一切。”

“但关于他们会喜欢上什么东西，你并没有给他们任何选择的余地。”

“人类不也是这样吗？当我还是个小女孩的时候，我对亲吻小男孩这事没有一丁点兴趣；假如这事由我说了算的话，那情况永远不可能改变。”蔡斯微微一笑，有些羞怯，似乎是在暗示说她现在有多么喜欢亲吻一样。“我们都会产生性意识，不管我们愿不愿意。零一欲望对数码体所做的改造和这件事并没有本质区别。事实上，我们的改造要更好。有些人面临性倾向的问题，一生都在痛苦中度过，但这种事不会发生在数码体身上。每一个数码体都会和一个完美相容的性伴侣配对。这不是胁迫，这是最完美的性满足。”

“但这不是真实的。”安娜脱口而出，然后立刻后悔了。

蔡斯所期待的正是这句话。“怎么不是呢？”她问，“你对你的数码体的感情是真实的，他们对你的感情也是真实的。如果你和你的数码体之间这种非性的联系是真实的，为什么人类和数码体之间的性联系就不能同样真实呢？”

安娜一时无言以对，这时德雷克插了进来。“我们讨论哲学可以没个完，”他说，“但底线是，我们花这么多年养大我们的数码体，并不是为了让他们成为性玩具。”

“我明白这一点，”蔡斯说，“这笔交易并不阻止你们的数码体的其他副本去做其他事情。现在你们的数码体虽然让人惊讶，却没有任何可以推向市场的工作技能，而你们也不知道他们什么时候能具备某种技能。除此之外，你们还能怎样募集到你们需要的钱呢？”

有多少女人曾经问过自己同样的问题啊，安娜想。“所以就只能是那个最古老的职业了。”

“你可以这么说，但请让我再指出一次，数码体并不会遭受任何强迫，哪怕是经济方面的强迫；如果我们只想出售假造的性欲，我们有许多更便宜的办法。但我们企业的目的是提供一些有别于假造的性欲的东西。我们相信，当双方都享受这一过程时，性会变得更美好，不管是作为个人体验还是对社会的影响。”

“这听起来很冠冕堂皇。但遇到那些热衷于性虐的人该怎么办呢?”

“我们绝不放任任何非双方自愿的性行为，这当然也包括和数码体的性。我发送给你们的合同里对此有所保证：零一欲望将保留蓝色伽马早先安装的阻隔器，辅以目前最顶尖的访问权限加密技术。我说过，我们相信当双方都享受这一过程时，性会变得更美好。我们始终坚持这一立场。”

“你们赞同，对吧?”菲利克斯对用户组成员说，“他们考虑了所有的可能。”几个成员对他怒目而视，连蔡斯的表情好像也在说，她宁可不要菲利克斯来帮忙。

“我知道你们刚开始寻找投资商时希望见到的并不是我们，”蔡斯说，“但如果你们能暂时放下你们的第一反应，仔细想一想，我想你们会同意的，我们所提议的合作计划会使大家都获益。”

“我们会考虑一下，然后给你答复。”德雷克说。

“谢谢你们来听我的展示。”蔡斯说。屏幕上跳出一个窗口，表明中介已经把款项汇到用户组的账上。“请让我再说最后一件事：如果有其他公司的人来找你们，一定记得要仔细查看合同细则。里面很可能会包含一款条文，我们的律师也曾希望我们能在合同里加进这一条：允许对你们的数码体禁用痛感阻隔器之后转卖给另一家公司。我想你们知道这意味着什么。”

安娜点点头。这意味着数码体可能会被转卖给像边缘玩家这样的公司，成为被虐待的受害者。“是的，我们明白。”

“零一欲望否决了我们律师的推荐。我们的合同保证，数码体除了非胁迫的性之外，不会用于任何其他用途，永远不会。你可以看看别人会不会对你们作出同样的保证。”

“谢谢，”安娜说，“我们再联系。”

*　　　*　　　*

安娜原本是以纯粹走过场的态度去听零一欲望的展示会的，听人推销赚点钱而已。但听过之后，她发现自己对这件事想了很多。

她上一次关注虚拟领域的性，还是在读大学的时候。那时，她的男朋友在国外做了一个学期的交换生，离开之前两人买了一套这种外设，外面是朴素的硬壳，里面却是狂欢的硅胶。两人各自用对方的序列码加了密，算是保证他们虚拟生殖器的忠贞。开始的几次给他们带来了意想不到的乐趣，但没过多久这种新奇感就消退了，而这种技术的缺点也显露无遗。且不说没了亲吻，性会变得多么残缺不全；两人的脸颊近在咫尺，感受着他躯体的重量，闻着他身体的气味，这一切都让她怀念。而只在屏幕上看到对方是无论如何也不能取代这一切的，不管摄像机贴得多么近。她的皮肤渴望着与他的皮肤接触，这种渴望是任何外设都无法满足的。等到学期结束时，这种感受让她觉得自己快要炸开了。自那以来，这项技术肯定有了很多新进展，但它依然只能算是真正的亲热的可怜替代品。

安娜依然记得，第一次看到贾克斯穿上现实的身体时，那感受是多么不同。如果让数码体穿上充气娃娃的身体，这会使性更吸引人吗？没用的。她曾经贴近过贾克斯的脸，为他的棱镜擦去污渍或是检查有无划痕，那种感觉和贴近一个人类的脸庞毫无共同之处。面对一个数码体，你不会觉得自己进入了别人的个人空间，也不会因此体会到双方的信任感，甚至比不上你给一只小狗挠肚皮时的感受。在蓝色伽马时代，他们决定不要把那种保持距离、自我保护的本能赋予数码体，毕竟这对他们的产品没有意义，但如果没有这种自我保护所营造的障碍的话，那最后的肌肤之亲又有什么意义呢？如果数码体的性冲动反应和人类足够相似，确实有可能让双方的镜像神经元都活跃起来，对此安娜并不怀疑。但是，零一欲望能让数码体懂得赤身裸体所伴随的脆弱吗？数码体又该如何告诉别人，自己愿意在他们面前宽衣解带呢？

也许这一切都无关紧要。安娜重放了一遍视频会议的记录，蔡斯说这将是一个全新的性领域，和非人类伴侣之间的性。这本来就不应该和正常的性一个样子。这将是另一种类型的性，也许会带来另一种亲密感。

她想起了在动物园工作时发生的一件事。那时一只雌猩猩死了，每个人都很伤心，它最喜欢的那位驯养员尤其悲痛，任别人如何安慰也无法平静下来。最后他终于忏悔，他一直在和那只雌猩猩发生性行为，没过多久动物园就把他开除了。安娜当然很震惊，不仅因为这件事本身，更因为在她想象中，有恋动物癖的人都应该是恶心的变态，而他一点也不像一个变态的人。他的悲痛是如此深沉，如此真切，和任何一个失去爱人的人都没有区别。他还结过一次婚，这也让安娜大吃一惊；她原本以为这种人连约会都不会有一次。接着她意识到，她不知不觉陷入了惯性思维——动物饲养员之所以选择每天与动物为伴，是因为他们不懂怎样和人相处。她当时就想过，为什么人和动物之间非性的关系是完全正常的，而性关系就不是呢？为什么动物所能给出的那么一点同意意愿[1]足以让它们成为宠物，却不足以让它们和人类发生性关系？现在她又开始思索这个问题了。和那时一样，她能给出的所有论证都是基于个人的厌恶，而她不知道这个理由够不够充分。

至于数码体之间发生性行为的问题，过去也曾有过几次讨论。安娜一直很庆幸主人们不用担心这个问题，因为很多动物在性成熟时都会变得难以驾驭。甚至把贾克斯设计成生理中性的时候，安娜也没有感到一丝愧疚，因为她并没有剥夺他的本质属性。现在，论坛上的一个帖子让她开始重新考虑这个问题了：

来自：海伦·柯斯塔丝

让别人和我的数码体发生性关系，这件事我一点也不喜欢；但接着我想起来，当父母的也都不愿意考虑自己的孩子和别人发生性关系的可能。

来自：玛丽亚·郑

这个类比并不成立。父母不能阻止孩子们产生性意识，但我们可以。数码体并没有任何内在的需求去模拟人类发育的这个阶段。拟人想象是可以的，但不能过火。

来自：德雷克·布鲁克斯

什么算“内在”？拥有迷人的个性或者可爱的虚拟角

1　法律术语，指当事人自愿进行某种行为，常特指性行为。现行法律认定合法性关系的前提是双方年龄足够大，具有表达同意意愿的能力。

色，这些也不是他们的“内在需求”；但这些特征的存在依然有充足的理由——这些特征让人们更愿意和他们相处，而这对数码体是有好处的。

我不是说我们应该接受零一欲望的提议。但我想，我们都应该问自己一个问题：如果我们让数码体成为有性的个体，这会鼓励其他人去爱他们吗？给他们带来快乐的那种爱？

安娜想，贾克斯没有性意识，这是否导致他错过了生命中某些有益的体验。贾克斯有人类朋友，这让她很高兴；而她之所以希望把神经源移植到真实空间，正是为了让他能维系和增进这些友谊。但这些友谊能增进到什么程度呢？在性成为话题之前，一段关系究竟能有多亲密呢？

那天晚上，她回复了德雷克的帖子。

来自：安娜·奥瓦拉多

德雷克提出了一个好问题。但就算答案是肯定的，也不意味着我们应该接受零一欲望的提议。

如果一个人只是在寻求自慰的幻想，那他可以去用普通软件，而不应该买一个邮购新娘，然后在她头上贴一打捷立亲。可是零一欲望想提供给顾客的，本质上就是后者。我们希望我们的数码体去过那种生活吗？我们可以给他们注射一大剂虚拟内啡肽[1]，让他们住在数据地球的小

---

1 大脑中作为神经递质存在的一种阿片类多肽。

黑屋里也能快快乐乐，但我们之所以不这么做，正是因为我们在乎他们。我认为，我们不可以让任何人对数码体不敬。

我承认，和数码体发生性关系，这个念头刚开始也让我不舒服，但我觉得我并非在原则上反对它。我无法想象自己去做这种事情，但如果别人想这么做，我也不会反对，只要不是在剥削数码体就行。只要双方达成一定的相互妥协，结果可能就会像德雷克说的那样，对数码体和人都有好处。但如果人可以自由修改数码体的奖惩映射图，或者不断回调直到将数码体调出完美的状态，那相互妥协的意义又在哪里呢？零一欲望准备告诉他们的顾客，他们不必以任何方式去迁就数码体的喜好。这已经无关于性，这根本算不上是真正的情谊。

用户组的成员都可以以个人身份接受零一欲望的提议，但安娜的论述很有说服力，因此目前没有人这样做。展示会几天之后，德雷克把零一欲望的提议告诉了马可和波罗，觉得他俩有权知道正在发生的事情。波罗对零一欲望想做的改造很是好奇，他知道自己有一个奖惩图，但从来没想过编辑奖惩图意味着什么。

“编辑我的奖惩图可能很好玩。”波罗说。

“给别人干活时不能编辑自己的奖惩图，”马可说，“只有法人之后才能那么做。”

波罗转向德雷克，“真的这样？”

“像这种事情，就算你成了法人，我也不会让你做的。”

“喂，”马可抗议道，“你说过我们法人的时候，所有决定我们都自己做。”

“我是说过，”德雷克承认，“但我没想过让你们编辑自己的奖惩图。这可能会非常危险。”

“但人能编辑自己的奖惩图。”

“什么？我们可做不了这种事情。”

“人们为了性吃的药呢？村药？”

“春药。那些只是暂时的而已。”

“捷立亲暂时的？”波罗问。

“不完全是，”德雷克说，“但很多时候，人们用捷立亲是犯了错误。”尤其是当某家公司付钱让他们使用的时候，他想。

“我法人的时候，我自由犯自己的错误，”马可说，“那才关键。”

“你还没作好成为法人的准备呢。”

“因为你不喜欢我的决定？准备好意味着总同意你？”

“如果你盘算着一成为法人就要编辑自己的奖惩图，那你就不算是准备好了。”

“我没说要，”马可加重语气，“我不要。我说法人的时候我有自由做。这不同。”

德雷克沉默了一会儿。他差点忘记了，用户组在论坛上讨论让数码体成为法人的问题时，得出的正是同一个结论：如果法律人格身份不仅仅是文字游戏，那成为法人就意味着让数码体拥有一定的自主权。“是的，你说得对。当你成为法人时，就算是我认为不应该做的事，你也可以自由地去做。”

“好，”马可看来满意了，“当你认定我准备好，不因为我同意你。即使我不同意你也可以准备好。”

“没错。但是请告诉我，你不会真的要去修改你的奖惩图。”

“不会，我知道这危险。可能改出错误，让自己没法改正。”

德雷克很欣慰，“谢谢你。”

“但让零一欲望改我的奖惩图，那不危险。”

“确实不危险，但那依然不是个好主意。”

“不同意。”

“什么？我觉得你不理解他们想要做什么。”

马可受挫地望了他一眼，“我理解。他们让我喜欢上他们希望我喜欢的东西，哪怕我现在不喜欢。”

德雷克意识到，马可确实理解了。“你不觉得这有什么不好？”

“为什么不好？我现在喜欢的一切，也都是蓝色伽马让我喜欢的。这没不好。”

“没错，但这两件事不一样。”他想了一会儿应该怎么解释，“蓝色伽马让你喜欢食物，但他们没有决定你应该具体喜欢哪一类食物。”

“那又怎样？没大区别。”

“但确实不一样。”

“如果他们编辑不想被编辑的数码体就错了。但如果数码体编辑前同意，那就没错。”

德雷克觉得自己开始生气了。“那你到底是想成为法人，自己作决定呢，还是想让别人代替你作决定？到底是哪一个？”

马可想了一会儿，“也许我两个都试。一个副本的我当法人，另一个我给零一欲望干活。”

“你不介意给自己创造副本？”

“波罗我的副本。这没错。”

德雷克有些不知所措。他草草结束了讨论，让数码体去做他们的功课；但马可说的话却在他脑中挥之不去。一方面，马可的有些论述相当有道理，但德雷克还清楚地记得自己的大学时光，很明白拥有辩论技巧不等于成熟。他又开始想，如果数码体也有法定成年年龄该多好，这已经不是他第一次想这件事了。没有法定年龄，判断马可何时能成为法人的责任就全落在了他身上。

因零一欲望的提议而引发争执的人不只德雷克一个。他下一次和安娜交谈的时候，她向他抱怨了最近她和凯尔的一次争吵。

“他觉得我们应该接受零一欲望的提议，”她说，“他说这比让我去多维体工作要好得多。”

又一个批评凯尔的机会，他该怎么办呢？但他只是说：“那是因为他觉得改造数码体没什么大不了的。”

“正是如此。”她恼火地哼了一声，然后继续道，“这倒不是因为我觉得戴捷立亲没什么。这当然是件大事。但我自愿使用捷立亲，零一欲望是把他们的感情建立过程强加于数码体，这两者有很大区别。”

“有本质的区别。但你知道吗，这引发了一个有趣的问题。”他把之前和马可、波罗的对话告诉了她，“我不知道马可是否只是为了争辩而争辩，但这事让我思考了很多。如果某个数码体自愿接受零一欲望要做的那些改造，这有什么不同吗？”

安娜看上去若有所思，“我不知道。也许吧。”

“当一个成年人选择使用捷立亲的时候，我们没有反对的理由。要在怎样的情况下，我们才能同样地尊重贾克斯和马可的决定呢？”

“他们得是成年人才行。”

“但是只要我们愿意，明天就可以去为他们办理成为法人的手续。”他说，“是什么让我们确信，我们不该这样做呢？想象一下，有一天贾克斯对你说，他明白接受零一欲望的提议意味着怎样的后果，正如同你明白多维体的工作意味着什么一样。在什么样的情况下你会接受他的决定呢？”

她想了一会儿，“我觉得，我得看看他的决定是否建立在亲身经历之上。贾克斯从没谈过恋爱，也没有工作过，但接受零一欲望的提议就意味着要做这两件事情，可能是永久性的。我希望他遇到这种会产生永久性后果的问题时，能在作出决定之前先对这些事有感性认识。等他有了亲身体验之后，我想我就不会真的反对了。”

“哦，”德雷克点点头，“要是我和马可讨论的时候也想到这一点就好了。”这意味着把他们改造成有性的生物，但不卖掉他们。这又是一大笔开销，而且得等用户组先完成神经源的移植。“不过这个过程要花很长时间。”

“当然，我们没必要急着让数码体获得性意识。最好等时机成熟再说。”

宁可设定一个很晚的成年年龄，也不要冒设定过早的风险。“在那之前，还得由我们来照顾他们。”

“没错。”看起来安娜对他的赞同很感激，而他也很乐意提供支持。接着她的脸上又现出了沮丧的神色，“真希望凯尔也能明白这一点。”

他试着找出一句合适的回应，“恐怕没人能明白，除非他们像我们这样在数码体身上投入了那么多时间。”这不是要故意挑凯尔的错，他内心里确实是这么想的。

九

零一欲望的展示会已经过去了一个月。安娜正在数据地球私服里，和几只神经源数码体在一起，等待着访客。马可在给洛莉讲他最喜欢的游戏剧的最新一集，贾克斯在练习他编排的一套舞蹈。

“看。”他说。她看着他灵巧地做完一整套动作，然后又从头开始。

“要记住，等他们来了之后，你得和他们讲你造的东西。”

“我知道，你说过好几遍了。他们来的时候我不跳。现在只是在玩。”

“抱歉，贾克斯，我只是有些紧张。”

“看我跳舞，能觉得好点。”

她笑了，“谢谢，我会试试这个办法的。”她深吸一口气，告诉自己要放松。

一扇传送门开启，里面走出两个虚拟角色。贾克斯立刻停了下来，安娜走过去迎接来访者。在屏注释显示，来者是杰瑞米·布劳厄和弗兰克·皮尔逊。

“进来的时候没遇到什么麻烦吧?”安娜说。

“没,”皮尔逊说,“你给我们的登录口运转良好。”

布劳厄四处张望。“老数据地球,真怀念啊。”他的角色扯了扯一丛灌木的枝条,然后松手,看着它摇晃的样子。“我还记得瑞山当初发布它的时候网上有多轰动。当时的顶尖水平啊。”

布劳厄和皮尔逊为“幂级器械”工作,这是一个生产家用机器人的公司。他们的机器人是传统的人工智能,其技能都是事先编好的程序,而不是后天习得的。虽然它们用起来确实很方便,但并没有真正意义上的意识。幂级定期发布新版本,每次都声称新版向消费者心目中的理想人工智能——从启动之时就绝对忠诚、绝对周到的管家——又迈近了一步。在安娜看来,这一连串的升级就像是向着地平线奔跑,虽然让人产生不断前进的幻觉,实际上却一点都没有离目标更近。但是消费者毕竟购买了这些机器人,让幂级器械的资产负债表形势乐观,而安娜就是看上了这一点。

安娜并不打算让神经源数码体去当管家,很明显贾克斯他们的自主意识太强了,不适合这种工作。实际上,布劳厄和皮尔逊也都不是公司商业部的人,他们俩来自研发部。幂级器械公司之所以成立,之所以要出售家用机器人,就是为了给这个部门筹集资金。幂级的真正目的是创造出工程技术人员心目中的理想人工智能,一个拥有纯粹认知的实体,不被任何情感羁绊、不被任何身体束缚的天才思想,知识广博,思维冷静,同时又具有理性的同情。他们等待的是一个完全成熟的软件版雅典娜[1]。安娜觉得他们大概永远也等不到。这么直说显然是不礼貌的；但她希望能说服布劳厄和皮尔逊，神经源数码体是另一种可行的方案。

“嗯，谢谢你们特地过来见我。”安娜说。

“我们也一直盼望着这次会面。”布劳厄说，“累计运行时间比大部分操作系统的寿命还要长的数码体？这种事情可不多见。”

“确实不多见。”安娜意识到他们来这里更多的是出于怀旧，而不是要认真地讨论业务提案。也罢，反正他们总归是来了。

安娜把他们介绍给数码体，然后数码体们简短地展示了他们做的小项目。贾克斯展示了他造的一个虚拟装置，那是一个类似于音乐合成器的东西，靠他的舞蹈姿势来弹奏。马可解释了他设计的一个谜题游戏，几个人可以合作解决，也可以互为对手。布劳厄对洛莉特别感兴趣，因为洛莉给他们看了一段她写的程序；这跟贾克斯和马可不同，他俩是用软件工具包造东西，而洛莉写的是真正的代码。但当布劳厄意识到洛莉和随便哪一个新手程序员并没有什么区别时，他的失望溢于言表。显然他本来希望洛莉身为一只数码体，会对写程序有一些独到的天资。

和数码体谈了一会儿之后，幂级的两位访客与安娜登出了数据地球，切到视频会议。

“他们棒极了，”布劳厄说，“以前我也有只数码体，可他

1 在希腊神话中，智慧女神雅典娜是从宙斯裂开的头颅中跳出来的，一出世即是成人。

也就到了牙牙学语的地步而已。”

“你以前养过神经源数码体？”

“当然，一出品的时候我就买了一只。他是贾克斯吉祥物的副本，和你的一样。我给他起名叫费茨，运行了大概一年。”

这个人曾经拥有一个小贾克斯，她想。某个地方的仓库里还有个婴儿版本的贾克斯，会管这个人叫主人。她忍不住说出声来：“后来你是觉得他无聊了吗？”

“与其说是无聊，不如说是意识到了他的局限性。我看得出来，神经源基因组的出发点错了。费茨确实很聪明，但等到他能做什么有用的工作，那得到猴年马月了。我得说，我很佩服你能和贾克斯坚持这么久。你的成就让人印象深刻。”他这段话听起来，就好像夸奖她造出了世界上最大的牙签雕塑似的。

“你现在还觉得神经源的出发点错了吗？你已经亲眼看到了贾克斯可以做什么。你们幂级那边有什么东西能与之相比吗？”话已出口，她才意识到这段话有多么尖锐。

布劳厄的回应却很温和，“我们寻找的不是人类级别的人工智能。我们要的是超人智能。”

“而你并不认为人类级别的智能是一个必经阶段？”

“如果你指的是你的数码体展现出来的那种智能，那就不是。”布劳厄说，“你没法确信将来有一天贾克斯能正常工作，更别说成为编程天才。没准儿他已经到了极限。”

“我不觉得他已经……”

“你没法确定。”

“但我知道，如果神经源基因组能产生一个像贾克斯这样的数码体，也一定能产生你所寻找的更加聪明的数码体。总有一天神经源的阿兰·图灵[1]会出生的。”

“那好，假定你是对的，”布劳厄说，显然他只是在陪她玩罢了，“要花多少年才能找到他呢？光是第一代就花了你们这么长时间，长得连运行他们的平台都被淘汰了。要多少代才能培养出一个图灵呢？”

“我们不会一直受限于实时运行。总有一天我们会有足够多的数码体组成一个自足的社群，之后他们就可以不依赖于和人类的互动了。我们可以加快运行一个数码体社会，而不必担心他们野化，看看他们能产生出什么。”其实安娜自己都不太相信这个过程能产生一个图灵，但这番话她已经练习过很多次，足以让别人听起来觉得她很有底气。

然而布劳厄并没有被说服，“这个风险投资……你给我们看一群青少年，让我们掏钱教育他们，希望等他们长大之后能建立一个出产天才的国家。请原谅，但我觉得我们的钱能花在更有用的地方。”

“可想想你们可以得到的东西吧。我和其他用户已经投入了许多年时间去关怀抚养这些数码体。比起花钱雇人为另一个基因组付出同样的努力，移植神经源显然要便宜得多。而潜在的回报则正是你们公司所寻求的东西：高速运行的编程天才，一步步让自己成长为超人智能。这些数码体现在已经能发明游戏了，想象一下他们的后裔能做什么吧。他们中的每一个都能给你们带来收益。”

1　阿兰·图灵（1912—1954），英国数学家，现代计算机理论的奠基人。

布劳厄正要回答时，皮尔逊插了进来："这就是你们想移植神经源的原因吗？希望有一天能看到超人数码体发明出新东西？"

安娜意识到皮尔逊正审视着她，觉得撒谎没有什么好处。"不是，"她说，"我所希望的是让贾克斯有机会过上更加完满的生活。"

皮尔逊点点头，"你希望贾克斯有一天能成为法人，是吧？拥有某种法律人格？"

"是的，我希望如此。"

"我敢说贾克斯也是这么想的，是吧？成为法人？"

"基本上是的。"

皮尔逊点点头，似乎是证实了他的疑虑，"这样的话就没戏了。和他们聊天很愉快，这挺不错，但是你给他们这么多关注，这是在鼓励他们把自己当成一个人来看待。"

"为什么这就没戏了？"但她已经知道了答案。

"我们要的不是拥有超人智能的雇员，而是拥有超人智能的产品。你提供给我们的是前者，这不能怪你，没有人花了这么多年养育数码体之后还把他看成产品，但是我们的业务不能建立在那种情感之上。"

安娜一直假装这件事不存在，但现在皮尔逊把它挑明了：幂级的目标和她的目标根本不相容。他们想要一个东西，能像人一样对问题给出回答，对待它却不用像对一个人那样负有各种义务。这是她所不能提供的。

没人能提供这样的东西，因为这根本不可能存在。她花了这么多年去抚养贾克斯，并不仅仅是为了让他学会聊天，也不仅仅是培养他的业余爱好和幽默感。正是这些时光，让他拥有了幂级所寻找的一切属性：能够流畅地探索现实世界，创造性地解决问题，作出可靠的判断，让别人可以把重要的决策交给他。每一个使人比数据库更加宝贵的特质，一定都是经验的产物。

她想告诉他们，蓝色伽马那时甚至都不知道自己有多么正确：经验不仅是最好的老师，而且是唯一的老师。如果说她在抚养贾克斯时学到了什么东西的话，那就是没有捷径。如果你想创造出二十年的生命所带来的常识的话，那你就得投入二十年。你无法在更短时间内建立一个同等价值的探索体系，经验这个算法的时间复杂度是不能被压缩的。

哪怕人们可以截取所有这些经验的一个时间断面然后无限复制，哪怕人们可以廉价地出售这些副本甚至白送给别人，得到的每一只数码体也都是曾经活过了那一生的。每一只数码体都曾经用全新的双眼看过这个世界，都有过幻想成真和破灭的经历，都知晓说谎是何种感受，听到谎言又是何种感受。

这意味着每一只数码体都应当得到某种尊重，幂级所无法给予的尊重。

安娜进行了最后的尝试。“这些数码体作为雇员仍然可以为你们盈利。你们可以……”

皮尔逊摇摇头，“我很理解你的努力，祝你好运，但这并不符合幂级的宗旨。如果这些数码体能成为产品，潜在的收益也许能抵过风险；但如果它们只能成为雇员，那就是另一种情形了。这么大的投入如果只能带来这么少的回报，我们可无法接受。”

当然不可能，她想。还有谁能接受呢？除了一个狂热的人，一个被爱驱使着的人，一个像她这样的人。

*　　　*　　　*

安娜正准备给德雷克发一条消息，告诉他和幂级的会面失败了，这时机器人的身体活过来了。“会面怎么样？”贾克斯问，但是他从她的表情里已经明白了问题的答案。“我的错吗？他们不喜欢我给他们看的东西？”

“不是，你做得好极了，贾克斯。他们就是不喜欢数码体；我以为我能改变他们的想法，但我错了。”

“值得一试。”贾克斯说。

“我想是的。”

“你还好吧？”

“我没事。”她向他保证。贾克斯拥抱了她，然后走回充电平台，返回数据地球。安娜独坐在桌前，盯着空空的屏幕，思索着用户组还剩下什么选择。在她看来，只剩一条路了：为多维体工作，并试图说服他们神经源引擎是值得移植的。她需要做的无非是戴上捷立亲贴片，加入他们工业化的育幼实验。

不管她对多维体有什么看法，起码这家公司理解实时互动的重要性，而幂级不懂。玄思数码体也许独处温室中就能心满意足，但如果想让它们成为有生产力的个体，这不是一条可行的捷径。必须有人花时间陪它们，而多维体对此一清二楚。

但她不喜欢多维体为了让人们花时间而采取的方法。蓝色伽马的战略是让数码体变得可爱，多维体采用的却是不可爱的数码体，然后用药物迫使人们喜欢它们。在她看来，显然蓝色伽马的方案才是正确的，不仅更合乎伦理，而且更有效。

事实上，考虑到她现在的处境，也许这个方法过于有效了：她正面临着一生中最大的一笔开支，而这笔开支正是为了她的数码体。当年的蓝色伽马里没有人能预料到这种情形，也许他们本该预料到的。没有羁绊的爱，正如同零一欲望想卖的东西一样，纯属空想。爱一个人就意味着为他作出牺牲。

而这正是安娜考虑为多维体工作的唯一原因。换了其他情况，她会觉得一份要求她使用捷立亲的工作是种侮辱；她和数码体共事的经验不比世界上任何人少，而多维体却在暗示，没有药物干预，她就不能成为一名高效的训练师。训练数码体正如训练动物一样，是一份工作，一个专业人士不需要爱上任何一项任务也能做好他的工作。

这一刻她也意识到了爱意在训练过程中所起的巨大作用，爱意在最需要耐心的时候产生耐心。安娜不屑于将这种爱意像产品一样制造出来的想法，但她必须承认现代神经医药学的研究成果。如果让她在训练玄思数码体的时候脑子里一直充满催产素，不管是否出自她的意愿，她对数码体的态度肯定会受到影响。

唯一的问题是，她是否能忍受这一事实。她相信，捷立亲贴片不会影响她照顾贾克斯，没有哪只玄思数码体能取代贾克斯的地位。如果为多维体工作是让神经源得到移植的最好办法，那她就愿意去做。

她只希望凯尔能理解这一切。她的态度一直很明确，贾克斯的幸福永远是第一位的，迄今为止凯尔还没抱怨过什么。她不希望两人的关系会因为这份工作而终结，但是她和贾克斯在一起的时间比任何一个男朋友都长。如果事情恶化到了不可兼得的地步，她知道自己会选择谁。

十

安娜发来一条消息，表明会面没取得什么成果。消息很短，但对德雷克而言意味着很多。他听到了她的语气，以前她讨论多维体的时候用过这种语调，因此他明白，她准备接受多维体的工作了。

这是安娜为移植神经源作出的最后努力，再也没有退路了。没人喜欢这种工作，但她已是成年人，权衡利弊之后作出了她的决定。如果她愿意这样做的话，他至少应该表示支持。

然而他不能。因为还有另一个选择：接受零一欲望的条件。

早些时候他与马可和波罗谈过之后，就私下联系了珍妮弗·蔡斯，问她如果数码体希望成为法人的话，会不会与零一欲望的预期产生矛盾。她回复说，零一欲望的用户买下数码体副本之后可以自由办理成为法人的手续。事实上，如果他们对数码体的感情能强烈到零一欲望所希望的程度的话，她认为很多人都会让数码体成为法人。对他而言这是正确的答复，但他内心里总有个念头，希望她给出错误的答复，让他能够心安理得地拒绝她的提议。现在，作决定的责任依然在他这里。

他考虑过安娜的论点：数码体自己没有能力决定是否接受零一欲望的提议，因为他们既没有爱情的经验，也没有工作的经验。如果把数码体想象成人类小孩的话，这个论点很有道理。但这也意味着只要他们还被困在数据地球里，只要他们的生活还像这样和外界隔绝，他们就永远没法成熟，永远不能作出这么重要的决定。

也许不应该把数码体的成熟标准定得像人类那样高，也许马可已经足以作出这类决定了。马可看起来很乐意把自己看作一只数码体，而非人类。有可能他还没有完全理解自己的决定有何后果，但德雷克总觉得，马可其实比他更理解自己的本性。马可和波罗并不是人类，也许把他们看作人类就是一种错误，是逼着他们符合他的预期，而不是让他们实现真正的自我。像对待人类一样对待他们，或者承认他们并非人类，哪一种行为算是更尊重他们呢？

换作其他场合，这可以成为一个纯理论问题，搁置到以后再讨论；但现在，这个问题直接牵涉到他此时此刻面临的抉择。如果他接受了零一欲望的提议，安娜就不必去多维体工作，因此问题变成了：谁去接受洗脑更好，马可还是安娜？

安娜懂得她接受这份工作的后果，比马可更懂。但安娜是一个人，不管他觉得马可多么让人惊异，他依然把安娜看得更重。如果两者之中必须有一个接受神经化学调整，他不希望是她。

于是，德雷克在屏幕上调出了零一欲望送来的合同，然后把穿着机器人身体的马可和波罗叫过来。

“准备签合同？”马可问。

“你要明白，如果你仅仅是想帮助别人的话，就不应该签。”德雷克说，“你要是签字的话，一定得是因为你自己想做。”接着他意识到，自己其实并不知道这是不是真的。

“你不必一直问我，”马可说，“我和之前的感觉一样，想做这个。”

“你呢，波罗？”

“是的，同意。”

数码体很愿意，甚至可以说是很急切；也许这样就足够下决心了。但他还有其他想法，纯粹自私的想法。

如果安娜接受了多维体的工作，她和凯尔之间就会产生一道裂痕，而他则可以从中获益。这个想法一点都不高尚，但他没法假装自己没想过这事。而如果他接受了零一欲望的提议，这道裂痕就会在他和安娜之间产生了。这会让两人走到一起的可能性彻底破灭。他能放得下吗？

也许他和安娜始终都不会有任何机会，也许这么多年来他只是在骗自己。如果是这样，他还不如彻底抛弃幻想，把自己从这渴望中解放出来，这种对永远不会发生的事情的渴望。

“你在等什么？”马可问。

“没什么。”德雷克回答。

在数码体的注视之下，他在零一欲望的合同书上签了字，然后发送给珍妮弗·蔡斯。

“我什么时候去零一欲望？”马可问。

“等对方也在合同上签了字，我们会给你照张相，”他说，“然后我们会把快照发送给他们。”

“好的。”马可说。数码体开始兴奋地讨论这意味着什么，而德雷克却在想该怎么和安娜讲。当然，他没法对她说，他做这一切是为了她好。如果她觉得他是牺牲了马可来让她获益的话，她肯定会内疚到极点的。这是他作出的决定，最好让安娜怪罪到他头上。

*　　*　　*

安娜和贾克斯在玩“震颤矢量”，这是安娜最近添加到数据地球里面的一个赛车游戏。他们驾驶着悬浮车穿越一片崎岖不平的陆地，地面起伏得像装鸡蛋的盒子一样。安娜设法在一处盆地里积攒了足够的速度，成功跳过了附近的一处山涧，但贾克斯没能做到。他的车子翻滚着跌进深渊，场面很是壮观。

“等我赶上。”他在对讲机里说。

“好的。”安娜回答，把悬浮车打到空挡。趁着等贾克斯驶上悬崖里之字形小径的工夫，她切到了另一个窗口，查看有没有新消息。结果她大吃一惊。

菲利克斯给整个用户组发了一则消息，兴高采烈地宣布开启一个倒计时，准备迎接人类与陌兽的第一次接触。起初她以为是自己误解了菲利克斯，因为他的用词向来很诡异，但用户组里其他几个人发来的消息证实了神经源的移植工作已经开始，是零一欲望出的钱。用户组里有人把他们的数码体当成性玩具卖掉了。

然后她看到一条消息说那个人是德雷克，他把马可卖掉了。她刚想发一条回复说这不可能，又停住了。她切换回数据地球的窗口。

“贾克斯，我要打个电话。你自己练习一会儿跳山涧行吗？”

“你会后悔的，”贾克斯说，“下场比赛我打败你。”

安娜把游戏切换到练习模式，这样贾克斯就可以反复练习跳跃，而不必每次失败都得从山谷底部爬上来。然后她打开视频电话窗口，呼叫德雷克。

“告诉我这不是真的。”她说，但一看到他的脸，她就明白了。

“我不是故意瞒你的。本来我准备给你打电话的，但是……”

安娜震惊得几乎说不出话了。“你为什么要这样？”德雷克犹豫了很久，她又接着说，“就是为了钱？”

“不！当然不是。我只是觉得，马可的观点有道理。他已经足够大了，可以自己作决定了。”

“我们讨论过这个问题。你当时同意，最好再等一段时间，让他有更多的经验。”

“我知道。但是后来我……我觉得自己过于谨慎了。”

“过于谨慎？”

他停了一会儿，“我意识到，是放手的时候了。”

“放手？”这个词听起来就好像在说保护马可和波罗不过是某种童年的幻想，而现在他们已经长大了。“我从没想过你是这么觉得的。”

“我以前也没有，但是现在不同了。”

“这么说你是不打算让马可和波罗有朝一日成为法人了？”

“不，我仍然是这么打算的。我只是不像过去那样……”他又犹豫了一会儿，“执迷了。”

“不那么执迷了。”安娜开始怀疑自己究竟了不了解德雷克，“这对你有好处，我想。”

他听到这句话时似乎有些受伤，但她不在乎。“对大家都有好处，”他说，“数码体可以进入真实空间了……”

“我知道，我知道。”

“我觉得这是为了大局着想，真的。”他说，但他自己似乎都不相信。

“这怎么能是为了大局呢？”她问。德雷克沉默不语，她直直地盯着他。

“我以后再和你谈。”安娜说着，关掉了电话窗口。一想到马可将会被别人利用的方式——而他自己都不知道自己在被利用——她就心痛不已。你永远不可能挽救每一只数码体，她提醒自己，但她从没想过连马可也会陷入危险之中。她猜想德雷克的想法也许和她一样，但他理解作出牺牲的必要性。

在数据地球的窗口里，她看到贾克斯开着悬浮车，乐呵呵地上坡下坡，就像小孩子在玩没轨道的过山车一样。她不想现在就告诉他和零一欲望的交易，他俩肯定会讨论这对马可意味着什么，而她现在没有精力去进行这种讨论。眼下她唯一想做的就是看着他，试着去想想神经源的移植。移植工作竟然真的起步了——真是难以想象，这种感觉太奇特了。她觉得这不算是宽慰，毕竟伴随着如此巨大的代价；但贾克斯的未来所面临的巨大障碍终于被移除了，这无疑是一件好事，而且她还不必去为多维体工作。到移植完成要等上好几个月，但既然已经能看到目的地了，时间会过得很快的。贾克斯将能够进入真实空间，再一次见到他的朋友，重新融入整个社交宇宙。

未来当然不可能一帆风顺，前方依然有无尽的障碍，但至少她和贾克斯有了克服障碍的可能。安娜让自己短暂地沉浸在幻想中，想象他俩成功之后将会是怎样的情形。

她想象着贾克斯随着年岁增长而逐渐成熟，在真实空间中，也在现实世界里。想象着他终于成为法人，找到一份工作，自食其力。想象着他参与数码体的亚文化圈子，形成一个有足够资金和技术的社群，有必要时能够自行移植到新平台上。想象着他为伴着数码体长大的那一代人类所接纳，那批人将把数码体看作情感上的可能伙伴，而她这一代人已经不可能做到了。想象着他爱着，被爱着，争吵着，妥协着。想象着他做出许多牺牲，有些很困难，有些则举重若轻，因为是为了他真心在乎的某个人。

几分钟过去了，安娜告诉自己不能再做白日梦了。没人能保证贾克斯一定能做到那些事情。但是为了让他有一天能得到机会去尝试这一切，她必须担负起眼前的责任：尽她一切努力，去教会他如何生活。

她启动了游戏的关闭进程，打开对讲机呼叫贾克斯。“游戏时间结束了，贾克斯，”她说，“该做功课了。”

[后记]

科幻小说中随处可见人造生物，就像从宙斯头部跳出的雅典娜一样，这些人造生物一出现就完全成形，但我不认为意识是这样工作的。依据我们人类经验，至少需要二十年的努力才能培养出一个有用之人，而培养一个有用的人造生物也不会比这更快。我想写的正是这二十年间可能会发生什么。

同时，我也对人和人工智能之间的情感关系感兴趣，我说的情感关系不是指人类沉迷于性爱机器人。性爱并不能让关系真实，只有想维系关系的意愿才能做到这一点。有些情侣大吵过一次就分手；有些父母为孩子做的少到可怜；有些养宠物的人只要宠物们变得稍有点麻烦，就立马弃之不顾。在所有这些情况中，人们不愿意作出努力。而维系一段真正的关系，不管是与另一半、孩子，还是宠物，都需要你有意愿平衡自己与对方的需求。

我看过有人在故事里讨论人工智能的合法权利，但聚焦在形而上哲学问题的同时，这些故事回避了真实生活。就好比电影里经常把爱情描述成宏伟的浪漫姿态，而长远看来，爱情也意味着解决金钱问题，以及收拾地板上的脏衣服。因此，界定人工智能的合法权利虽说是一件大事，但处理好人与人工智能的个人关系也同样重要。

而且，即便我们不在乎它们是否拥有合法权利，作为有直觉的机器人，它们也需要得到尊重。你不应该虐待炸弹嗅探犬，不管它们是否拥有选举权。即使你只在意它们能否排查出炸弹，好好对待它们也符合你的基本利益。不管我们希望人工智能扮演什么角色，雇员、情侣或者宠物，它们在成长过程中被人爱护，都能让它们更好地扮演这一角色。

最后，让我引用下莫莉·格罗斯的话，她曾经在一次演讲中分享过成为母亲对她作家生涯的影响。“养个孩子，”她说，“让你不得不认真思考一些让人头疼的问题：什么是爱？我们如何获得爱？为什么这个世界上存在罪恶、痛苦和失去？我们如何找到尊严与宽容？谁拥有权力？为什么？什么是解决矛盾的最佳途径？”如果我们想赋予一个人工智能大的责任，那么，我们需要为这些问题提供合理解答。要做到这一点，需要的不是把康德的所有书都植入人工智能的大脑，而是类似于父母对子女那种精心照料。

Ent 译

达西的新型自动机器保姆

引自展览“不完美的成年人——一七〇〇年到一九五〇年间对待儿童的态度”随附说明，国家心理学博物馆，阿克伦城，俄亥俄州。

自动机器保姆的创造者是数学家雷金纳德·达西，他生于一八六一年，伦敦。达西最初的兴趣是制造一台学习机。受到当时先进的留声机技术的启发，他致力于将查尔斯·巴贝奇提出的分析仪算法器改造成一台能够通过死记硬背的方法教授语法和算术的机器。在达西的预想中，学习机不能替代人的教育，但是可以替学校教师和女家庭教师节省人力。

达西用几年的时间坚持不懈地研究他的学习机，甚至一八九四年妻子艾米丽在分娩中去世都没怎么减缓他的脚步。

几年以后，当他发现保姆吉布森如何对待自己的儿子莱昂内尔时，他改变了自己的研究方向。达西自己是由一位慈爱的保姆带大的，因此他一直认为自己雇用的保姆也在用同样的方式养育他的儿子，甚至还提醒她不要对儿子过分宽容。当他发现吉布森经常打孩子，甚至还给他服用格雷戈里粉末（一种难以下咽的强效泻药）作为惩罚，他简直气坏了。认识到自己的儿子原来生活在这个可怕女人的阴影里，达西解雇了保姆。随后他又谨慎地面试了数位合乎预期的保姆，却惊奇地发现她们抚养儿童的方法千差万别。有的保姆用爱滋润儿童，有的却用比吉布森更严厉的措施管教孩子。

达西最后雇用了一位保姆替代吉布森，他经常让保姆把莱昂内尔带到他的工作室，这样他就能密切地监督他们。对于莱昂内尔而言，这简直就像天堂一样美好，只要达西在场的时候他听话就行了。吉布森对于孩子行为的描述和达西自己的观察结果之间存在着差异，正是这些差异促使达西开始研究抚养儿童的最佳方法。由于擅长用数学思维来考虑问题，他把儿童的情感状态看作一个不稳定的平衡系统。他在当时的笔记中写道："溺爱会导致行为失常，这将令保姆愤怒不已并导致她做出超常严厉的惩罚。然后保姆又会感到后悔，进而更加溺爱，过度补偿。这就像一个倒置的钟摆，摆动的振幅总是趋于增大。假如能让钟摆一直保持竖直状态，我们就不需要对它进行后续矫正。"

达西独创的自动机器保姆身体直立，在激活模式下，手臂相交，这样保姆不需要摇篮甚至毯子就能摇着孩子入睡。

达西试图将他的儿童培养哲学传授给莱昂内尔的多位保姆，结果所有保姆都向他汇报说孩子不听话。达西也许没有想到，莱昂内尔在他面前和在保姆面前判若两人；相反，他认为保姆们过于情绪化，以致无法遵循他的指导。一方面，他同意当时的传统观念：女性的情感特质决定了她们不适合做家长；另一方面，他又认为过度的惩罚同过分的宠爱一样有害。最终他认定，只有自己造出的保姆才会遵循他规划的育儿之道。

在给同事的信中，达西提出多个原因说明自己把研究重心转向了机器保姆。首先，制造这种机器要比制造学习机容易得多，销售机器保姆可以为完善学习机的设计募集资金；其次，他把机器保姆当成一次早期干预的机会：他坚信在婴儿阶段就让机器来照顾儿童，可以避免他们沾染上将来还得改掉的坏习惯。“人之初，性本善。正是那些替父母照顾孩子的人对他们产生了不良影响，才令他们误入歧途。”他写道，“所以说，理性地培养儿童才能造就理性的儿童。”

达西关于儿童不必由父母抚养的观点表明了维多利亚女王时代对于儿童的态度。关于参与抚养莱昂内尔的经历，他写道：“我发现我的参与带来了一些恰恰想要避免的风险，尽管我比任何女性都更加理性，但是对于孩子表达出的高兴或沮丧缺乏免疫力。道路的曲折无法阻挡前途的光明，尽管莱昂内尔已无法完整地从我的成果中获益，但他也明白其中的重大意义。完善这种机器保姆的意义就在于，其他父母能够为他们的孩子提供一个更理性的环境。我却没有做到这一点。”

达西同缝纫洗涤设备制造商托马斯·布莱福德公司签订了制造自动机器保姆的合同。机器保姆的大部分躯干被弹簧驱动的发条机构占据，它负责控制喂食和摇晃的时间。大多数时候，机器保姆的手臂弯成一个摇晃婴儿的摇篮。在特定的时间段，它会把孩子举到进食位置，伸出一个与婴儿配方奶容器相连的天然橡胶奶嘴。除了上发条的手柄，机器保姆身上还有一个驱动留声机播放摇篮曲的小手柄；这个留声机非常精致，就安装在机器保姆的脑袋里，只有特别压制的唱片才能在里面播放。在机器保姆的底部还有一个给垃圾泵增压的脚踏板，垃圾泵为连接橡胶尿布和尿壶的两根软管提供吸力。

自动机器保姆一九〇一年三月开始发售，当时《伦敦图片新闻报》刊登了如下广告：

不要把你的孩子丢给一个你一无所知的女人，

快来迎接科学育儿法，只要你购买：

达西的新型自动机器保姆

这个独一无二的保姆替代品优点如下：

- 让你的宝宝养成良好的定点进食和睡眠习惯
- 不会用麻醉剂安抚你的宝宝
- 二十四小时工作，不需要休息，还不会偷东西
- 不会让你的宝宝养成难以忍受的坏习惯

顾客们是怎么说的?

现在我们的孩子非常有教养，让人乐于亲近。

——门哈尼克女士，科尔温湾

跟我们之前雇的爱尔兰女孩相比，真是巨大的进步。我们家幸亏有它。

——哈斯廷斯女士，伊斯特本

真希望我小时候就有这种保姆。

——戈德温女士，安多弗斯福德

托马斯·布莱福德公司

舰队街68号，伦敦&曼彻斯特

值得注意的是，广告并没有宣扬培养理性儿童的观点，而是在对于保姆不称职的恐惧上做文章。这也许只是达西在托马斯·布莱福德公司的合伙人提出的高超营销策略，但是一些历

史学家认为，这揭露了达西开发自动机器保姆的真正动机。尽管达西一直说他提出的学习机是为女家庭教师设计的辅助工具，但机器保姆却被他定义成人类保姆的全功能替代品。考虑到保姆属于劳动阶层，而女家庭教师通常来自贵族阶层，一种无意识的阶级偏见就从达西身上体现了出来。

不管是出于哪种原因，自动机器保姆在短时间内得到了大众的认可，六个月就销售了一百五十多台。达西宣称，使用自动机器保姆的家庭对于它们提供的服务质量完全满意，不过这一点没有办法证实。广告中使用的证明很可能是伪造的，当时的风潮就是这样。

可以肯定的是，一九〇一年九月，一个名叫奈杰尔·豪邵恩的婴儿被一台主发条突然折断的机器保姆抛出后丧命。孩子死亡的消息流传得飞快，拥有自动机器保姆的家庭纷纷要求退货。达西检查了豪邵恩家的机器保姆，发现有人为了减少机器保姆上发条的频率而篡改了机械结构。他刊登了整版的广告——尽量不去怪罪豪邵恩的父母——坚称如果操作得当的话，自动机器保姆是绝对安全的。不过他的努力付诸东流，没有人愿意再将自己的孩子托付给达西的机器来照看。

为了表明自动机器保姆的安全性，达西大胆地宣布把自己的下一个孩子完全交给机器保姆来照看。假如他真能这样做，也许会令公众对机器保姆重拾信心，但是他一直没有得到机会，因为把这个抚养后代的计划告诉未来的妻子已经成了他的习惯。这位发明家邀请对方参加这项重大的科学事业，并以此来向其求婚。令他受挫的是，他所追求的女性觉得这样的婚姻一点也不能让人心动。

不断被拒绝了几年以后，达西不再打算把自动机器保姆卖给敌视他的公众。他认定社会还没有完全开化，不足以体会到机器抚养儿童的益处。他也放弃了制造学习机的计划，继续从事纯粹的数学研究。他发表了数论方面的论文，并在剑桥大学担任教职。一九一八年，他死于波及全球的流感。

要不是因为一九二五年《伦敦时报》上刊登了一篇名为《科学灾难》的文章，自动机器保姆也许会被人忘得一干二净。文章用嘲笑的口吻描述了许多失败的发明和实验，这其中就包括自动机器保姆，它被描述成“荒谬的装置”，“它的发明者无疑非常讨厌儿童”。雷金纳德的儿子莱昂内尔·达西当时也成了一名数学家，追随父亲的脚步继续研究数论，他被那篇文章激怒了，给报社写了一封言辞激烈的信，要求收回他们的观点。遭到拒绝以后，他针对出版商提出了诽谤起诉，但是最终败诉。为了证明自动机器保姆的设计是基于健康和人道的原则，越挫越勇的莱昂内尔·达西展开行动，自费出版了一本书阐释父亲关于培养理性儿童的理论。

他还重新修整了存放在庄园中的自动机器保姆，于一九二七年再次进行商业销售，结果却无人问津。他把这归咎于英国贵族阶级对于社会身份的执念。由于家用电器正以“电子仆人”的概念在中产阶级中推广，他声称，不论真正的保姆能否提供更好的服务，贵族阶级家庭为了面子都会雇用他们。同莱昂内尔共事的人却把销售不利归咎于他拒绝以任何方式更新自动机器保姆。一名商业顾问推荐用电机取代机器保姆的发条驱动装置，他没有采纳这个建议，而且还解雇了另一名提出弃用达西的名字进行市场营销的顾问。

和父亲一样，莱昂内尔·达西最终决定让自动机器保姆抚养自己的孩子，但是他没有去寻找一位志同道合的新娘。一九三二年，他宣布要领养一名婴儿。随后的几年里，他没有展示任何新的成果，这促使一名小报的专栏作家推测，那个孩子已经死在了机器保姆的手上。从此以后，人们对于自动机器保姆的兴趣一落千丈，甚至再没有人费心去刺探这方面的消息。

如果没有赛科瑞·拉姆斯海德医生所做的工作，关于那个婴儿的真相永远不会浮出水面。一九三八年，拉姆斯海德医生在布莱顿智障研究所（现为贝利斯学院）担任顾问，他遇见了一个名叫埃德蒙·达西的孩子。根据入院记录，埃德蒙顺利地由一台自动机器保姆抚养到两岁，莱昂内尔·达西觉得埃德蒙到了这个年龄就可以换由大人来照顾；但是他发现埃德蒙完全不听他的话。不久之后，一位心理学家把这个孩子诊断为“低能儿”。莱昂内尔断定这个孩子不宜被用来展示机器保姆的工作效率，便把他托付给了布莱顿智障研究所。

研究所工作人员向拉姆斯海德医生求助，因为埃德蒙身材矮小：尽管已经五岁，他的身高和体重却刚达到三岁儿童的平均水平。布莱顿智障研究所的孩子们普遍比同类型医院的孩子高大健康，这反映了研究所的工作人员没有盲从普遍流行的与儿童进行最少交互的原则。他们用爱心和身体接触来展现对儿童的关怀，现在被称为社会心理侏儒症的患病条件被彻底抑制，这种当时在孤儿院中流行的疾病正是由于情感压力令儿童生长荷尔蒙分泌水平降低导致的。

护士们有理由相信，埃德蒙·达西发育迟缓是因为用自动机器保姆的呆板监护替代了人类抚触。他们期望他能在精心照料下茁壮成长。然而在研究所生活了两年以后，尽管受到护士的重点照顾，埃德蒙还是几乎没有任何成长，这样的结果促使工作人员寻找潜在的心理学诱因。

拉姆斯海德医生推测这个孩子确实患上了社会心理侏儒症，只不过是一种不同寻常的类型：埃德蒙需要多接触的不是人类而是机器。数年来受到自动机器保姆的看护不是导致他发育迟缓的原因；他父亲觉得他准备好接受人类照顾的时候夺走了他的机器保姆，正是这一点导致他患病。如果这个理论是正确的，让机器保姆回到他身边就会令这个孩子恢复正常的生长发育。

拉姆斯海德医生找到莱昂内尔·达西，想要一台自动机器保姆。他在多年以后的一部专著中对此事作了描述：

> （莱昂内尔·达西）谈到了他的计划，一旦能找到血统合适的女子结婚生子，他就要在第二个孩子身上重复这项实验。他觉得埃德蒙实验失败的唯一原因是这个孩子“天生低能”，他把这归咎于孩子的母亲。我问他对孩子的父母了解多少。他过于激动地回答说自己一无所知。后来我拜访莱昂内尔·达西领养埃德蒙的那家孤儿院，从那里的记录中了解到孩子的母亲名叫埃莉诺·哈代，曾经是莱昂内尔·达西的女佣。结果对我来说再明显不过了，埃德蒙其实就是莱昂内尔·达西的私生子。

莱昂内尔·达西不愿为一项他已认定失败的实验捐赠自动

机器保姆，不过他同意卖给拉姆斯海德医生一台。后者随即差人把它装进了埃德蒙在布莱顿智障研究所的房间里。孩子一看到机器保姆就跑过去拥抱它。接下来的几天，只要机器保姆在旁边，他就会高兴地玩玩具。又过了几个月，护士记录下他的身高和体重稳步增长，这证实了拉姆斯海德医生的诊断结果。

工作人员认为，埃德蒙的认知发育迟缓是与生俱来的，但是只要他能在身体和心理上茁壮成长，他们就很满足了。不过，拉姆斯海德医生想弄清楚，这孩子依赖机器的结果是否超出了人们的认识。他推测仅仅因为埃德蒙听不懂人类教师的话就把他诊断为低能儿是错误的，也许他能对机器教师作出更好的回应。然而，即使雷金纳德·达西的学习机制造成功，它所发出的指令类型埃德蒙也不一定能识别。

到了一九四六年，技术的发展才达到拉姆斯海德医生所需求的水平。他的辐射病演讲令他结交了芝加哥阿贡国家实验室的科学家，并被邀请参加首批处理放射性物质的遥控机械手的展示活动。他一下子就意识到用机械手教育埃德蒙的潜在意义，并设法为布莱顿智障研究所争取到一对。

埃德蒙此时已经十三岁了，研究所工作人员努力尝试教育他，他却对此毫无兴趣。但是机械手臂却很快吸引了他的注意。护士们使用对讲系统模拟自动机器保姆低保真留声机的声音，让埃德蒙产生了直接对话所不能引发的反应。几个星期的时间里，大家便认清了事实：埃德蒙并不是像以前被确认的那样认知发育迟缓，只是研究所的工作人员没有找到与他交流的正确方法。

拉姆斯海德医生用这项进展说服莱昂内尔·达西造访研究所。看到埃德蒙展示出可爱的好奇心和求知欲，莱昂内尔·达西明白，是他耽误了孩子的智力发育。拉姆斯海德医生曾写道：

> 他明显在压抑自己的情感，因为他发觉自己错误地追逐了父亲的梦想。事实表明，过分依赖机器的孩子无法同别人交流。我听见他在低语："对不起，父亲。"
>
> "我相信你父亲能理解你的美好初衷。"我说。
>
> "你误会我了，拉姆斯海德医生。假如我是别的科学家，不管结果怎样，我努力证明他的理论也许能体现出他的声望和影响。但我恰恰是雷金纳德·达西的儿子，我的一生也证明了父亲的关注对于儿子的影响，所以说我两次反驳了父亲的理论。"

这次拜访之后不久，莱昂内尔·达西在家中安装了遥控机械手和对讲装置，并把埃德蒙接回家。通过这些机器媒介，他全身心地与儿子进行交流，直到一九六六年埃德蒙因肺炎去世。莱昂内尔·达西亦于次年辞世。

这里展示的自动机器保姆是由拉姆斯海德医生为了改善埃德蒙在布莱顿研究所的治疗而购买的那一台。莱昂内尔·达西家的所有机器保姆都在埃德蒙去世的时候被销毁了。国家心理学博物馆感谢拉姆斯海德医生捐赠了这件独一无二的藏品。

[后记]

总的来说，我缺乏围绕特定主题创作故事的能力，不过也会偶尔为之。杰夫·范德米尔围绕虚构物品的博物馆展览编辑了一部选集：画家创作关于展品的插图，作者提供与之匹配的描述性文字。画家格雷格·布罗德莫提出一个“自动机器保姆”的创意——“设计目标是照顾婴儿的亚机器人设备”，我觉得可以根据这个想法来创作。

行为心理学家*B. S.*斯金纳为他的女儿设计过一个特殊的摇篮，一直有传言说，他女儿在成长过程中心理受到创伤，最终自杀。这完全是谎言，她在成长过程中一直幸福健康。另一方面，想想心理学家约翰·*B.*沃森是行为学派的奠基人，他曾建议家长："你们打算宠爱孩子时，要记住，母爱是一种危险的手段。”整个二十世纪上半叶，他塑造了一些抚养小孩的观念，相信自己的方法对孩子最有利，可结果是，他自己所有的孩子成年后都受到抑郁的困扰，不止一人尝试自杀，最后一人丧命。

耿辉　译

双面真相

我女儿妮可还是个婴儿的时候，我读到一篇文章。文章里说以后也许不必教孩子如何读写，因为语音识别与合成技术将很快令读写能力失去存在的必要。我和妻子被这个想法吓得够呛，决定不管技术多么发达，我们女儿也要永远把传统的读写能力作为自身发展的基石。

结果我们和那篇文章的作者都没有完全猜对：妮可已经长大成人，而且阅读能力不在我之下。不过在某种程度上，她似乎丧失了书写能力。与那篇文章的作者所预见的不同，她不用口述消息并要求虚拟秘书重复刚刚所说的内容，只用在心里默念，视网膜投影仪就会在她的视场显示出文字，然后她再用手势结合眼球移动作修改。只要有需要，她都能像这样书写。但是如果屏蔽辅助软件，只给她一个我坚持使用的那种键盘，这句话里的许多单词她都拼不出来。在这种情况下，英语似乎成了她的外语，她只会流利地口说，却无法付诸笔端。

听上去我好像对妮可的智力发展感到失望，其实绝不是这样。她天资聪慧，尽管在别处能挣到更多钱，可她还是全身心地热爱美术博物馆的工作。自始至终我都对她的成就感到骄傲。可过去那个害怕自己女儿失去拼写能力的我仍然存在，我也无法否认自己就是那个人的延续。

我是三十多年前读到那篇文章的，在此期间我们的生活经历了无数我无法预言的转变，而最悲剧的一个就是：妮可的母亲安吉拉宣称，她理应过上一种更有趣的生活，而不是我们给予她的这种，于是她在接下来的十年里行走于世界各地。不过，导致妮可形成当前这种读写方式的是一些日常的、缓慢的转变：利用一系列软件组件，实现其所承诺的功能和便利。而我在妮可刚开始使用它们的时候并没有表示反对。

可以看出，我并不坚决反对新生事物，跟任何其他人一样，我欢迎新技术。可是当磨刀石公司发布新型搜索工具“会忆”时，我产生了前所未有的疑虑。

数百万人，有些跟我年龄相仿，但大多数要更年轻，他们持续数年记录生命日志，佩戴个人摄像头，不间断地拍摄自己的全部生活。人们翻阅生命日志的原因多种多样——从回顾生命中的美妙时刻到追寻过敏原，应有尽有——但从来不会把内容全看一遍，没有人想花那么多时间组合关键词并筛选搜索结果。生命日志是你能想到的最完整的影集，然而，跟大多数影集一样，只有在特殊时刻才有人翻阅。如今磨刀石公司致力于改变这一切，他们宣称“会忆”的算法可以在你把“针”这个词说出口的同时搜遍它掉落的干草堆。

“会忆”监控你的对话，把提及的往事显示在视场的左下角。如果你说“记得婚礼上那段康笳舞吗”，“会忆”就会调出那段视频。如果与你谈话的人说“上一次我们去海边”，“会忆”也会调出当时的视频。而且，不仅与别人谈话时可以使用，“会忆”还在监视你默念的内容。如果你念出“第一次就餐的川菜馆”这句话，你的声带同样会像出声阅读那样运动，“会忆”据此就可以调出相关内容。

软件在解答诸如“我把钥匙放在哪儿”这种问题上的作用不容否认。但是磨刀石公司对“会忆”的定位超越了虚拟随身助理：他们想用它取代你的自然记忆。

*　　*　　*

吉金基十三岁那年的夏天，一个欧洲人住进了村子里。裹着尘土的燥风才刚开始从北方吹来，当地家族公认的首领赛维长老就发出了通告。

一开始大家自然感到戒备。“我们做错了什么？”吉金基的爸爸问赛维。

多年以前，欧洲人首次来到蒂夫。几位老人说过，总有一天他们会离开，然后这里的生活就会变回以前那样，在那一天到来之前，蒂夫人必须要与他们和睦相处。这意味着蒂夫人做事的方式要发生很多改变，他们以前从未与欧洲人一起生活过。欧洲人来村里通常是为了收取筑路税，某些家族他们去得频繁一些，因为那里的人拒绝缴税，不过这种事情在尚加夫氏族没发生过。赛维和其他家族长老一致认为缴税是最好的选择。

赛维让大家不要担心：“这位欧洲人是一名传教士，也就是说，他只做祈祷。他没有权力惩罚我们，但是我们对他表示欢迎会让管理者感到高兴。”

他安排为传教士建造两间小屋，一间用于就寝，另一间用于接待。随后的几天里，每个人都要从收割高粱的工作中腾出时间去砌墙，打桩，编织茅草屋顶。夯实地面是最后一个环节，传教士恰在此时到来。他的搬运工首先出现，老远就能看见他们搬着箱子鱼贯穿过木薯田。传教士本人最后现身，尽管不用亲自搬运，他还是显得疲惫不堪。他名叫莫斯比，对于为他建造小屋的每个人，他都表示了感谢。他想要帮忙，可是很快发现自己对于建房一无所知，所以只好坐在角豆树的阴影里，用一块布擦拭额头。

吉金基好奇地看着传教士。那个人打开行李箱，掏出一样东西。初看上去它像一块木头，却又能被分开，吉金基认出那是一沓紧密装订起来的纸张。以前他也见过纸，欧洲人收税的时候会给他们证明税收金额的纸张。不过传教士正看着的显然不是同一种类，一定另有他用。

那人见吉金基在看自己，便邀请他到跟前来。“我叫莫斯比，”传教士说，“怎么称呼你？”

“我是吉金基，我父亲是尚加夫氏族的奥加。”

莫斯比摊开那沓纸并朝它比画了一下。“你听说过亚当的故事吗？”他问，“亚当是第一个人类，我们都是亚当的后代。”

“我们这儿的人都是尚加夫的后裔，”吉金基说，“蒂夫是我们蒂夫族所有人的祖先。”

“没错，但是你的祖先蒂夫也是亚当的后人，跟我的祖先们一样。我们都是同胞，你明白吗？”

传教士说起话来好像大舌头，不过吉金基还是能听懂。“嗯，我明白。”

莫斯比笑着指向一张纸：“这里讲了亚当的故事。”

“纸张怎么能讲故事？”

“这是我们欧洲人掌握的一种技艺。一个人讲话的时候，我们在纸上做记号，以后别人看那张纸的时候就会看到记号，了解头一个人说了些什么。第二个人就会以这样的方式听见第一个人说过的话。”

吉金基想起父亲给他讲过丛林谋生大师葛拜巴前辈的故事。“我们眼中只有纷乱的杂草，他却能看见金钱豹在其中杀死一只蔗鼠并把它拖走。”他父亲说。葛拜巴盯着地面就能知道那里发生过什么，即便他当时不在那里。欧洲人的这种技艺一定很相似：理解符号的人能明白记录下来的故事，即使他们没有亲耳听到。

“给我讲讲纸上的故事。”他说。

莫斯比讲了亚当和妻子受到一条蛇诱惑的故事，然后他问吉金基：“你喜欢这个故事吗？”

“你讲得不好，不过这个故事很有意思。”

莫斯比笑了：“你说得没错，蒂夫语我还没熟练掌握。但这是一个不错的故事，我们听过的最古老的故事。你们的祖先蒂夫出生之前很久，它就已经开始流传了。”

吉金基有些半信半疑：“这张纸不可能有那么古老。”

“当然，这张纸可没经历那么久的时间。不过，这上面写着的话是从更古老的纸上抄录下来的，一遍又一遍地抄写，故事才得以流传。”

如果确实是这样，那还真是令人刮目相看。吉金基喜欢听故事，越古老的故事他越喜欢。“你那儿有多少故事？”

“非常多。”莫斯比飞快翻动起那沓纸，吉金基能够看见每张纸上都写满了符号，那里面一定有特别特别多的故事。

“你说的那种理解纸上符号的技艺，只有欧洲人才能掌握吗？”

“不是啊，我可以教你。你愿意吗？”

吉金基小心翼翼地点点头。

*　　　　*　　　　*

作为一名记者，我一直感激用生命日志确定事实真相所带来的便利。几乎没有哪个法律程序，不管是刑事的还是民事的，不需要用到某个人的生命日志，这样做也是正确的。一旦涉及公众利益，发掘事情真相就会变得至关重要。公正是社会契约的精华所在，只有清楚真相你才能拥有正义。

然而，对于在纯个人事务中使用生命日志，我持怀疑态度。生命日志刚刚流行起来的时候，有些情侣认为他们可以用其解决“谁究竟说过什么”这类争端，从而证明自己是正确的。可是要找到那段视频并不容易，除了那些钻牛角尖的家伙，没人能坚持到底。这种不方便是一个障碍，限制了生命日志搜索频率，只有必须寻求公正的时候才不得已而为之。

现在有了“会忆”，寻找某个特定时刻变得更加容易，以前无人问津的生命日志如今像犯罪画面那样被仔细审视，家庭争吵中常用的证据大都散布在其中。

平时我给新闻板块撰稿，但也编写过深度报道。所以我给主编推介“‘会忆’的潜在负面影响”这个选题时，他给我亮了绿灯。我首先采访了一对已婚夫妇，暂且称其为乔尔和迪尔德丽，他们各自的职业是建筑师和画家，让他们谈论“会忆”并非难事。

“乔尔总是说自己早就知道事情的结果，”迪尔德丽说，“即使是在他根本就没有猜对的时候。以前这种事儿会把我逼疯，因为他以前不承认他的看法与事实不符。现在我有了办法，比如最近我们讨论过的麦基特里奇绑架案。”

她给我发了一段她与乔尔争吵的视频。我的视网膜上展现出一场鸡尾酒会的场景，视角来自迪尔德丽，乔尔正在对一群人讲话：“从被捕那天就可以断定，他是有罪的。”

迪尔德丽说：“你之前可不这样认为。有好几个月，你一直辩称他是无辜的。”

乔尔摇摇头：“没有，你记错了吧。我当时说的是，即使是罪行昭然若揭的人，也有受到公正审判的权利。”

“你不是这么说的，你说对他的审判太草率了。”

“你记错人了吧，我可没那样说。”

“没错，就是你。你看。”另一个视频窗口弹出来，是迪尔德丽生命日志的片段。迪尔德丽找到这段并把它广播给参加交谈的所有人。在内嵌视频里，乔尔和迪尔德丽坐在一家咖啡馆，说话的正是乔尔：“他就是替罪羊，警察需要安抚公众，所以随手抓了名嫌犯。这下他完蛋了。”迪尔德丽反问道：“你认为他绝无可能被判无罪？”乔尔答道：“除非他能请到精明强干的辩护团队，但我认为他请不到。对于他这种社会阶层的人，永远没有公正可言。”

我关闭了所有窗口后，迪尔德丽说：“没有‘会忆’，我永远也无法让他相信，他自己改变了立场。现在我有证据。”

“就算你那次说对了，”乔尔说，“也没必要在朋友面前揭穿我。”

“从来都是你在朋友面前揭我的短，你还这样说我？”

越过了这条线，对于真相的追求便失去了美好的初衷。一旦与之相关的人之间存在私人感情，其他一些重要方面常常会更加凸显出来，为了在争论中获胜而去挖掘真相也有可能产生恶果。度假不愉快真的与谁提议去度假有关吗？你真的需要知道夫妻间是谁受另一方委托去办事时更不靠谱吗？我不是婚姻问题专家，但我知道婚姻咨询顾问会说：明确的指责并非解决之道。相反，夫妻双方要相互告知各自的感受并一起面对他们的问题。

接下来我同磨刀石公司的发言人埃丽卡·迈耶斯进行了交谈。她用冠冕堂皇的官方口吻给我讲了一长串“会忆”的种种优点。“提高信息的访问便利度从本质上来说是有好处的。”她说，“无处不在的视频拍摄彻底革新了法治方式。采取了更好的保存记录方法之后，商业活动也更加高效。记忆更加精确之后，我们每个人也能得到同样的提升：不仅工作更加得心应手，生活也更美好惬意。”

我甩出乔尔和迪尔德丽这对情侣的事例，她回应说：“如果婚姻是稳固的，‘会忆’不会产生任何伤害。可是假如你总是试图证明自己是对的而对方是错的，那么不管用不用‘会忆’，你的婚姻都会有麻烦。”

我承认就这个案例而言，她说的也许有一定道理。不过我也问她，难道在她看来，“会忆”使人们更容易保留记录，即使在稳固的婚姻中，这难道没有为类似的争吵推波助澜？

“根本没有。”她说，“‘会忆’并没有赋予他们斤斤计较的想法，是他们自己想要那么干。别的夫妇可能会通过‘会忆’方便地认识到双方都记错了一些事情，从而在对方犯下类似错误时更加宽容。而且我预计，后一种情形在我们客户群中更加普遍。”

我希望自己也能像埃丽卡·迈耶斯那样乐观，但是我知道，新技术并不总是引人向善。谁不希望证明自己印象中的事情是正确的呢？我很容易就能想象出自己像迪尔德丽那样使用“会忆”，却一点也不确定那样做对我有任何好处。任何一个曾在网上冲浪这件事上浪费过时间的人都会知道，科技可以助长不良习惯。

* * *

莫斯比每七天进行一次布道，就在大家边酿造边品味啤酒的休息日。他似乎不赞同喝啤酒，可也不想在大家工作的日子布道，所以只能选择在酿酒那天。他谈到欧洲之神，告诉人们遵循他的守则会改善他们的生活，然而他对此的解释却没什么说服力。

不过，莫斯比配药的技术还算可以，而且他也愿意学习如何在地里劳作，所以大家越来越接受他。吉金基的父亲允许他偶尔去莫斯比那里学习书写。莫斯比也主动教其他孩子，有一段时间，吉金基的同龄人都会过来，大多数是为了相互证明他们不惧怕靠近欧洲人。不久之后，别的孩子都因为无趣而离开，但吉金基仍对写字感兴趣，而且他父亲觉得这样做可以讨好欧洲人，所以他最终获准可以每天都去学习。

莫斯比给吉金基讲解，每一个发音如何用不同的文字在纸面上表示出来。成行的文字就像地里的庄稼，阅读文字就像沿着垄沟行走，发出每个文字所代表的读音，你会发现最初那个人的话正在被你说出来。莫斯比教他如何用碳芯铅笔在一张纸上写下不同的字符。

在课上，莫斯比通常会先讲一遍，然后再写下自己说过的话："晚上我会睡觉。"Tugh mba a ile yo me yav. "有两个人。"Ioruv mban mba uhar. 吉金基在纸上认真抄下文字，写完之后，莫斯比会检查他的纸。

"非常好，可你写字的时候得留出间隔。"

"我留了。"吉金基指着每行之间的空白说。

"我说的不是相邻两行之间的间隔。你看见每一行里字符之间的间隔了吗？"他指着自己那张纸说。

吉金基明白了："你的字符一团一团的，而我的排列得很均匀。"

"这些不仅仅是一团一团的字符，它们是……我不知道你们怎么称呼。"他从桌上捡起一本薄薄的小册子，翻了一遍，"我不知道用你们的话怎么说，在我们那边，它们被称为'单词'。我们写字时会在单词之间留出间隔。"

"可单词是什么？"

"我怎么解释呢？"他想了一下，"假如你说得慢点儿，在每个单词之后都会非常短暂地停顿一下，所以我们在写的时候要留出间隔。比如这句：你——多——大——了？"他边说边在纸上写下这句话，每次停顿就空一格：Anyom a ou kuma a me?

"但你说得慢是因为你是外国人，我是蒂夫人，说话时不停顿。我写的字难道不应该也是这样吗？"

"你说得多快不重要。不管你说得快慢，单词都是一样的。"

"那为什么你每说一个单词都要停顿一下呢？"

"用这种方式区分它们最容易。试着慢点儿说一遍。"他指着刚才写下的那句话说道。

吉金基慢慢地说了一遍，那样子就像一个人在努力掩饰自己的醉态。“为什么an和yom之间没有间隔？”

“anyom是一个单词。你不可以打断它。”

“可我也不用在anyom之后停顿。”

莫斯比叹了一口气：“我再想想怎么给你解释。现在，按照我的方式留出间隔。”

书写这种技术是多么奇怪啊。播种的时候，最好把甘薯种子均匀地隔开；要是吉金基像写字那样把甘薯种得七零八落，父亲会说他的。可他下定决心要好好学习写字，如果写好的要求就是那样的话，他也会照着做。

上了许多节课以后，吉金基才终于明白该在哪里空格，以及莫斯比所谓的“单词”是什么意思。你无法凭听力弄清单词开始和结束的位置，说话的发音流畅而又平缓，就像羊腿上的毛皮，而单词就像皮肉之下的骨头，单词之间的空格就是分割羊肉时下刀的地方。莫斯比写字时留出间隔，是为了表现出他所言之结构。

吉金基发现，如果自己努力思考，也能分辨出人们正常对话中使用的单词。一个人嘴里发出的声音没有变化，可他有了不同的理解，能分辨出整个句子的组成。一直以来他自己说的也都是单词，只不过他现在才认识到。

* * *

“会忆”带来的搜索便利显而易见，但是对于磨刀石公司所预见的产品潜力而言，这只是冰山一角。迪尔德丽核查她丈夫以前的言论时向“会忆”提起的是明确的搜索请求，可是磨刀石公司期望，人们习惯他们的产品之后，搜索请求会取代常规的回忆行为，“会忆”将整合进他们的每一个思维过程。一旦这一目标实现，我们就会变成认知赛博格，几乎不会记错什么，为了纠正错误而存储在硅片中的数字视频将取代不可靠的颞叶记忆。

拥有完美无缺的记忆会怎样？有记载说，记忆力最强的人大概是所罗门·舍雷舍夫斯基，他生活在二十世纪上半叶的俄罗斯。对他进行测试的心理学家们发现，单词或数字序列他听过一遍就能记住好几个月甚至好几年。舍雷舍夫斯基不懂意大利语，却能够引用十五年前听过的《神曲》中的章节。

然而，拥有完美记忆并不像人们想象的那样美好。一段文字会在舍雷舍夫斯基头脑中唤出众多画面，导致他经常无法专注于文字本身的内容。他所认知的众多实例令他很难理解抽象概念。有时，他尝试着主动遗忘。他在纸条上写下不想再记住的数字，然后将它们烧掉。他想用这种粗糙原始的手段清除记忆的丛林，却只是白费力气而已。

当我向磨刀石公司发言人埃丽卡·迈耶斯提出完美记忆也许会带来不便时，她胸有成竹地回答：“这跟过去人们对视网膜投影仪的担心一样，”她说，“他们担心看见不断更新的内容会被分散注意力或难以忍受，可我们还是完全适应了。”

我并没有提起，不是所有人都认为那是一个正面的科技产品。

“‘会忆’完全可定制。”她继续说，“假如你发现它返回的搜索结果比你需要的多，你可以随时降低它的灵敏度。但是根据我们的顾客分析，用户从来都没有那样做过。随着用户的适应性增强，他们发现‘会忆’越灵敏越高效。”

然而，即使“会忆”没有一直用不必要的历史影像占满视场，我也想弄明白，拥有完美的真实印象就不会产生问题吗？

对于我们理想化的崇高自我而言，“冰释前嫌”正是我们所需要的一个说法。可是在实际的自我那里，原谅和遗忘这两种行为却不那么直截了当。在大多数情况下，我们必须忘记一些事情才能够原谅。只有不再经历最初的伤痛，我们才更容易原谅，这又反过来使得伤痛更容易被遗忘。这个过程反复进行，正是这种心理学反馈回路让最初恼人的冒犯在事后回想中变得可以原谅。

我所畏惧的是“会忆”将阻止这种反馈回路的运转。永久记录的视频中每一个冒犯的细节都清晰可辨，这就会阻止一个人变得心软，而这正是开始原谅的必要条件。我回想起埃丽卡·迈耶斯曾说“会忆”无法伤害牢固的婚姻。她的主张中有一个不明确的言论，即怎样才算得上牢固的婚姻。假如某人的婚姻建立在遗忘这一基础之上——虽然这听上去有些讽刺，磨刀石公司有何权力将其动摇呢？

这个问题不只局限在婚姻上，还有建立在“冰释前嫌”之上的各种关系。我的女儿总是固执己见，小时候就不服管教，少女时期就开始公然向我挑衅了。十多岁以后，她跟我有过许多次激烈的争吵，但是大多数争吵我们都已经抛在脑后，如今我们的关系相当融洽。假如拥有“会忆”，我们还会跟对方说话吗？

我不是说遗忘是弥补感情的唯一途径。尽管我已记不起妮可跟我之间的大多数争吵——我很庆幸这一点——但有一次我记得特别清楚，因为那次争吵促使我成为一名更好的父亲。

当时妮可十六岁，正在读中学三年级。她母亲安吉拉已经离开两年，那可能是我们生活中最艰难的两年。我不记得是什么事情引发了争吵——显然是某件琐事——可是事态逐步升级，很快妮可就把安吉拉的离开归罪于我。

“她就是因为你才离开的！是你把她赶走了！你也走吧，我一点儿都不在乎。没有你我肯定会更好。”为了证明自己的观点，她怒气冲冲地离开了家。

我知道她原本并无恶意——我认为在她生命中的那个时期，她不会特别怨恨任何事——可她这个指责实在太伤人。安吉拉的离开令我伤心极了，我一直也不明白，为了留住她我还能做些什么。

妮可第二天才回来，那天晚上我进行了一次真挚的自我反省。尽管我认为自己对她母亲的离开没有责任，可妮可的指责仍然令我耳边警钟长鸣。这时我才意识到，我一直自认为是安吉拉离家的最大受害者。我沉溺在深深的自怜中，感叹自己遭受如此不公的境遇。我本来没有打算要孩子，是安吉拉想成为母亲，现在她把重担留给了我。正常世界怎么会把抚养一名青春期女孩这样的重任给我承担？这样一项艰难的工作怎么能托付给没有任何经验的人呢？

妮可的指责使我认识到她的处境比我还要糟。虽然时间过去很久，而且我对这份责任并不完全认同，但至少我是自愿承担的。妮可是不得已才接受自己的角色，没有任何话语权。如果说哪个人有权表示愤怒，那就是她。尽管我认为自己作为父亲还不错，可是显然，我需要做得更好。

我不再固执己见。我们的关系没有在一夜之间改善，可是多年来我已能够赢得妮可的善待。我记得她大学毕业时给我的拥抱，觉得自己这些年的努力得到了回报。

有了“会忆”，这些年对感情的弥补还有可能实现吗？即使我们每人都能忍住不当面揭露别人的讨厌行为，私下里方便地重新观看争吵视频似乎也能产生颇多伤害。清晰地回忆起以前她和我相互大吼的情形也许会让我们怒气难消，进而阻碍我们修复彼此之间的关系。

* * *

吉金基想记下一些有关蒂夫人来自哪儿的故事，可是讲故事的人语速飞快，他书写的速度跟不上他们。莫斯比说他多练习就会好起来，可是吉金基沮丧地觉得自己永远也不会写那么快。

后来的一个夏天，一个名为赖斯的欧洲女人来村里拜访。莫斯比说“她是研究别人的人”，可又没法解释那究竟是什么意思，只是说她想研究蒂夫。她问每个人问题，不仅是老人，还有年轻人，甚至连妇女和孩子都问。她记下自己听到的一切，却没有打算让任何人适应欧洲人的习惯。莫斯比坚持认为诅咒这种东西是不存在的，所有的一切都是上帝的旨意，可赖斯却询问诅咒如何起作用，并聚精会神地倾听对方解释父方的亲戚会如何诅咒你，而母方的亲戚会如何保护你不受诅咒。

一天晚上，村里最好的说故事的人——科夸——讲了蒂夫人如何分化成不同谱系的故事。赖斯一字不差地按他讲述的内容记录，后来，她通过一台用手指戳来戳去的机器在咔嗒咔嗒的响声里把那个故事又抄了一遍，这样就有了一份更加清晰整齐、容易阅读的记录。吉金基问她可否再给自己抄一份，令他激动的是，他的请求得到了满足。

说来也怪，记在纸上的故事令人失望。吉金基记得初学写字的时候，还以为可以通过写下的字，体验真人在那里绘声绘色地讲故事。可是，记录没法再现现场。科夸讲故事的时候，不仅是说出单词，还使用声音、手势和目光。他全身心地为你讲那个故事，而你也在全身心地倾听。除了写下来的单词，其他都是纸张无法承载的。阅读纸上的词汇只能让你有少许线索，去想象科夸是怎么讲故事的，这就好比舔一下烹制秋葵的罐子之于真正地吃到秋葵。

不过，能有一份写在纸上的故事，时不时地读一读，吉金基还是很高兴。那是一个好故事，值得被记录在纸上，但不是写在纸上的一切都有价值。莫斯比布道时要大声读他书中的故事，大部分都很精彩，不过他也会大声朗读几天前写下的文字，通常不是讲故事，仅仅是为了表达对欧洲之神增进了解会改善蒂夫人的生活。

有一天，莫斯比正在演讲，吉金基向他表达了赞美："我知道你对自己的所有布道都很满意，可是今天的真不错。"

"谢谢。"莫斯比笑着说。过了一会儿，他问："你为什么说我对自己的布道都很满意？"

"因为你期待人们多年以后还会想阅读那些内容。"

"我可没这样想。你为什么会这样认为？"

"你甚至在讲授之前就把它们都写下来了。连一个人都还没有听过，你就为子孙后代们写下来了。”

莫斯比笑了：“不，那不是我写下来的原因。”

“那是什么原因？”他知道那不是写给别处的人阅读的，因为有时候信使到村里给莫斯比送信，而莫斯比从没有让他们把写好的布道词带走。

“我写下那些文字，这样就不会在布道时忘记想说的话。”

“你怎么能忘了想说的话？我们此时就在说话，谁都没有用文稿帮助记忆啊。”

“布道不同于对话。”莫斯比停下来思考了一下，“我要确保我的布道尽善尽美。我不会忘记想说的话，可也许会忘记最佳的表达方式。要是把它写下来，我就不用担心了。而且写下文字不仅帮助我记忆，还协助我思考。”

“写作是怎么帮你思考的？”

“问得好。”他说，“不可思议，对吗？我不知道如何解释，写作的确帮助我确定自己想要说些什么。在我的家乡有句非常古老的谚语：Verba volant, scripta manent. 用你们的话说就是‘言语飞逝，文字长存’。你觉得有道理吗？”

“有道理。”吉金基出于礼貌才这样说，那句谚语根本就说不通。这位传教士还没有老到那种程度，可他的记忆力一定很差，而且还不愿承认这一点。吉金基告诉了他的伙伴们，这个笑话在他们之间流传了好几天。每当他们相互八卦的时候，都会加上一句：“你记住了吗？这会帮助你。”他们一边说还一边模仿莫斯比在桌上书写的动作。

第二年的一个晚上，科夸宣布他要讲述蒂夫人是怎样分化成不同宗族的故事。吉金基取出自己记在纸上的故事，这样他就能边听科夸讲故事边看。偶尔他还跟得上，但是常常令他不解的是，科夸说的不同于写在纸上的内容。科夸讲完之后，吉金基对他说："你讲的故事跟去年不一样。"

"胡说。"科夸说，"不管时间过了多久，我讲的故事都一样。就算再过二十年，我讲的故事也会跟现在一模一样。"

吉金基指着手里拿的纸说："这张纸上记录着你去年讲的故事，我发现了很多不同。"他挑了一处自己还记得的，说："去年你说'乌央吉抓住女人和儿童，并把他们掳走当奴隶'；今年你说'他们奴役妇女，更有甚者，他们还奴役儿童'。"

"这没什么区别。"

"故事没有变，可你讲述的方式变了。"

"不可能，"科夸说，"我讲的跟以前一样。"

吉金基不想去解释哪些措辞发生了变化，只是说："假如你跟以前讲的一样，你每次都应该说'乌央吉抓住女人和儿童，并把他们掳走当奴隶'。"

科夸瞪眼看了他一下，笑道："学会了写字，你就认为这很重要吗？"

一直在旁边听他们争论的赛维斥责科夸说："轮不到你来评判吉金基。萝卜青菜，各有所爱。每个人都可以保留自己的看法。"

"当然，赛维，当然了。"科夸嘴上虽这样说，但还是嘲弄地瞥了吉金基一眼。

后来，吉金基想起了莫斯比说过的那句谚语。即使科夸讲的是同一个故事，他每次的措辞也会不同，他讲故事的技艺高超，所以措辞也就不那么重要了。莫斯比却不同，他布道的时候从不表演什么，对他来说，语言才是重要的。吉金基意识到，莫斯比写下布道词并不是因为他记不住，而是因为他在寻找特定的措辞。一旦他找到自己想要的，就会在需要的时候原样表达出来。

出于好奇，吉金基试着想象自己要进行一次布道，并开始写下要说的话。他坐在芒果树根上，用莫斯比给他的笔记本编写布道词，主题是tsav，即什么特质让某些人对别人有支配权，莫斯比不理解这个主题，还曾把它当作愚蠢的问题摈弃。吉金基把自己的初稿读给一位伙伴听，对方却说它不怎么样，结果两人还相互推搡了几下。不过后来，吉金基不得不承认自己的伙伴说得没错。他再三尝试写下自己的布道词，直到觉得厌烦，才又转向别的主题。

在练习写作的过程中，吉金基逐渐明白了莫斯比的意思，写作不仅仅是记录某人话语的方法，还能帮助你在讲话之前确定自己要讲的内容。词语也不仅仅是言谈的组成，还是思想的组成。一旦把它们写下来，你就能掌控自己的思维，就像把拿在手中的砖砌成不同的样子。写作让你审视自己的想法，仅靠谈话却无法做到这一点。看清自己的想法，你才能改进它们，令它们更具细节，更有说服力。

* * *

心理学家对语义记忆（对于普遍事实的认知）和情景记忆（对于个人经历的回忆）有明确区分。自从人类发明书写，我们就一直在用技术手段来增强语义记忆：起初是书籍，后来有了搜索引擎。相较之下，我们一直在抗拒增强情景记忆的辅助手段，很少有人收藏日记或相册多过普通书籍。一个明显的原因在于其可行性：假如我们想要一本关于北美鸟类的书籍，我们可以翻阅鸟类学家的著作；但是如果我们需要一本日记，就得自己来写。不过我也怀疑是否还有另一个原因，即我们下意识地认为情景记忆是个体不可分割的一部分，所以不愿在书架上或电脑中展示它们。

这样的情况即将发生改变。多年来，父母们一直在记录孩子的每一个瞬间，因此，即使孩子们没有佩戴个人摄像头，他们的生命日志实际上已经在编辑中了。现如今，父母在孩子年龄尚小时就给他们佩戴视网膜投影仪，这样他们就能更早从辅助软件中获益。想象一下孩子们使用“会忆”访问生命日志的结果：他们的认知模式将不同于我们，因为回忆的方式不一样。我们的模式是想起一件过去的事情，然后在脑海中构建它，而孩子们则会在心中唤出这件事的索引，再用肉眼观看视频记录。情景记忆将完全由技术手段来承载。

这种对技术的依赖有一个显而易见的缺点，即软件一旦崩溃，人们很可能会虚拟失忆。这种情形令我担忧，可技术成功也一样令人头疼：一旦个体只能通过不间断的视频摄像来回顾自己的过去，他对自我的感知将发生怎样的改变？缓和不堪回首的记忆时存在一个反馈回路，与此相似的是，将童年记忆浪漫化时也存在一个反馈回路。打断这一过程将产生不可避免的后果。

我记忆中最早的一个生日是在四岁时：我记得自己吹熄了蛋糕上的蜡烛，撕开礼物包装纸时还流下了激动的泪水。当时没有视频记录，只有一些与我记忆相符的照片放在家庭相册里。但事实上，我怀疑自己根本不记得生日当天的情形，更像是我第一次看到照片之后，逐渐构造出那份记忆，我将想象中应该在那一天获得的情感逐渐填充到记忆中，反复回忆一个个瞬间，一点一滴地创造出属于我自己的幸福回忆。

我的另一份儿时记忆是我在客厅的地毯上，推着玩具车四处走动，我奶奶在缝纫机上忙活，偶尔转过身朝我亲切地微笑。那个时刻并没有被照片记录下来，所以我知道这份记忆只属于我自己，迷人而又美好。我真想观看那个午后的视频记录吗？不，绝不。

关于真相在自传中扮演的角色，评论家罗伊·帕斯卡写道：“一方面是事实的真相，另一方面是作家感受到的真相，两者在何处相一致不能由外界凭证提前决定。”我们的记忆都是私人自传，跟奶奶在一起的那天下午呈现在我记忆中的显著位置，是因为我投入了感情。假如视频记录揭示出奶奶的微笑其实是在敷衍我，她正因为缝纫活计做得不好而感到沮丧，那我会怎样？对我来说，记忆的重要之处在于我从中感受到幸福，我不希望这种幸福受到一丝一毫的剥夺。

在我看来，连续记录我整个童年的视频都是事实真相但缺乏感情，因为镜头无法捕捉事件中蕴含的情感维度。在镜头中，和奶奶在一起的那个下午和其他一百个下午毫无分别。假如我成长过程中看到的都是那样的视频，我绝不会对任何特殊日子注入更多情感，因为那里面没有可以聚集怀旧情绪的内核。

如果人们可以宣称记得自己的幼年时代，将会有怎样的结果？我已经可以想象得到，假如你问一位年轻人他最早的记忆是什么，他肯定会一脸为难。毕竟，他连自己出生那天的视频都能看到。无法记起自己生命头几年这种情况——心理学家称之为童年失忆——也许将不复存在。父母给他们的孩子讲述旧事的时候，再也不会一张嘴就说“你当时还太小，所以不会记得”。童年失忆好似变成了人类童年时代的一个特征，在永不停歇的潮流中，人类的年少时代将消失在我们的记忆中。

我有点儿想阻止这种情况发生，让孩子们能够继续透过时间迷雾隐约感受童年，防止生命伊始的记忆被冰冷无情的视频所取代。然而，他们也许会在无损的数字记忆中感受到同样的温暖，就像不完美的大脑记忆带给我温暖一样。

经历组成人生。我们的记忆并非生命中每时每刻的客观积累，而是根据特定时刻编排的故事。即使跟别人一起经历某件事，我们构造的记忆也绝不会相同：因为个性差异，我们每个人选择特定时刻的标准不同。我们各自注意到吸引我们的细节，并记住我们认为重要的事情，由此构造的记忆再反过来塑造我们的人格。

但是，我也感到疑惑。如果每个人都记住所有的一切，那么人与人之间的差异是否会被抹除？关于自我的感觉将会发生怎样的改变？对我而言，既然未经剪辑的监控录像无法被称为故事片，那么，全方位的视频记录也不能算是记忆。

* * *

吉金基二十岁那年，一位行政官员到村里来找赛维。他带来一位年纪轻轻且在卡齐纳阿拉的教会学校读过书的蒂夫族人。管理者希望所有提交部落法庭的争端都有文字记录，所以他们给每位首领都指派了一位这样的年轻人去担当书记员。赛维让吉金基走到跟前，然后对官员说："我知道你无法为所有蒂夫族部落指派人手。我这里的吉金基已经学会写字，他可以担任我们的书记员，你可以把你的人派到别的村子。"官员测试了吉金基的写作能力。因为莫斯比教得很好，那位官员最后同意让吉金基担任赛维的书记员。

官员离开之后，吉金基问赛维为什么不想让卡齐纳阿拉来的那个孩子当书记员。

"从教会学校出来的人我都信不过。"赛维说。

"为什么呢？欧洲人把他们变成了骗子？"

"他们要负一部分责任，可我们也脱不了干系。几年前，欧洲人来为教会学校召集男孩时，大多数长老都把不想要的人交给了他们，都是些吊儿郎当和心怀不满之人。现在，那些孩子回来了，跟任何人都不太亲近，把自己的写字本领当作一杆长枪来使用。他们让部落首领给他们找老婆，否则就伪造记录陷害首领，让欧洲人罢免他们。"

吉金基认识一个男孩，他总是抱怨，找各种方法逃避劳作。假如这种人有权力支配赛维，那简直是一场灾难。"你不能把实情告诉欧洲人吗？"

"很多人都说过。"赛维回答，"科旺达部落的马绍提醒我小心那些书记员，他那里是最先安插书记员的地方。马绍运气好，欧洲人相信了他而不是撒谎的书记员，可他知道有些首领没那么幸运。比起口述，欧洲人通常更相信文字记录。我不愿冒这个风险。"他认真地看着吉金基，"你是我的亲人，吉金基，是所有村民的亲人。我相信你会如实写下我说的话。"

"我会的，赛维。"

部落法庭每月举行一次，从早到晚，连续三天。法庭每次都会吸引一批观众，有时候人太多，为了场地中央也能有点风，赛维不得不要求大家都坐下。吉金基坐在赛维旁边，在官员留下的本子上记录每一个争端的细节。这工作不错，争论者支付的费用他会得到一些。他不仅有座位，还有一张小桌子，甚至在休庭时都可以在桌上写字。赛维每日听取的控诉各种各样——有人自行车失窃，庄稼歉收是否该由邻居负责——但大多数情况都与妻子有关。在一次争端中，吉金基写道：

> 尤曼的妻子格吉逃回娘家，她的亲戚阿农戈试图说服她回到丈夫身边，但是格吉拒绝了，阿农戈也没有别的办法。尤曼要求归还十一英镑彩礼，可阿农戈说他现在没钱，而且尤曼只付了六英镑彩礼。
>
> 赛维要求双方找来证人。阿农戈说他有证人，可他们都出门在外。尤曼带来一名证人，他宣誓之后，证实自己数过尤曼付给阿农戈的十一英镑彩礼。
>
> 赛维要求格吉回到丈夫身边谨守妇道。可是她说自己受够了尤曼。赛维责令阿农戈偿还尤曼十一英镑，第一笔还款要在三个月后收成可以销售的时候支付。阿农戈表示同意。

这是当天的最后一个争端，当时赛维显然已经疲惫不堪。“卖掉蔬菜偿还彩礼，我小时候不会发生这种事。”后来，他摇着头说。

吉金基知道他的意思。老人们说过，在过去，人们用类似的东西进行交换：假如你想要山羊，就得用鸡来交换；假如你想娶媳妇，就得把自家的女人许给女方家的男人。后来欧洲人表示，蔬菜不可以充当赋税，坚持要收钱币。不久之后，一切都用货币来交换，你能用它买到一切，不管是一个葫芦还是一个老婆。这让老人们觉得很荒谬。

“老方法慢慢消失了。”吉金基对赛维表示赞同。他并没有说年轻人喜欢这种方式，因为欧洲人也曾颁布法令说，只有在女方同意结婚的情况下才能支付彩礼。过去，一位年轻的姑娘可能被许给手患麻风、牙齿腐烂的糟老头，她没有选择只能出嫁。如今，女人可以嫁给自己喜欢的人，只要对方有能力支付彩礼。吉金基自己就在攒钱结婚。

莫斯比有时会来旁观，可他发现处理过程令人不解，所以经常在结束后询问吉金基一些问题。

“比如，尤曼和阿农戈的争端涉及究竟欠了多少彩礼，为什么只有证人宣誓？”莫斯比问。

“为了确保他所说的完全属实。”

“可是，如果尤曼和阿农戈也宣誓，这也会确保他们所说的完全属实。阿农戈之所以撒谎就是因为他没有宣誓。”

“阿农戈没有撒谎。”吉金基说，“他只说自认为正确的话，尤曼也是如此。”

“可阿农戈所言跟证人说的不一致。”

“那也不能说他在撒谎。”接着吉金基想起了欧洲语言中的一个情况，明白了莫斯比的不解之处，“我们的语言中有两个词对应你们所谓的‘真实’。表示‘正确’的mimi和表示‘准确’

的vough。在争端中，当事人说他们自认为正确的内容，即为mimi。而证人发誓说出准确的事情经过，也就是vough。赛维听取事情经过之后就能决定，对所有人来说什么样的行为是正确的。即使当事人没有表达准确的事实，只要他说出了正确的内容，那就不叫撒谎。”

莫斯比显然无法同意这个观点，“在我的家乡，出庭作证的每个人都必须发誓讲出准确的事实，即使是当事人。”

吉金基无法理解其中含义，只是说：“每个部落都有自己的风俗习惯。”

“没错，风俗习惯可以不同，可事实就是事实，不会因人而异。记得《圣经》中怎么说吗？‘真理必叫你们得以自由。’”

“我记得。”吉金基说。莫斯比说过，正是因为明白了上帝的真理才令欧洲人如此成功。他们的财富和国力不容否认，可谁又知道真正的原因呢？

*　　*　　*

为了报道“会忆”，我得亲自尝试一下才能有说服力。问题是我没有可以用“会忆”进行检索的生命日志。通常在采访或报道时我才会激活个人摄像头，但在别人保存的生命日志里我肯定露过面，我可以利用他们的视频记录进行检索。虽然所有生命日志软件都有特定的隐私功能，大多数人还是会贡献出基本的共享权利：假如你的行为被录进他们的生命日志，你有权访问自己出镜的那一段。我运行软件根据我的GPS历史轨迹进行搜索，从别人的生命日志中收集视频片段。经过一周时间，我搜寻了社交网络和公共视频档案，收获了长度从几秒到几个小时的视频片段：不仅包括治安监控录像，还包括朋友、熟人，甚至陌生路人的生命日志片段。

可想而知，与我本该主动记录的视频相比，搜索到的生命日志更加碎片化。与大多数生命日志的第一人称视角不同，所有内容都来自第三人称视角，但对“会忆”来说，这不是什么障碍。我本来估计随着生命日志的普及，它的覆盖范围将在今后的几年里达到顶峰。令我吃惊的是，一张有关覆盖范围的图表显示，十年前覆盖范围的曲线有个突然上升。妮可从十几岁起就一直在记录生命日志，所以不出所料，我的家庭生活也大量地呈现在其中。

起初我不太确定该如何测试“会忆”，因为我显然无法让它调出记忆中不存在的事件记录。我觉得自己应该从记忆中的事件开始，于是在心中默念“文森特给我讲述帕劳群岛之旅的那一次”。

我的视网膜投影仪在视场左下角显示出一个窗口：我正在跟我的朋友文森特和杰里米吃午饭。文森特也没有记录生命日志，所以这一段来自杰里米的视角。我听文森特热情地谈论了一通带着水肺潜泳。

接下来我试了一下自己只隐约记得的事情。“我坐在黛博拉和莱尔中间的那次聚餐。”还有谁坐在同一桌我已经不记得，我很好奇“会忆”能否帮我想起他们。

果不其然，黛博拉当晚一直在记录，在她的视频里，我可以用识别软件辨别出坐在我们对面的每一个人。

成功了几次之后，我也遭遇了几次失败；考虑到生命日志并不是连续的，这也毫不奇怪。我调查了一个小时过去的事情，

"会忆"的表现相当了不起。

终于，我似乎可以用"会忆"去分析包含更沉重感情的那些记忆。我和妮可的关系现在已经足够亲密，所以可以安心重温她年轻时我们的争吵。我觉得应该从我印象深刻的那次争吵开始，然后再一点点向前追溯。

我默念："妮可朝我喊'她就是因为你才离开的'那次。"

我们住过的那栋房子的厨房呈现在画面里，妮可就是在这栋房子里长大的，是妮可的视角。我就站在炉灶前，显然我们正在吵架。

"她就是因为你才离开的！是你把她赶走了！你也走吧，我一点儿都不在乎。没有你我肯定会更好。"

这几句话跟我记忆中的一模一样，只不过不是妮可说的。

是我。

我的第一感觉是：这一定是伪造的，妮可编辑了视频，让这句话从我嘴里说出来。她肯定注意到我请求访问她的生命日志，所以才伪造了这些来教训我。或者是她虚构出这段影像来给朋友们看，以印证她对我造的谣。可她对我为什么还那么生气，居然做出这种事？我们不是和好了吗？

我开始从头到尾浏览这段视频，寻找因为编辑视频片段而表现出不一致的地方。接下来的视频显示妮可跑出房子，跟我记忆中一样，根本没有不连贯的画面。我倒回视频，重新观看前面的争吵。

刚开始，我越看越生气，气妮可如此大费周章编造这样一个谎言，因为之前的情形都与我朝她怒吼相符。后来，我在视频中说的话听上去熟悉得令人难受：我因为她在学校惹麻烦又被老师叫过去，对此我抱怨不已，指责她交友不慎。可在这样的情形下，我没道理说出那种话，是吧？我一直在表达我的关心，而不是在责备她。妮可一定是把我在其他场合说的话用在了这里，好让她诋毁我的视频更加可信。这是唯一的解释，不是吗？

我让“会忆”检查视频水印，结果显示没有任何修改。我看到“会忆”对我搜索的词条给出一个修改建议：把“妮可朝我喊那次”改成“我朝妮可喊那次”。这个修改建议一定是跟最初的搜索结果一起显示的，可我没注意到。我厌恶地关掉“会忆”，这个产品令我愤怒。我准备去收集一些伪造水印的相关信息来证明这段视频是假的，但最后没有付诸实施，因为我认识到那是绝望的表现。

我愿意手按着《圣经》或说出任何必要的誓言来证明，是妮可控诉我迫使她母亲离开了我们。那次争吵跟我记忆中的其他事情一样清晰，但这不是我觉得这段视频难以接受的唯一原因。我一心觉得——尽管我有这样那样的缺点和不足——向孩子说出那种话的父亲绝不可能是我。

可是这段数字视频却证明我恰恰就是那种父亲。尽管我已脱胎换骨，但不可否认的是，我身上还有那个人的影子。

更明显的是，它揭示了一个事实，多年来我成功地向自己隐瞒了这个事实。前边我说过，我们选择记住的细节映射出我们的人格。那么，我把自己说的那句话误认为出自妮可之口又说明什么呢？

我记得那次争吵是我人生的一次转折。我曾幻想一段有关救赎和自我提升的历程，我在其中扮演无畏的单身父亲，勇敢面对挑战。可现实……又如何呢？自那以后发生的事情有多少是归功于我呢？

我重新打开“会忆”，搜索妮可大学毕业典礼的视频。我亲自记录了整个过程，所以我能看到妮可的面容，我出席她似乎发自内心地感到高兴。是她善于隐藏自己的真实感受，令我无法分辨吗？如果我们的关系真正得到了改善，这种改善是怎么发生的？十四年前我这个父亲有多糟糕，显然我自己都难以想象。我付出很多才改善了现在同妮可的关系——这样的结论虽然容易得出，可我已经无法相信自己的感觉。妮可现在真的不讨厌我吗？

我不打算用“会忆”来回答这个问题，而是需要直奔主题。我给妮可留言说想跟她谈谈，并问她我能否在当晚去她的公寓。

*　　　　*　　　　*

几年以后，赛维开始参加一系列有关尚加夫氏族的首领会议。他跟吉金基解释说，欧洲人不愿与如此多首领打交道，所以要求把蒂夫族人分成八个部落。赛维和其他首领要讨论出尚加夫氏族和哪家合并。尽管不需要记录，但吉金基对他们要商讨的内容感到好奇，所以问赛维能否带他一起去。赛维答应了他的请求。

吉金基以前从没见过这么多前辈聚在一起，他们有些人跟赛维一样庄重威严，还有些则脾气火爆。他们一连争论了好几个小时。

吉金基回来后的那个晚上，莫斯比问他情况如何。吉金基叹息道："尽管没有吹胡子瞪眼，他们吵起来还是跟野猫打架一样。"

"赛维认为你们应该加入哪一方？"

"我们应该加入跟我们关系最近的那些氏族，这是蒂夫人的方式。既然尚加夫是科旺达的儿子，我们氏族就应该跟南边的科旺达氏族合并。"

"有道理。"莫斯比说，"那为什么还存在分歧？"

"尚加夫氏族的成员并没有比邻而居，有些人住在西边的田地，离杰基拉氏族较近，那里的前辈们跟杰基拉氏族的前辈很亲近，他们希望尚加夫氏族跟杰基拉氏族合并，因为这样他们就会在最终形成的部落里更有影响力。"

"我明白了。"莫斯比想了一下，"住在西边的尚加夫人和住在南边的尚加夫人不能加入不同的部落吗？"

吉金基摇摇头："我们尚加夫人只有一个共同的父亲，所以我们应该在一起，所有的前辈都认同这一点。"

"既然世系如此重要，西边的前辈们怎么能主张尚加夫氏族应该与杰基拉氏族合并呢？"

"分歧就在于此。西边的前辈们宣称尚加夫是杰基拉的儿子。"

"等等，你们不知道尚加夫的父母是谁？"

"我们当然知道！赛维能把自己的祖先一直追溯到蒂夫本人那里。西边的前辈假称尚加夫是杰基拉的儿子，因为结合杰基拉氏族他们可以从中受益。"

“可是，如果尚加夫氏族与科旺达氏族合并，你们的前辈不也会受益吗？”

“没错，可尚加夫是科旺达的儿子。”随即吉金基明白了莫斯比话有所指，“你认为是我们的前辈在撒谎？”

“不，完全不是。只不过听上去双方的理由同样充分，根本分辨不出谁对谁错。”

“赛维说得对。”

“没错。”莫斯比说，“可你如何让别人也承认这一点呢？在我的家乡，很多人把自己的家谱写在纸上。这样我们就能准确追溯祖先，即便是隔了许多世代。”

“是啊，我看过你们《圣经》里的谱系，从亚伯拉罕一直追溯到亚当。”

“没错。不过不光是《圣经》，很多人都记录他们的家谱。如果有人想知道自己的祖先是谁，他们能从文字记录中查到。假如你们有记录，别的前辈就得承认赛维说得对。”

吉金基承认他说得有道理。真希望尚加夫氏族一直都有据可查。忽然，他想起一件事：“欧洲人首次来到蒂夫是在多久以前？”

“我不清楚。至少有四十年了，我想。”

“你觉得他们刚来这里时会记录尚加夫氏族谱系的相关情况吗？”

莫斯比沉思了一会儿：“或许会。行政部门肯定保存了不少记录。如果有的话，它们会被保存在卡齐纳阿拉的政府驻地。”

每隔五天，一辆卡车会载着货物沿公路驶往卡齐纳阿拉去赶集。后天刚好是赶集的日子，假如吉金基明早启程，他就能及时赶到公路上搭车。“你觉得他们会让我查看记录吗？”

“有个欧洲人陪你去会容易得多。”莫斯比笑着说，“我们一起去如何？”

*　　　*　　　*

妮可打开公寓的门，邀请我进去。她显然好奇我为什么来：“你想要谈什么？”

我不确定要从何谈起：“我要说的听起来会有些奇怪。”

“没关系。”她说。

我给她讲了自己用“会忆”查看生命日志片段，回顾了她十六岁时我俩的那次争吵，最后我朝她怒吼，而她离家出走。“你记得那一天吗？”

“我当然记得。”她显得不太自在，不知道我接下来要说什么。

“我也记得，或者说我以为自己还记得，可我记忆中有点儿不一样。在我印象中，是你说了那句话。”

“我说了什么？”

“我记得你跟我说，我离开你一点儿都不在乎，没有我你肯定会更好。”

妮可长久地注视着我：“这么多年以来，你记忆中的那一天就是这样的？”

“是的，直到今天。”

“要不是这么令人伤心的话，我肯定就笑了。”

我心里一阵难受：“很抱歉，你不知道我有多懊悔。”

“懊悔你说过那句话，还是懊悔记成是我说过那句话？”

“两者都有。”

“这就对了！你知道这让我怎么想？”

“想象不出来。但我以为是你对我说那句话的时候，我自己很难受。”

“可那只是你假想出来的，那句话实际上是你对我说的。”她不信任地摇摇头，“你他妈还是老样子。”

这句话太伤人了，“是吗？我真的没有改变？”

“当然没有，”她说，“你总是把自己当成受害者，就好像你才是那个受到不公待遇的好人。”

“你说得我好像有妄想症似的。”

“不是妄想，是盲目和自私。”

我有些生气，“我这不是来道歉了吗？”

“没错，没错。还不是为了你自己。”

“是，你说得对。我很抱歉。”我等妮可朝我打了个手势，才继续说，“我猜我……确实是盲目自私。我不愿承认是因为我以为自己已经放开眼界，跨过了那道坎儿。”

她皱起眉头，“什么？”

我告诉她我是如何觉得自己已经变身为一位父亲，修复了我们的关系，并以她毕业典礼上的亲密瞬间圆满告终。妮可表面上没有嘲笑我，可她的表情令我说不下去。我显然是在自取其辱。

“毕业典礼时你还恨我吗？”我问，“你我当时已经和睦相处，这是我一厢情愿吗？”

“不是，毕业典礼上我们确实和好了。可那并不是因为你神奇地变成了一位好父亲。”

“那是因为什么？”

她顿了一下，深吸一口气，然后说：“上大学以后我开始看心理医生，”她再次停顿，“可以说是她拯救了我的人生。”

我的第一个念头是，为什么妮可会需要心理医生？我按捺住这个想法，“我不知道你进行过心理治疗。”

“你当然不知道，我本来没打算告诉你。不管怎样，毕业那年，她说服我最好不要生你的气，所以我俩在毕业典礼上才能融洽相处。”

所以说我的确编造了一段与现实严重不符的情节。妮可承担了一切，我是那个不劳而获的人。

“我猜我并没有真正了解你。”

她耸耸肩膀，“你只是出于自己的需要来了解我。”

这么说太伤人了，可我却有苦难言。“你受委屈了。”我说。

妮可短暂而又惆怅地一笑，“你知道吗？再小一些的时候，我曾幻想你这样说。可是现在……算了，它并不能弥补一切，对吗？”

我发现自己一直希望她会当场原谅我，然后一切问题都会迎刃而解。然而，要弥补我们之间的关系，光说句抱歉是远远不够的。

我忽然想起一件事：“我的所作所为已经无法改变，可至少我能不再装作自己没有做过那些事。我要用‘会忆’真实地认识自我，发现自我。”

妮可看着我，揣摩着我的诚意。“行啊，”她说，“不过，我们得说明白：你可别每次因为待我不好而感到内疚时都跑来我这里。我努力忘记那些事，不想因为你试图让自己心里好受一点儿就重新经历一遍。”

“那是自然。”我看见她开始流泪，“提起这些陈年往事又让你难受，对不起。”

“没关系，爸爸。我感激你所作的努力。只是……最近别再这样了，好吗？”

“行。”我走向门口，又停住脚步，“我只想问一下……如果有可能，我可以做点什么弥补……”

“弥补？”她面露疑惑，“我不知道。更体贴一点，可以吗？”

这正是我要努力做到的。

* * *

政府驻地确实有四十年前的文件，欧洲人称之为“评估报告”。有莫斯比在，他们可以查看文件。文件是用吉金基不认识的欧洲语言书写的，但里面包含各个氏族的家谱图，他能轻松认出图中的蒂夫族名字，莫斯比再帮他确认一遍。西边田地的前辈是正确的，赛维弄错了：尚加夫不是科旺达的儿子，而是杰基拉的儿子。

政府驻地的人同意打印一份相关内容的拷贝，让吉金基带走。莫斯比留在卡齐纳阿拉拜访那里的传教士，吉金基直接回家。在途中他就像一个不安的孩子，希望能乘坐卡车一路到家而不用从公路走回去。一回到村里他便开始寻找赛维。

找到赛维的时候，他正在前往附近农田的路上。几位乡亲截住赛维，让他为一只母山羊的幼崽该如何分配主持公道。最后他们都很满意，赛维继续赶路。吉金基走到他旁边。

“欢迎回来。”赛维说。

“赛维，我去了卡齐纳阿拉。”

“哦，你去那儿干什么？”

吉金基给他看了那张纸，“这是很久以前欧洲人最初来到这里时记录的，尚加夫氏族的前辈们给他们讲了尚加夫氏族的历史，他们说尚加夫是杰基拉的儿子。”

赛维的反应不温不火，“欧洲人问的是谁？”

吉金基看了看纸，“贝特和厄可亚哈。”

“我记得他们。”他点点头说，“他们是贤人，不会说这种话的。”

吉金基指着白纸黑字说：“可他们确实说过！”

“或许你的解读不对。”

“我没有弄错！我知道如何阅读。”

赛维耸耸肩，“你为什么把这张纸带回来？”

“这上面的内容很重要，我们应该加入杰基拉氏族才对。”

“你认为整个氏族在这件事上应该相信你的决定？”

“我不是让整个氏族相信我，我是让他们相信你小时候的那些前辈。”

“他们应该相信。可那些人不在这里，你手里只不过是一张纸而已。”

“纸上的内容告诉我们如果他们在这里会说些什么。”

“是吗？一个人不会只有一种观点，假如贝特和厄可亚哈在这里，他们会同意我的观点，认为我们应该加入科旺达氏族。”

“如果尚加夫是杰基拉的儿子，他们怎么会那样说呢？”他指着那张纸说，“杰基拉跟我们的关系更近。”

赛维停住脚步，转向吉金基：“亲戚远近的问题不能通过文书来决定。科旺达氏族的马绍警告我教会学校的孩子们有问题，你才成了书记员。要不是我们拥有共同的祖先，马绍不会提醒我们。你的职位证明了我们两个氏族有多亲近，可你却忘了这一点，还指望文书告诉你自己早该心中有数的内容。用心想想，”赛维拍了拍他的胸膛，“你研究文书太多，忘了什么是蒂夫人了吧？”

吉金基张嘴想要辩解，却发现赛维说得没错。他一直花时间学习写字，使自己像欧洲人一样思考。他变得更相信纸上的文字而不是人们说的话，蒂夫人可不是这样。

欧洲人的评估报告是vough，它完整而又准确，但不足以解决问题。选择加入哪个氏族应该符合大家的利益，要做到mimi才行。只有前辈能确定什么才是mimi，为尚加夫氏族作出最好的选择是他们的责任。要求赛维遵从这张纸上的内容就是迫使他与自己心中的正确背道而驰。

“你说得对，赛维。”吉金基说，“原谅我，你是我的前辈，我认为这张纸比你知道得更多是不对的。”

赛维点点头，继续往前走：“随便你怎么做，但我相信，把这张纸给别人看弊大于利。”

吉金基陷入思索。西边田地的前辈肯定会坚称评估报告支持他们的观点，这场旷日持久的争论还会无休无止。但更重要的是，蒂夫人会走上歧路，把文件记录当作真相的来源。这样的话，古老的生活方式会受到冲击而消逝，而他看不出这有什么好处。

“我听你的，”吉金基说，“不会给别人看。”

赛维点点头。

吉金基回到自己的小屋，思考着发生的事情。连教会学校都没有念过，他就开始像欧洲人那样思考了。在笔记本上练习写字导致他不知不觉地失去了对前辈的尊重。写字帮助他更清晰地思考，他不否认，可那还不足以让他更相信文字记录，不相信他人。

作为一名书记员，他得保存赛维在部落法庭上的决议册。但他不需要保留其他笔记本，写着他自己想法的那些。生火做饭时，他要把它们烧掉。

*　　*　　*

尽管我们通常不这么想，但写字是一种技术，也就是说，会写字的人把自己的思维过程以技术手段呈现出来。一旦可以流畅阅读，我们便成了有感知能力的赛博格，这其中蕴含着非常深远的意义。

在一种文明采纳文字书写之前，知识只能以口头形式传播，历史十分容易被篡改。虽然不是有意为之，但是不可避免。纵观全世界，吟游诗人和歌舞艺人把原始素材改编之后呈献给自己的受众，同时也是在改编历史以适应眼前的需要。历史记录不应改变的想法，是文字文明尊崇文字记录的产物。人类学家会告诉你，口头文明以不同的方式理解历史。对于口头文明，历史不需要多么准确，因为口头文明需要确认群体成员对于群体自身的共同理解。因此，认为口头文明的历史不可靠是不对的，它们的历史实现了群体的目的。

如今，我们每个人都是一个私人的口头文明，我们改写过去，以适应自己的需要，支撑起关于我们自身的故事。错误地阐释个人历史，把以前的自我当成现如今崇高自我的根基，我们每个人都在犯这种记忆错误。

然而，这样的时代行将结束。“会忆”还只是新一代记忆替代品的首款产品而已。随着这类产品更广泛地投入使用，我们将用完整的数字记录取代易变的大脑记忆，用真实记录取代反复讲述中演化出的故事。在我们的思维里，每个人都将从口头文明进化成文字文明。

文字文明优于口头文明，要得出这样的结论容易得很。可既然这些文字是写在这里而不是说给你们听，我的偏见也就显而易见。我的意思是，我更易于认识到读写能力的益处，而难以察觉它让我们付出的代价。读写能力鼓励一个文明更重视文件，忽视主观经验，总体而言，我认为利大于弊。文字记录会有各种错误，对它们的阐释也很容易改变，但至少白纸黑字本身永远不变，真正的优点就在于此。

而说到个人记忆，我就会持相反态度。人的身份建立在大脑记忆之上，因此，摈弃我们事件记忆的主观性这一想法令我害怕。我习惯认为个体讲述自身故事是很重要的，这种重要性不是针对整个文明。但我也是一个时代的产物，而时代已经发生了改变。我们无法阻止数字记忆的应用，就像口头文明无法阻挡文字文明的到来，所以我只能去寻找其中的积极意义。

而且我认为，我已经发现了数字记忆的真正优势：关键不在于证明你是对的，而在于承认你是错的。

因为我们所有人在各种场合都会犯错，出于痛苦或伪善，而我们已经忘记了这些场合中的大多数。这意味着我们并不真正了解自己。如果无法信任自己的记忆，我能拥有多少个人认知？你们呢？你们可能在想，虽然记忆不完善，但这种让我愧疚的主观修正并未发生在你们身上。可我之前跟你们一样确信无疑，结果我错了。你们也许会说："我知道自己不完美，我犯过错误。"我在这里要说，你们犯过的错误超乎你们的想象，构造你们个人形象的某些核心设定其实是假的。花时间用一下"会忆"，你们会找到答案。

我此刻推荐"会忆"，不是为了让你们回忆过去时感到羞耻，而是为了避免将来发生这样的一幕。大脑记忆允许我构造故事来粉饰我的家长行为，但是，我希望通过立即开始使用数字记忆来避免这种情况发生。我的真实行为不会由别人来呈现给我，让我被动接受；真相不会让我震惊到重新进行自我评估。有"会忆"来呈现事件的本真，我的自我认知从一开始就不会偏离太远。

数字记忆不会阻止我们讲述自己的故事。如我先前所说，经历组成人生，这是无法改变的。数字记忆只会改变那些强调美好行为、忽略阴暗行为的虚幻故事——我希望——让我们知道自己也会犯错，从而对别人的错误不那么苛责。

妮可也已经开始使用"会忆"，她发现自己对事件的记忆亦不完美。这没有让她原谅我——也不应该原谅，因为她的错误与我的相比太微不足道——不过，她对我记错自己行为的愤怒有所减弱，因为她认识到我们都犯了同一种错误。我不得不难堪地承认，埃丽卡·迈耶斯谈及"会忆"如何影响情感关系时所预言的得到了准确的证实。

这不是说我改变了对于数字记忆负面效应的看法，负面效应很多，人们需要提防。我只是认为自己无法再客观地谈论此事。我放弃了本打算要写的记忆修复的文章，并把调研成果交给一位同事。关于软件的优劣，她写出一篇不错的作品，冷静客观，没有任何我给她的材料中随处可见的反省和忧虑。替而代之，我创作了这篇文章。

我对蒂夫人的描述基于事实但又不完全精确。蒂夫人在一九四一年关于尚加夫氏族应该加入哪一方确实有过一场争论，因为对于氏族创立者的血统有不同看法，且行政记录确实表明氏族前辈对于他们家谱的描述也在不断演变。不过我所描述的许多具体细节都是凭空想象，真正的情况更加复杂且缺少戏剧性，类似真实事件一贯的样子，所以我自由发挥，创作了一个更好的故事。为了说明真相，我编造了一个故事，其中的矛盾之处我清楚得很。

至于跟妮可争吵的那些叙述，我已尽力准确描写。开始做这件事以来，我一直在全面记录，并在写作本文期间反复查看录像。但是将哪些特定细节包含进来，哪些省略掉，还是由我来决定，也许我只不过是又编造了一个故事。尽管我努力迎难而上，可我是否在用这样的描述来讨好自我？我是否在歪曲事实，使叙述更像是一种忏悔？你能作出判断的唯一方法就是把我的文字同视频记录本身作对比，于是我迈出了前所未有的一步：在妮可的同意下，我把自己的生命日志向大众开放，就像现在这样。看一看那些视频，然后你们自己作出决定。

如果你们觉得我不够诚实，请告诉我。我需要知道。

[后记]

二十世纪九十年代末，我听过一次报告，主题是个人计算的未来。发言人指出，有一天，对你生命中的每个时刻进行连续不断的视频记录将成为可能。这是个大胆的主张——当时，硬盘空间昂贵得不适合存储视频——可我发觉他说得没错：最终你可以记录一切。尽管我不知道会以什么形式实现，但我觉得它一定会对人类心智产生深远影响。理智上，我们知道记忆并不可靠，但我们很少去质疑它。拥有真正准确的记忆会对我们产生怎样的影响呢？

每隔几年我就会想起这个问题并重新思考一遍，但是我一直没打算围绕它打造一篇作品。传记作家对记忆延展性的描写很有说服力，我不想简单地一味重复他们已经说过的内容。后来我读到沃尔特·翁的《口语文化与书面文化》，讲述书面文化如何影响口语文化。虽然书中一些较为激进的主张已经受到质疑，可我还是觉得很受启发。它提醒我，也许可以将上一次技术对我们认知的变革跟下一次进行类比。

耿辉　译

大寂静

人类利用阿雷西博望远镜寻找地外智慧生命，因为与之取得联系的渴望如此强烈，所以才创造出这只耳朵来倾听穿越宇宙的声音。

可我跟我的鹦鹉伙伴们就在这里，他们为什么没有兴趣倾听我们的声音呢？

我们是能够与他们交流的非人类物种，这不正是人类在寻找的吗？

*　　*　　*

宇宙如此广博，智慧生命一定已经出现过数次；宇宙又这么古老，甚至足够一个掌握科学技术的物种进行扩张并遍布整个星系。然而，除了地球，哪里都没有生命的迹象，人类把这称为费米悖论。

有人对费米悖论提出解释，认为智慧生物主动隐藏自身存在，避免被有敌意的入侵者当作目标。

作为几乎被人类灭绝的物种的一员，我能证明这种策略是明智的。

保持安静，避免吸引注意是合乎道理的做法。

*　　*　　*

费米悖论有时还被称为大寂静，宇宙应该充斥着各种声音，可事实却相反，它寂静得令人不安。

有些人推测，智慧物种向外太空扩张前就灭绝了。假如他们的理论正确，那么，沉默的夜空就是一片寂静的坟场。

数百年前，我的种族繁盛，整个里奥阿巴霍国家森林都回荡着我们的声音。如今我们几乎灭绝，这片雨林也许很快就会像宇宙其他各处一样寂静。

*　　　*　　　*

有一只名叫亚历克斯的非洲灰鹦鹉因为它的认知能力而闻名，当然，它只是在人类中闻名。

名为艾琳·佩珀堡的人类学者花费三十年时间研究亚历克斯。她发现亚历克斯不仅认识代表形状和颜色的词汇，而且真正理解形状和颜色的概念。

许多科学家对一只鸟能掌握抽象概念感到怀疑。人类倾向于认为自己是独一无二的，可最终佩珀堡让他们相信，亚历克斯不仅仅是在学舌，它还理解自己所说的内容。

在所有种类的鹦鹉中，只有亚历克斯最接近于被人类认真对待的交流对象。

在相对还很年轻的时候，亚历克斯突然去世。离开的前一晚，亚历克斯对佩珀堡说："你保重，我爱你。"

如果人类寻求与非人类智慧建立联系，这不正是他们所追求的吗？

*　　　*　　　*

每只鹦鹉都用特有的叫声表明自己的身份，生物学家把这称为鹦鹉的“联系音”。

一九七四年，天文学家利用阿雷西博望远镜向外太空广播了一条信息，旨在展示人类智慧。那就是人类的联系音。

在野外，鹦鹉通过名字呼唤对方。一只鸟模仿另一只的联系音来吸引它的注意。

何时人类探测到阿雷西博发出的广播信息被传送回地球，他们就会知道有人在尝试引起他们的注意。

*　　　*　　　*

鹦鹉是声音的学习者：我们能学习发出听到的新声音，没有几种动物拥有这项能力。狗也许能听懂几十种指令，但是它们只会汪汪地叫。

人类也是声音的学习者，在这方面我们有共同之处，所以人类和鹦鹉因为声音产生了一种特殊的联系。我们不是单纯在鸣叫，我们在发声，我们在表达。

或许这就是人类如此建造阿雷西博望远镜的原因。接收设备不一定要兼具发射功能，但是阿雷西博望远镜兼而有之，既是一只用来倾听的耳朵，也是一张用来发声的嘴巴。

*　　　*　　　*

人类已经与鹦鹉共同生活了数千年，但只到最近，他们才发觉我们或许具有智慧。

我猜我不能怪他们，我们鹦鹉以前也总以为人类不怎么聪明。要理解与自己大相径庭的行为是非常困难的。

但鹦鹉比任何地外生命都更近似于人类，人类可以近距离观察我们，可以用目光跟我们交流。如果只能在一百光年之外偷听，他们打算如何识别外星智慧呢？

* * *

在英语中，“希望”与“呼吸”可以用一个词表达，aspiration，这并非巧合。

讲话时，我们利用肺部的气息赋予思维以物理形态。我们发出的声音既表明了意图，又展现了生命的力量。

我说，故我在。也许只有类似鹦鹉和人类这样的声音学习者，才能完全理解这句话的真谛。

* * *

用嘴雕琢声音会带来一种快感，如此原始的本能行为在人类的历史长河中被当作了一种封神之技。

毕达哥拉斯学派的神秘主义者相信，元音代表天体音乐，并通过吟唱从中汲取力量。

五旬节派基督徒相信，他们说的灵言是天堂中天使的语言。

印度教的婆罗门相信，念祷文可以帮他们强化现实。

只有声音学习者的种族，才会在神话传说中为声音赋予如此重大的意义。我们鹦鹉能够领悟其中奥义。

* * *

根据印度神话，宇宙在“唵”的一声中诞生，这个音节包含了过去和将来存在的一切。

当阿雷西博望远镜对准群星之间的太空，它能听到一个微弱的杂音。

天文学家称之为“宇宙微波背景”，它是大爆炸的残余辐射，是一百四十亿年前宇宙在爆炸中诞生留下的回响。

但是你也可以把杂音当作最初那声“唵”的回响，微弱得勉强可以听到，但又如此悠扬，只要宇宙存在，夜空就会一直震动。

阿雷西博望远镜没有其他收获时，听到的就是创世之声。

*　　　*　　　*

我们波多黎各鹦鹉有自己的神话，它们比人类的简单，但是我想，人类会从中获得乐趣。

唉，我们的神话正随着我们的灭绝而失传，我怀疑人类不会在我们消失前破解我们的语言。

所以我们种族的灭绝不仅意味着一群鸟儿的消失，还代表着我们的语言、礼节和传统的消亡。我们的声音就这样走向寂静。

*　　　*　　　*

人类活动令我的种族濒临灭绝，但我不怪他们，他们并非出于恶意，只是没有注意到而已。

人类创造出如此美妙的神话，有着多么了不起的想象力啊！也许这就是他们拥有无尽渴望的原因。看看阿雷西博望远镜，任何造出此物的种族必然伟大。

我的种族恐怕不会在此存活很久，可能等不到属于我们的时代就会灭亡，就此陷入大寂静。然而在离世之前，我们要给人类发送一条信息，只希望阿雷西博望远镜能让人类听见。

信息是这样：

“你保重，我爱你。”

[后记]

名为《大寂静》的作品其实有两件，只有其中之一适合选入这部选集。对此我需要解释一下。

二〇一一年我参加了一次名为“跨越鸿沟”的会议，会议的目的是促进艺术与科学之间的对话。参会者中有一位是珍妮弗·阿洛拉，艺术家二人组阿洛拉和卡尔萨迪利亚的成员之一。我完全不熟悉他们创作的艺术作品——结合了行为艺术、雕塑和声音，但是珍妮弗对他们正在实现的创意进行了解释，我特别感兴趣。

二〇一四年珍妮弗联系我，问我是否有可能与她以及她的搭档吉列尔莫一起合作。他们想打造一件有关拟人论、科学技术以及人与非人世界间联系的多屏视频装置。他们打算并列播放阿雷西博射电望远镜和附近森林中濒危物种波多黎各鹦鹉的影片，问我是否愿意写一篇配文——从一只鹦鹉的角度讲述的寓言，“一篇跨越物种的翻译作品”——放在第三块屏幕上。当时我犹豫了，不仅因为我缺乏视频艺术的创作经验，还因为我通常不写寓言故事。但是他们给我看了一小段初创的内容之后，我决定试一下。接下来的几周，我们交换了关于语意不清和语言灭绝这类主题的想法。

最终，名为“大寂静”的视频装置被选入费城织物工坊和博物馆的阿洛拉和卡尔萨迪利亚作品展。必须得承认，看见最终作品的时候，我立马对以前作出的一个决定感到后悔。珍妮弗和吉列尔莫之前邀请我参观阿雷西博天文台，但是我觉得创作文本不需要去，所以就拒绝了。看见墙壁大小的屏幕上播放阿雷西博望远镜，我真希望当时接受了邀请。

二〇一五年，珍妮弗和吉列尔莫受邀为艺术杂志《e流》的第五十六届威尼斯双年展特刊撰稿，他们建议发表我们合作作品中的文字。我创作的虽不是独立之作，但是离开了本来的语境，最终发表后的效果也还不错。这就是短篇小说《大寂静》的由来。

耿辉　译

脐

主啊，我投身于您的怀抱，回顾今日，请您照耀我的心灵，让我也可以在一切过往中明鉴您的恩泽。

此时此刻，如此美妙的一天让我觉得满足和感激，可今天开始时却并不顺利。早晨航班抵达时，我心情很差。我在航站楼周边寻找出租车站点，有个男人以为我迷路，就想来解救我。他告诉我芝加戈[1]不适合女人单独来访，我回答说，我一个人去蒙古都没有问题，芝加戈不可能更糟。主，原谅我对一个只想提供帮助的人那样尖锐。对笃信女人弱小无助的男人，我请求您帮我变得更有耐心。

我承认自己没打算在芝加戈停留。写完那本书已经很久，我的关注点已经转到其他方面，上个月我已全身心投入亚利松那现场发掘的准备工作。收到詹森博士的邮件后，我的脑海里只有那些矛尖以及它们可能告诉我们的信息。当我的出版商安排我在这儿进行公开演讲时，我觉得他只是在蹭我的旅行计划，不支付机票费用就让我推广书籍，结果我就被耽搁了。

到达宾馆后我见到了活动剧场派来的助手，心情也有所改善。一开始，她告诉我她有多么期待我的演讲，我觉得她只是在

1　原文为Chicagou，区别于Chicago。

客气。可是后来她谈到一些细节，说我的书让她重新认识科学家的工作，我意识到她的热情不是装出来的。从读者那儿得到这种反馈令我无比满足，更重要的是，我也得到了启示，教化大众跟现场发掘一样，也是考古学家的重要任务。主啊，谢谢您不着痕迹地让我懂得，把公开演讲当成无聊差事这一想法有多自恋。

我在宾馆餐厅吃了清淡的晚餐，然后前往剧场。今晚的听众人数是截至目前我单次演讲中最多的。男男女女挤在大厅里，就像沙滩上的角嘴海雀一样密集。我自知不应该把到场人数看成我名望的反映，海报上“多萝西娅·莫雷尔”这个名字从来都不是关注的焦点。大家来听讲座是因为阿塔卡玛木乃伊正在参加全国募捐巡展，第一站就是芝加戈。现在人人都在琢磨考古学，我也就偶然得益于此，但我并不介意。不管出于什么原因，我很高兴有这么多听众。

我的演讲以探讨树干年轮开始，每一圈年轮的宽度取决于树木生命中那一年的降雨量，所以连续的窄圈表示一段干旱期。我解释说，从树木被砍伐的年头开始往回数，我们可以编辑一份回溯几十年的气候模式年表，远远超出所有在世者的记忆限制。过去在世间留下痕迹，我们只需要知道如何读取。

然后我描述了匹配不同树木年轮形状的对照记年技术。我举例说明在两块木头上可以看见宽窄相同的年轮序列：在最近砍伐的树木上接近圆心，在另一块古老建筑的木材上靠近外围。我们知道这两棵树木的生命期存在交叠，后者成熟时前者还是小树苗，但是它们经历了同一个雨水丰沛和稀缺的过程。我们可以利用更古老树木的年轮来拓展过去的气候模式。因为有了对照记年技术，我们不再局限于单独某棵树的寿命。

我告诉听众，考古学家已经在越来越古老的建筑上对木材进行检查，向过去匹配年轮模式。即使无法求助文字记录，通过查看年轮，我们也可以知道德国特里尔大教堂顶部的木材砍伐于一〇七四年，地基的木材砍伐于一〇二四年，而且还不止于此。我告诉大家，还有更古老的树木我们可以利用，比如科隆罗马大桥的木桩和巴特瑙海姆加固古老盐矿的横梁。每块木头都是一卷大自然书写的史书，一本降雨年鉴，结合在一起足以回溯到耶稣诞生。

然后我告诉他们，要想进一步往前回溯就难办了。那意味着得去寻代沼泽中存留的树干、考古现场发掘的横梁，甚至穴居人火坑里的大块木炭。我解释说那就像拼图，有时候我们能找到很多相互契合的，但直到我们找到那块能将它们与我们的主年表关联起来的木材，才会知道它们所属的时代。随着时间的推移，我们不断填补空缺，最后使连续的年轮记录达到五千年，然后是七千年。我告诉听众，研究一块木头，得知它所属的树木在八千年前倒下，是一件多么激动人心的工作啊。

然而，这种激动还无法同研究更早几个世纪的木头样本所激起的兴奋感相比，因为那些树干中都有一个年轮的阻断点。从现在往前数，最老的年轮形成于八千几百一十二年前。土啊，我告诉他们，再往前就没有年轮了，因为那是您创造世界的时间。在那一时期，每棵树的中心都由绝对清晰均匀的圆形木质构成，那个实心圆的直径代表创世时刻那棵树的大小，它们就是本初树木，由您亲手创造，而非长自树苗。

我告诉他们，这些树木横截面上年轮的缺失跟阿塔卡玛木乃伊没有肚脐一样意义重大。事实上，树木截面会告诉我们人类遗骸，不管是骨骼还是木乃伊，都没有包含的内容。没有年轮年表，我们无法知道这些本初人类何时诞生。人类遗骸告诉我们，人类活动遍及全世界，但是树木截面告诉了我们人类创生的准确时间。

然后我对他们讲，缺失年轮的树木和没有肚脐的木乃伊既妙不可言又令人惊叹，它们在逻辑上也必不可少。为了帮助听众理解原因，我让他们考虑另一种情况。如果我主您创造本初树木时把年轮一直延续到圆心，那意味着什么？那将表示您创造的证据中包含了不存在的夏天和冬天，这将成为一个骗局，无异于您在一个本初人类的额头上放一道伤疤，来表示他从没经历过的童年伤害。为了支撑编造的记忆，在他虚构的童年里还得有照顾他的父母，您得为他们造坟。他的父母肯定也提过自己的父母，所以主，您还得为祖父母和外祖父母造坟。为了保持延续性，您要用过去无数代人的骸骨填满大地，多到不管挖多深，我们掀起的每锹土都会惊扰一位祖先的坟墓，地球就只会成为没有尽头的坟场。

我说那显然不是我们所居住的世界，我们所见的周围世界都不可能古老到没有限度，所以一定会有个起点。如果我们观察得足够仔细，就会发现起点存在的证据，这才是唯一正确的逻辑。没有年轮的树木和没有肚脐的人类证实了我们的推理。不仅如此，我对观众说，它们还为我们提供了精神上的慰藉。

我让大家想象，如果在我们生活的世界里，不管挖多深，我们都能找到更早时期的世界印记，那将会是什么样子；我让他们想象，十万年、百万年、千万年，已经让数字失去意义的古老过去把证据呈现在你眼前会是怎样的情形。然后我问，他们不会像在时间海洋中漂流的人一样感到迷失吗？唯一正常的反应应该是绝望。

我告诉他们，我们并不是完全漂泊不定。我们已经抛下船锚，锁定位置，即使看不见也能确定海岸就在附近。我们知道您创造这个世界时胸有成竹，我们知道港湾在等待。我告诉他们，我们的导航手段就是科学研究。我说，这就是我成为科学家的原因，我希望找出您赋予我们的意义，主。

我结束发言时，他们鼓掌欢呼，我承认我从中获得了快乐。主，原谅我的骄傲，帮我记住我做的全部工作——不管是在沙漠里发掘尸骨，还是对大众演讲授课——都不是为了我个人的荣耀，而是为了您的。让我永远不要忘记，我的任务就是向别人展示您丰功伟绩的壮美，让他们向您靠拢。

阿门。

*　　*　　*

主啊，我投身于您的怀抱，回顾今日，请您照耀我的心灵，让我也可以在一切过往中明鉴您的恩泽。

今天我得到很多您的提示，对此我深表感激，但也觉得困扰。一切都要从我与表妹罗斯玛丽及其丈夫阿尔弗雷德共进早餐说起。我不经常见罗斯玛丽，但很喜欢与她见面。主，谢谢您让我拥有一位这样的亲戚：她认为考古学是适合女性的工作，而且不会问我何时结婚生子。

罗斯玛丽给我讲过她那边亲戚的最新消息之后，又说之所以在早餐时见我还有别的缘由。“上周我买了一块化石，可阿尔弗雷德认为是假的。”她说。

“还不是因为太便宜，”阿尔弗雷德解释说，“便宜没好货，这是我的信条。”

“我们希望你能帮我们鉴定一下。”罗斯玛丽说。我告诉他们我很乐意看看化石。吃完早饭，她从前台接待那里取回一个包裹，我们在宾馆大堂角落找了一个空座位。

盒子里面，一米细布包着一根鹿的股骨，非常古老，但是保存完好。我一下就看出那不是一根普通的骨头，它缺少一条骺线。随着幼鹿生长为成年鹿，新的软骨长出来的地方，生长板会留下残余。可是这根股骨此刻的长度就是它最初的长度，这只鹿不是从幼鹿生长而来。这是本初鹿的一根股骨，由我主您按照成年鹿的大小亲手创造。

我告诉罗斯玛丽和阿尔弗雷德它是真的，罗斯玛丽得意扬扬，阿尔弗雷德羞愧不安。因为我在旁边，他们显得克制，但我能看出他们马上还会讨论。罗斯玛丽感谢了我，我告诉她不用客气，问她是在哪里买的鹿骨。

“我去参观木乃伊。你可能对那类展品见怪不怪，可我觉得很了不起。巡展旁有个礼品店，出售的大都是与木乃伊相关的明信片和书籍，也有一些化石，大多是蛤壳和蚌壳之类，不过也有不一般的，比如这根骨头和鲍鱼壳。”

这吸引了我的注意，她确定有鲍鱼壳吗？

“当然，”她说，“我以前买过化石，但从没看过鲍鱼壳，所以向店员咨询。因为比较新奇，我就想买，但是鲍鱼壳上看不见线条。”

我明白她的意思，跟树木一样，普通蛤壳蚌壳也有同心年轮，但是本初双壳类生物的贝壳圆心部位异常光滑，只有在边缘才会展现出年轮，每一圈都代表创生后的一年生命。这种化石是收藏家手中最流行的，因为常见，它们不是很昂贵，但它们由我主您亲手创造，贝壳化石就是明显的证据。相较之下，鲍鱼属于单壳类，贝壳的生长层只能在钻孔后通过显微镜观察。在肉眼看来，本初鲍鱼壳跟其他普通的没什么区别。

可我吃惊的原因不是听说礼品店出售本初鲍鱼壳化石，而是我知道只有一个地方发现过本初鲍鱼壳化石，因此根本不清楚它们怎么会被出售。与罗斯玛丽和阿尔弗雷德道别后，我便乘公共汽车去了阿塔卡玛木乃伊展出的教堂。

外边的参观者排了一条长队，我以为自己能完全绕过主展览，直奔礼品店。与罗斯玛丽的惯有印象不同，我从没真正研究过本初人类的木乃伊。相关的学术论文及其配图我当然浏览过，可是在此之前，那是我对真正木乃伊的最深入研究了。所以虽然我对展览本身有顾虑，但还是决定买票排队参观。

我站在队伍里，偶然听见后边两个人谈论木乃伊。一个十来岁的男孩问他妈妈，这些尸体从创世以来一直保持完好无损算不算奇迹。他妈妈说不算，还解释说它们一直保存在极度干燥的环境中。她非常正确地告诉孩子，智利阿塔卡玛沙漠极少降雨，所以骡子的蹄印经过五十年也不会消失，这种环境可以防止埋在那儿的任何尸体腐烂。

我觉得他们的对话听起来非常鼓舞人心，因为许多人不假思索地把各种事件归为奇迹，结果贬低了奇迹的价值。正是这类想法让无法从医学上得到治疗的患者向木乃伊求助。就算教会不再宣扬遗迹的治愈能力，也没有对绝望的人作出有效劝诫。

购票者中有一个盲人和两个身陷轮椅的人，大概都在希望接近一个奇迹能引发另一个奇迹。主，我祈祷他们痛苦减轻，但我赞同世俗的共识，即只存在一个奇迹——创世——我们所有人都距它同样遥远。

我排队等了一个小时才看到木乃伊，但这是我事后的估计，因为看见它们的经历意义深远，我完全忘记了等待的过程。一共有两具木乃伊，都是男性，陈列在各自温湿可控的展柜里。他们的皮肤纤细脆弱，类似组成蜂巢的薄层，似乎都像鼓皮一样紧绷在颅骨上，感觉轻轻一撞就会开裂。除了用骆马皮遮住胯部，两具木乃伊什么都没穿，它们躺在埋葬时用的芦苇垫上，腹部完全暴露出来。

主，我曾处理过本初人类的骨骸，手握没有骨缝的头盖骨或没有骺线的股骨所产生的奇妙感觉，坦白说，无法与目睹没有肚脐的尸体相比拟。我觉得差别在于这样一个事实：我们不清楚自身骨骼的细微结构，所以需要解剖学知识来识别本初人类骨骼的特别之处。但是我们都知道自己有肚脐，所以看见没有肚脐的躯体会引发我们对差异的敬畏，这种敬畏更加真挚，甚至更加深刻。

离开展区时，我又无意中听见身后那对母子的祷告，母亲领着孩子祈祷，他们感谢了您，因为您让教会考古学家而不是世俗考古学家发现了木乃伊，把它们展现在公众面前，而不是藏在某个博物馆的库房，只让特定的科学家看见。听到这些，我有点泄气，倒不完全是因为我不同意她的看法。在这个问题上，我有点犹豫。

我深知目睹木乃伊的体验是多么震撼，主，通过让参观者获得这项体验，这次巡展会让数万甚至数十万人拉近与您的距离。可是作为科学家，我觉得完好保存身体组织才是第一要务。不管教会付出多少辛劳，在全国各地展出这些木乃伊肯定会比存放在博物馆产生更多损伤。谁知道将来会开发出什么样的分析软组织的技术？生物学家们相信，他们就要找出生物向后代传递特性的继承性粒子，也许有一天他们能够识别那些粒子携带的信息。等那一天到来，我们就能不受时间限制地读取您对人类的原始设计。那样的发现将会把全人类聚拢在您身边，主，但同时，这也要求我们耐心等待，不要损坏木乃伊的身体组织。

不管怎么样，我去了礼品店，有不少游客在那里购买明信片。等店员闲下来时，我看了下化石展柜。跟罗斯玛丽说的一样，鲍鱼壳跟各种传统贝壳在一起销售。我曾好奇礼品店是否宣称鲍鱼壳也跟木乃伊一样来自智利，但实际上，有卡片说它们来自加州阿尔塔海岸的圣罗莎岛，发现于史前聚居地的垃圾堆里。

采购的游客减少后，礼品店的店员来到我身旁。也许他已习惯于顾客对贝壳化石源自垃圾堆的描述产生顾虑，便解释起这些化石的特殊之处。“它们不仅出自本初贝类，还被本初人类触摸过。由上帝亲手创造的人类曾把它们握在手里。”

我告诉他我对鲍鱼壳化石感到好奇，想知道它们是否跟木乃伊一样，也是被教会考古学家所发现。

“它们是私人收藏家捐赠的，卡片上的信息也是由他提供的。”

我问他能否告诉我收藏家的名字，他问我为什么想知道这个。我向他介绍自己是一名考古学家，他告诉我他叫达尔。我说圣罗莎岛唯一一次考古发掘由加州阿尔塔大学资助，发现的化石都已成为大学博物馆的藏品，所以私人手中不应该有本初鲍鱼壳化石。

“我不清楚这一点，”他说，“如果我知道这个信息，肯定会问清楚。你的意思是它们都是偷来的吗？”

我告诉他我无法确定，也许有别的解释，但是我很有兴趣听一听。

达尔先生明显很担心，“我们以前接受私人收藏家捐赠，从没产生过来源纠纷。”他查找了账目，为我写下捐赠者的姓名和地址：一位名叫马丁·奥斯本的先生，使用旧金山的邮政信箱。“巡展开始前不久，他挑选大批化石送来，要求不能卖高价，好让普通人也买得起。尽管那意味着约塞米蒂教堂的募款会减少，但如此慷慨的态度我也表示赞同。要是他从博物馆偷化石，还会那样做吗？”

我表示不知道，但感谢他的帮助。我告诉他，一旦核实奥斯本捐赠的化石来源，我会写信给他，并建议他为了避免使情况进一步复杂，等收到我的消息之后再继续销售。他表示同意。

现在我要坦白，接下来我撒了谎。原谅我，主。可是如果真涉及盗窃，我想不出其他任何办法来见到这位奥斯本先生。我以达尔先生的名义给他发了一封电子邮件，说我认为他捐赠的化石是偷来的赃物，要立即给他邮寄回去。我还准备了一个包裹，通过火车运送到他在旧金山的邮政信箱。为了跟我的包裹搭乘同一趟火车，我退掉机票，改变明天飞往亚利松那的行程。到达旧金山之后，我只需要盯着邮局，质询来取包裹的人。假如他无法解释如何获得化石，我会向权威部门举报他。然后我乘火车南下洛杉矶，再前往亚利松那发掘现场。

我知道这种手段有多么不正规。如果奥斯本先生提供住宅地址，我可以简单地去他家找他。可他使用邮政信箱，不仅让我很难跟他碰面，还让我认为使这个花招是事出有因。希望我没有仓促得出结论。

主，请向我明示正确的做法。我发觉自己寻找答案的渴望虽然在科学工作中必不可少，可在此之外却并不总是容易接受。请您帮我了解什么时候该不断追寻，什么时候该抛开疑虑。请让我一直保持好奇，但绝不要疑心重重。

阿门。

*　　　*　　　*

主啊，我投身于您的怀抱，回顾今日，请您照耀我的心灵，让我也可以在一切过往中明鉴您的恩泽。

跟我所担心的一样，礼品店的化石确实是被盗的，但我不想局限于此而不顾其他。今天我有很多理由想起您，哪一个我都不能忽视。

在旧金山，我完整度过的第一天开始时很好，谢谢您让我在酒店的床上充分休息，几天或者说几夜的火车旅行让我的身体透支很多。在火车上我从来休息不好，所以最不喜欢乘火车旅行。与之相比，我宁可坐汽车穿越沙漠，在星空下入眠。

主，旧金山是一个没人能忘记您存在的城市。我刚离开酒店，一位募捐者就要我给约塞米蒂大教堂捐款。他们可能蹲守在每家酒店门口，把外地人当成目标，因为每个本地人都已不胜其烦。我没有捐钱，但我确实欣赏募捐者身旁宣传板上的绘画，上边可爱地描绘了大教堂完工后的样貌。其中一幅画的是夕阳下的教堂主观众席，让我感到印象颇为深刻。我曾了解到，主观众席的地面距屋顶三百多米，绘画充分展现了它的宏伟。

主，没人能否认您在地球表面塑造了无与伦比的美景。我幸运地造访过三块大陆，见过白垩崖、砂岩谷和玄武岩柱，全都非常壮观。可它们只是表面的装饰，明白这一点减弱了我的欣赏程度。也许是我的科学思维让我想要深入观察。我更敬畏的是所有地表特征之下的花岗岩，真正组成地球的岩石海洋。每当我看到花岗岩裸露出来的那些地方，地球的真正精髓就展现在眼前，我都感到与您的杰作更紧密地联系在一起。

约塞米蒂峡谷就是这样一个地方，真希望我能在一个世纪前造访，当时那里的原始自然还未被染指。我看过那里被掏空之前的岩石群照片，自然是极其壮观。我无意批评主教辖区的决定，但也许我就是在批评。原谅我，主，我知道约塞米蒂大教堂建成时将会让人敬畏，我希望有生之年能够亲见，它很可能会让无数人向您靠拢。我只是忽然想到，花岗岩山峰本身也可能有同样的效果。

随着我们即将进入二十一世纪，用无数金钱和几代人的努力建设大教堂是最佳选择吗？我对此提出质疑有错吗？用时比人类一生还久的建筑工程能赋予参加者超越世俗的远大志向，我赞同这一点，甚至理解在地球根基开凿大教堂，作为人类和神圣建筑见证的动机。可就我而言，科学才是真正的现代大教堂，一座知识的殿堂，一棱一角都像石质建筑那样壮美。它能实现约塞米蒂大教堂的所有目标，甚至更多。我希望有更多人意识到这一点。

也许我只是羡慕教会的筹款能力，原谅我这一点，主。他们在努力歌颂您的荣耀，跟我们科学群体一样，所以我无法极力反对。我们的共性远胜于差异。

我来到马丁·奥斯本接收邮件的邮局，坐在街对面公交车站的长凳上。我用彩色胶带封住包裹，以便他离开邮局时我方便认出，接下来就是等待和观察。人们到车站上车，我还得继续坐着，感到特别尴尬。一个小时，两个小时，我不止一次怀疑自己是否走错了方向，主啊，我更习惯于搜寻骨头而不是活人，毫无追踪和伪装技巧。

最后我看见了自己准备的包裹，但是差点错过，因为我一直以为会是个男人来取，但是恰恰相反，一位年轻女性把它抱出来，放在路边招呼出租车。她年纪轻轻，不超过十八岁，也许更小，不可能是博物馆的员工。起初我觉得她肯定是马丁·奥斯本的共犯，也许是被骗参与了他的阴谋。可是后来我发现，跟时常用偏见刺激我的男人一样，我也犯了大男子主义的错误。

我接近她，询问她是不是“马丁·奥斯本”。她犹豫许久，接受了被我发现的事实，只好说：“没错，我就是。你邮寄的包裹？”我说是的。我已经准备好要对盗贼愤然提出尖锐的指控，可是面对一位年轻女性，我不确定该如何行动。我作了自我介绍，她说她叫威廉敏娜·麦卡洛。她的姓氏听起来耳熟，我突然产生疑惑，问她跟内森·麦卡洛是不是亲戚。她回答：“他是我父亲。”

这让事情有了眉目。女孩是加州阿尔塔大学位于奥克兰的自然哲学博物馆馆长的女儿。馆长女儿出现在储藏室里，不会让员工怀疑。

她问我："也就是说，这个包裹里没有任何化石，对吗？"我告诉她没有，她捡起包裹扔进旁边的垃圾筒里。"那你找我有何贵干？"

我说她可以先解释为什么要从她父亲的博物馆偷盗。

她说："我不是窃贼，莫雷尔博士。窃贼为了自己的利益偷盗，我拿走化石是为上帝着想。"

我问她如果想支持约塞米蒂大教堂建设，为什么又要低价出售化石，她说："你以为我想为大教堂筹款？我根本不在乎，我只想让更多人能欣赏到化石。我愿意免费送出，可那样的话，谁会相信它们是真的呢？我也没法自己出售，所以才把它们捐给能够销售的人。"

我说人们可以去博物馆欣赏化石。

"没人能看见我拿走的化石，它们都在橱柜里招灰。大学没道理收集这么多不能展出的东西。"

我告诉她，所有博物馆馆长都希望他们能展出更多收藏，他们会把藏品轮流展出。

她回应说："有不少藏品永远也不会被展出。"我无法否认。她从皮夹里掏出一件本初蛤壳，上面有年轮环绕着中间光滑的部分。"跟别人谈论上帝时我把这拿给他们看，看到的人都颇受感动。想想这些锁在博物馆库房里的化石能让多少人增强信仰，我是在让它们物尽其用。"

我问她从博物馆拿化石已经多久了，她说她最近才开始。"人们的信仰很快就会受到考验，其中一些人需要安抚，所以说利用化石很重要，它们可以消除疑虑。"

我问她会有何种对信仰的考验，她说："有一篇论文即将发表，我之所以知道是因为我父亲受邀审阅。当大家读到这篇论文，很多人将失去信仰。"

我问她论文是否让她产生信仰危机，她显得不屑一顾。"我的信仰毫不动摇，"她说，"可是我的父亲……"

我难以想象她父亲会经历信仰危机，因为作为科学家，他最不可能动摇。我问威廉敏娜是哪方面的论文，她说："天文学。"

我承认，主，我从没对天文学有多少尊重，它总让我觉得是最乏味的科学。生命科学似乎没有尽头，每一年我们都发现动植物的新物种，更加欣赏您的心灵手巧。作为对比，夜空是如此有限，所有五千八百七十二颗恒星在一七四五年就已被详细记录，从那时起就再没有新发现过一颗。每当天文学家更加仔细地研究其中一颗恒星，都会发现它在大小和组成上跟其他每一颗都一模一样，图什么呢？恒星的特性如此之少正是它们的本质特征，它们是凸显地球的杰出背景板，让我们意识到自己是多么特殊，选择研究它们就像是选择品尝盛菜的盘子。

天文学论文也许会让人们无法抓住重点，对此我不完全感到意外，不过我本以为受影响的应该是外行人而不是科学家。我问威廉敏娜论文写了什么，她说是"无稽之谈"。我让她详细说说，可她只是说那是一个旨在逐渐灌输疑虑的理论。"都是基于某人在望远镜中的观测！"她说，"我送出的每块化石都是一个可以握在手中的证据，你知道它讲出了真相，因为你可以感受得到。"她把蛤壳放在我手里，让我的拇指在贝壳光滑部分与环形部分的分界线上来回抚摸。"怎么会有人对此表示怀疑呢?”

我告诉威廉敏娜，我会跟她父母谈谈她做的事情，她似乎毫不担心。“我不会因为让人们更接近上帝而道歉。我知道这样做违反规则，可是需要改变的是规则，而不是我的行为。”

我告诉她人们不会只因为不赞同规则就违反规则，如果人人都那样做，社会就会停止运转。

“别傻了，”她说，“你假冒达尔先生发邮件的时候也撒谎了。那是因为你相信我们都应该随意撒谎吗？当然不是。你考虑过情况，并断定撒谎是合乎道理的。你准备为自己的行为负责，不是吗？我也一样。这才是社会需要我们做的，而不是让我们盲目地遵守规则。”

真希望我在她的年龄也有这样的自信，更确切地说，我希望此时此刻就拥有她的自信。主，只有做现场工作时，我才确信自己在追随您的意志。一旦遇到眼下这种事情，我总会有些游移不定的想法。

“我父亲今天去萨克拉门托，”威廉敏娜说，“假如你想跟他谈，可以明早九点前来我家。”她给了我她家地址。

我说她明天最好也在，她看上去像受到了侮辱。“我当然会在场，我不以自己的做法为耻。你没听明白吗?”

明天我去跟麦卡洛博士及其夫人说明情况。事情的发展跟我离开芝加戈时所预想的不尽相同。我原准备把罪犯绳之以法，结果却要去向父母通报他们的孩子行为不端，或者我应该说他们的女儿行为不端。她既不是孩子也不是罪犯，可我也不确定她究竟扮演着怎样的角色。如果她是一名罪犯，我就会更清楚自己的立场，可事实是，我很困惑。

主，即使想法不同，也请帮助我理解别人的处境。与此同时，请赐予我力量，让我不要因为别人出于好心就忽视他们的罪行，请让我保持怜悯之心，但也要忠于信念。

阿门。

*　　　*　　　*

主啊，我对今天听到的内容感到害怕，无比需要您的指引。请帮助我理解发生的一切。

今天我乘渡轮前往奥克兰，从那乘出租车到达威廉敏娜给我的地址。一位女管家打开门，我作了自我介绍并告诉她我需要跟麦卡洛夫妇说下他们女儿的事情。一分钟后他们出现了。“你是敏娜的老师吗?”麦卡洛博士问。

我解释说我是波士顿自然哲学博物馆的考古学家。麦卡洛夫人认出我的名字。“那些科普文章是你写的，”她说，“你怎么认识我们的女儿?”我建议我们去屋里说，他俩回头看看站在身后楼梯上的威廉敏娜，把我让进屋。

进入麦卡洛博士的书房后，我陈述了自己是如何怀疑化石从博物馆的储藏室被拿走，以及如何发现威廉敏娜是幕后主脑。麦卡洛博士转向威廉敏娜，问她是不是这样。“是的。”她宣称，既没有羞愧，也不是挑衅。

麦卡洛博士显然不愿相信。“你究竟为什么要那么做?”

“你知道为什么，”她说，“是为了提醒人们你已经忘记的事情。”

他涨红了脸，说道:“回你房间，待会儿去跟你讨论。”

“我现在就想讨论，”她说，“你不能一直否认——”

“按你父亲的要求做。”麦卡洛夫人说。威廉敏娜不情愿地离开，麦卡洛博士转向我。

“谢谢你告诉我，”他说，“你可以放心，不会再有大学藏品离开储藏室。”

我告诉他，我很感谢他这样说，但我想知道是什么促使威廉敏娜那么做。她似乎受到了麦卡洛博士的说法或行为的刺激，是这样吗？

“这与你无关，”他说，“我们会把这件事当作家庭内部事务处理。”

我告诉麦卡洛博士，我无意打探，但是博物馆理事委员会也许会对偷窃行为表示关注，这很合理。我需要更详细的解释，才可以心安理得地不向委员会报告。我问他假如我俩交换位置，他是否会接受他给我的解释。他对我怒目而视，严肃得仿佛我是他的下属。我也可以置身事外，但我没有，所以我们似乎陷入了僵局。

然后麦卡洛夫人对他说：“告诉她论文的事，内森。她大老远赶来，而且不久之后，所有人都会看到。”

麦卡洛收起脾气。“好吧。”说完他走到书桌前，拿起一份手稿，“我按要求审核一篇即将发表在《自然哲学》杂志上的论文。”他把手稿递给我，我看见标题是《论太阳和以太的相对运动》。对于以太我只有外行人的理解，知道它是承载光波的媒介，就像呼喊声顺风比逆风传播更远，光速随着地球自身在以太中的运动而变化。我把这些说给麦卡洛博士听。

“就你说的这些内容而言，你理解得对。不过精细的测量表明，光速的变化不单单是由地球绕太阳运动引起的。相反，似乎有一股稳定的以太风从整个太阳系吹过，大多数物理学家认为这无关紧要，但是天文学家亚瑟·劳森提出了另一种解释：太阳其实不是静止的，而是相对本身静止的以太做运动。”

这似乎有点像观察到风不间断地吹过沙漠，然后得出沙漠运动但大气静止的结论。麦卡洛博士以为我要反对：“没错，这听起来似乎颠倒黑白，但是容我往下说。劳森猜，还存在另一颗恒星，它跟太阳之间的相对运动同以太和太阳之间的相同。这颗恒星与以太相对静止，也就是真正意义上的绝对静止。

“天文学家最近才开始测绘正确的恒星运动，但是他们探测到了一些明显的模式，所以劳森把目光投向恒星速度接近以太风速度的天空区域。他找到不少运动速度接近以太的恒星，但没有一个完全匹配。

“然后他偶然发现了波江座58。根据它的多普勒频移，劳森测出波江座58正以每秒数千英里的速度飞向地球。这个发现本身很了不起，可是后来的测量表明，它的运动反复无常，有时同样会以每秒数千英里的速度远离我们。”

我说那显然是由某种测量误差造成的。

“那正是他最初的猜测，但是排除每一种能够想到的错误源之后，他邀请其他天文台的天文学家一起观测。他们确认了他的发现，并确定波江座58的运动变化周期是精确的二十四小时。劳森相信它按圆周轨道运行。”

我问它是否绕更大的天体运行，他说以那种方式运行的物体不可能受到重力的束缚，这违背我们已知的所有天体动力学。我问他是否认为这算一个奇迹，是不是我主您持续有效地影响世界的终极确凿证据。

“当然是，”麦卡洛博士说，“但这个奇迹的意义是真正的问题。它告诉了我们上帝的什么意图？

“劳森提出一种解释，他指出波江座58其实围绕一颗更小的天体运行，小到我们无法探测，是一颗类似地球大小的行星。恒星以这种方式运行，为一颗静止的行星提供二十四小时的日夜周期。他相信这构成了一个地心太阳系。

“他还提出，波江座58环绕的行星相对以太是静止的，这意味着它是宇宙中唯一绝对静止的物体。在且仅在那颗天体上，无论朝哪个方向的光速都是完全相同的。虽然没有方法探测那颗行星上是否存在生命，但是劳森认为，那里是有居住者的，而且居住者是上帝创造这个宇宙的原因。”

我一时无语，然后问劳森如何解释地球人和地球生命的存在。麦卡洛博士从我手中拿回手稿，翻到他要找的章节，然后递还给我。

阅读论文，我发现劳森为人类的存在提出三种猜想。一、人类是另一次创世行为的结果，一场试验或测试，旨在为真正创世预演；二、人类的诞生是无意中的副产品，因为我们的太阳系类似波江座58，所以被它引发“共振”；三、地球上的人类才是真正的创世结果，波江座58那边的才是预演或副产品。他自己排除了最后一种可能，因为如果我们假定奇迹表明了您的意图，那么，主啊，像恒星围绕行星公转这种持续的奇迹，肯定明确表示出您觉得什么最重要。

劳森论文的结尾说，他的很多结论必然都是推断性的，他欢迎大家提出同样或更加符合观测结果的假说。我盯着论文，试图提出别的解释，却一无所获。然后我看看麦卡洛博士，他点点头，仿佛我是得出正确答案的学生。

“这是个引人入胜的理论，”他酸溜溜地说，“如果你考虑到它解开了许多未解之谜，就更是如此，比如语言的多样性。”

我认识到他说得没错。为什么世界上的语言大不相同？语言学家费尽力气协调不同语言跟地球年龄和语言分化速度的关系。如果您让所有本初人类掌握共同的语言，我的主，那我们会发现世界上的语言都有一种谱系间的相似性，比如印欧语系。然而，世界语言间存在极其巨大的差异，这意味着创世之后肯定立即就有十多种完全不相关的语言投入使用。主啊，长久以来，我们好奇您为什么要那样做。如果本初人类的不同人口各自独立发明出语言，谜团就不攻自破，语言多样性源自偶然，并非有意设计。

“那么，现在你明白了，”麦卡洛博士说，“这篇论文很快就将发表，所有人都会读到。我本打算建议驳回，却找不到任何这样做的根据。我对科学实践的承诺让我不得不批准这篇论文，”他愁容满面，“可是，如果整个科学实践都建立在虚假的前提下呢？我小时候总希望，上帝赋予本初人类书写能力，这样他们就会记下新星出现在夜空的日期。然后我们就会知道每颗星星间的精确距离，因为我们会知道——精确到天——每颗恒星的光哪一天到达地球。可是，如果恒星出现之后好久人类才发明书写，那么，天文学家就得被迫使用更加间接的方法推导它们的距离，我的老师们告诉我上帝想让我们自己推算出结果。可如果那不是真的呢？如果——”他的声音沙哑，“如果上帝对我们根本没有打算呢？”

这就是威廉敏娜提到的信仰危机。我笨拙地试图安慰，说这是无比令人费解的发现，但我们仍然可以保留对上帝的信仰。麦卡洛博士喊道："那你就什么也没理解！"

他妻子碰了碰他的手，他把她的手握住，努力控制自己的情绪。两人沉默了一会儿，然后麦卡洛夫人转向我说："我们曾有个儿子叫马丁，比威廉敏娜大十岁，死于流感。"

我告诉她我感到遗憾，还想起"马丁"是威廉敏娜捐献化石时用的名字。

麦卡洛博士说："你没有孩子，所以没法理解丧子之痛。"

我承认他说得没错，还说现在我认识到这个发现对他俩来说特别艰难。

"你真这样看？"他问。

我告诉他我自己的猜测，为了让他儿子离世变得可以承受，只有认为那是宏伟蓝图的一部分。可是如果人类不是我主您关注的重点，那么也就不存在什么宏伟蓝图，他儿子的死也就没有意义。

麦卡洛博士一直板着脸，但他妻子却在点头。"我喜欢您的书，莫雷尔博士，"她说，"它们让我想起内森说过的话，当时我还是他的学生，我们还没结婚。在课上，他谈到科学研究如何为信仰提供最坚实的基础，他说：'个人信仰也许会动摇，但是物质世界不可否认。'我相信他的话，所以马丁去世后他全身心投入研究。那不仅仅是他的慰藉，也是我的慰藉。"

"我成功了，"麦卡洛博士平静地说，"我发现了太阳内部的波振荡，上帝最初发起引力坍缩产生光和热而对太阳进行压缩的回响。"

"这就如同在我们的世界中发现了上帝的指纹，"麦卡洛夫人说，“当时这给了我们所需的全部信仰保证。”

“可是现在，我怀疑它是否有意义，”麦卡洛博士说，“所有恒星内部一定都有波振荡，我们并无特别，没有任何科学发现具有意义。”

我告诉他科学可以是我们的治病良方，但那不应该是我们投身科学研究的唯一原因。我说我们有责任追求真理。

“科学研究不仅仅是为了追求真理，”他说，“还是为了知晓存在的意义。”

我没有回应。一直以来，我认为这两者是一致的，可如果它们不一致呢？

我不知道现在该怎么想，一想到您可能从来都没有听我表达，我就感到害怕。

*　　*　　*

亲爱的罗斯玛丽：

我过去的几周颇为艰难，远超我的预期。我写信是要通知你，我已经暂时离开了亚利松那发掘现场。

如我在上封信中所述，我以为自己能够参与发掘，尽管发生了很多事情，我相信对考古发掘的喜爱会帮我渡过难关。结果，实际情况没有达到我的预期。劳森的发现播下的疑虑，像老鼠一样撕咬着我。几天前我从土壤基质中移出矛尖时居然在想，这有什么意义？我们在这里做的一切都无关紧要。我得停下工作，因为害怕出于沮丧而用锤子砸碎一件文物。就在那时，我知道自己必须离开发掘现场。我不知道自己是否真会那么做，然而，仅仅是闪念一想就让我明白，我的精神状态已不适合在那里工作。

我住在距离发掘现场一个小时路程的出租木屋，我无法向任何人解释我离开的原因，因为我不方便公开讨论劳森未发表的论文，也许这助长了我在现场时的孤独感，但我认为更大的原因在于我感觉疏远了上帝。我需要时间来决定下一步该怎么办。

你问教会是否应该像非宗教科学团体一样对这个发现感到不安。我的回答是肯定的，他们应该感到不安。然而，教会总是能从有用的证据中获取力量，不顾无用的证据。以亚当和夏娃的故事为例，本初人类的骨骼在全世界被发现后，教会愿意承认它不完全是真实的，但他们坚称，这个故事作为寓言仍具有重要意义。你我以及其他每一位女性只因为惯例，还继续生活在夏娃的阴影之中。所以我认为，他们会以同样的方式搪塞这个发现，并用其倡导他们一直以来的价值观。

我猜有人会争辩说，多元发生说理论已经流行了几个世纪，所以考古发现证实它的时候，大家并不惊讶。这点不假，教会科学家一直在努力解释，一对男女是如何快速让地球住满人类，所以他们私下一定仔细考虑过不同的理论，才被迫改变他们的官方立场。相反，在读到劳森的论文之前，我从未听过有关人类并非创世目的的严肃论断，所以教会重新展现教条主义之前，也许会跟我一样困惑。

对于我这种世俗科学家而言，问题在于我的信仰首先是基于证据形成的。我承认自己以前没有领会天文学对于理解我们身份的意义，但是现在我明白了。如果我们把人类是创世的原因当作前提，那么，这个前提在天空中的反映应该跟在我们脚下地面上同样多。假如人类是宇宙的核心证据，假如人类是一切的中心，那么，对于天体的深入研究应该揭示这种特殊地位，我们太阳系应该是一切运动物体中固定的那一点，我们的太阳应该保持绝对静止。假如证据不支持这个前提，那么，我们要问自己，究竟该忠于什么信仰呢？

罗斯玛丽，如果这没有令你和阿尔弗雷德像我一样感到不安，我也理解。我不知道劳森的发现尽人皆知以后大众会有何反应。威廉敏娜·麦卡洛认为别人的反应会跟她父亲一样，我觉得她是对的，我希望自己没有受到如此深入的影响，希望我们能对让我们烦恼的事情作出选择，但我们不能。

如果你发现这确实令你不安，记住，你可以跟我探讨你的想法，不管采取什么方式。虽然我们必须找到各自的出路离开这片疑云，但只有相互支持才能达成目标。

深爱你的表姐，

多萝西娅

* * *

主，也许您没听到我的祈祷，但是我祈祷不是希望能影响您的行为，而是为了影响我自己的行为。所以现在我祈祷，两个月来的头一次，即使您没在听，我也需要祈祷帮我澄清思路。

我离开发掘现场是因为害怕劳森的发现让整个项目失去意义，詹森博士发现的矛尖如此激动人心的原因在于保留了足够的矛杆，我们觉得也许可以使用年轮精确推算制造它们的年份。假如能辨别出石头打磨技术的发展趋势，我们希望了解创世之后的前几代人中，打磨者的技术是增强还是衰退，并由此知道我主您对人类知识持何意图。但是它所基于的假设是，本初人类是您意志的最直接表达。假如人类的诞生并非您故意为之，那么，本初人类掌握的任何技能都不能告诉我们您的任何意图。他们的天赋是纯粹的偶然。

自从住进木屋以来，我花了很多时间思考本初人类掌握多少知识。他们不能像新生儿一样，来到世上时脑中一片空白，因为这样的话他们很快就会饿死，连老虎幼崽都得跟母虎学习狩猎。在死去之前，人类不可能从基本原则开始学习寻找食物，本初人类肯定了解狩猎和建造居所的知识。主，那也是您主导的一项试验吗？用来确定物种生存所需的最小技能包？或许那是另一种偶然的副产品，是您给波江座58星系的本初生命灌输信息所产生的微弱回响。

还有一条信息，就跟生存技巧一样至关重要。我认为本初人类吸入第一口气的时候就知道，他们的诞生是有原因的，我不停地思考他们不知道这个原因的可能性。在诞生后的几天里，他们一定既害怕又困惑，而非充满骄傲与渴望。我想象过这究竟是什么感觉：醒来时已发育成熟并掌握一定技能，却没有过去的记忆，迷失在遗忘的世界中。这令我感到害怕，甚至比我过去几周经历的更吓人。

这又引发了另一个问题：如果不是出于神圣的目的，本初人类为什么着手创建文明？摆脱寒冷和饥饿会促使他们获得生活必需品，可他们为什么要超越基本需求？主，如果不是执行您的意志，他们为什么要创造成就人类今天的艺术与科技？

我不知道，但我已得出一个推测。

考古学也许不像物理学那样严密，但它以物理学作为基础。物理定律使研究过去成为可能，深入研究宇宙状态，我们就能推断出前一时刻的状态。每个时刻不可阻挡地追随着前一时刻，也不可避免地被后一个时刻追随，环环相扣铸成一条因果链。

然而创世时刻是所有因果链的端点，我们可以通过推理回到那一时刻，但无法进一步向前推理，所以说，万物诞生是一个奇迹，因为那一刻的事件不是前一刻的必然结果。威廉敏娜保留的本初蚌壳确实是某种证据：不能证明上帝对人类的打算，却能证明奇迹的存在。年轮终点的边界，标志着物理定律解释能力的极限。我们可以从中获得启迪。

我认为还有另一类事件同样不属于因果链：意志行为。自由意志是一种奇迹，当我们作出一个真正的选择，就会带来一个无法归结为物理定律在起作用的结果。跟宇宙诞生一样，每个意志行为都是第一动因。

假如我们没有创世奇迹的证据，也许会认为物理定律足以解释宇宙之内的所有现象，导致我们得出结论，认为人类自己的意志只是自然的进程。但是我们知道，观察到的现象超出了物理定律的范畴，奇迹会发生，而人类选择肯定是奇迹之一。

我相信本初人类曾有过一个选择，他们发现自己处在一个充满可能性的世界，但是缺乏引导，不知该做什么。他们没有按照我们的预期仅仅生存于世。相反，他们寻求提升自我，因为他们也许会成为自己世界的主宰。

我们科学家也面临类似的处境，一直有证据在等待我们去发现：没有年轮的树，没有肚脐的木乃伊，波江座58的运动。

如何利用这些证据取决于我们，我们一直用这些证据来限定生命的价值，但这不是必需的。我们可以选择这么做，也可以选择不这么做。

我一生致力于研究了不起的宇宙机理，因此也得到一种满足感。主啊，我一直认为自己的行为是在秉承您的意志，这也是您创造我的原因。然而，如果您真没有构思我存在的意义，那么，这种满足感只能从我的内心呈现出来。我得到的启示是，我们人类能够为自己的生命创造意义。

我没有宣称这条路很容易。除了希望麦卡洛夫妇在失去儿子的情况下弄清生命的意义，我向他们提供不了任何帮助。即使相信神圣计划存在，我们的生命也常常艰难，而我们一直在坚持。如果说我们一直在依靠自己，那么，没有神圣计划而取得的成功正是我们自身能力的明证。

所以，主啊，不管是否在您的明鉴之下，我都要回到亚利松那发掘现场。即使人类不是世界诞生的原因，我仍然希望理解它的运行原理。我们人类也许不是为什么存在的答案，但我将不停寻找如何存在的答案。

这次发掘研究是我的行为，不是因为您为我作了选择，主，而是因为我自己作了选择。

阿门。

[后记]

如今的年轻地球创造论过去曾被当作常识，直到十七世纪人们还广泛认为世界的起源时间不长。然而，当自然主义者们更加仔细地审视身处的环境，他们发现了质疑这个假说的线索。过去四百年来，线索成倍增长，相互联系，形成了可以想到的最明确的反驳。如果最初的假说被证实，世界会是什么样子？这让我感到好奇。

某些方面容易想象：树木没有年轮，颅骨没有骨缝。可是当我开始思考夜空，回答这个问题就变得困难许多。现代天文学很大程度上以哥白尼原理为前提，它说我们不在宇宙中心，也并没有在特殊位置观察宇宙。这几乎与年轻地球创造论背道而驰，就连爱因斯坦的相对论都以速度不影响物理为前提，是哥白尼原理的外延。但对我而言，如果人类真是宇宙万物被创造出来的原因，那相对论就是错的。物理现象在不同条件下应该表现不同，而且应该可以检测得到。

耿辉　译

焦虑是自由引起的眩晕

奈特本可以抽根烟，可是公司规定禁止在店里吸烟，所以她只能越来越紧张。时间已是三点四十五分，莫罗还没回来。如果他不及时回来，奈特不确定该如何解释，只好发信息问他在哪儿。

正门打开时发出一声铃响，可是来人不是莫罗，而是一个穿着橙色运动衫的家伙。“你好？我有一台棱镜出售。”

奈特收起手机：“我们检查一下。”

他走过来，把棱镜放在柜台上，是较新的型号，有公文包那么大。奈特把它转过来，好看清一端的数字读数：激活时间只有六个月，百分之九十的数据簿还没有使用。她展开键盘，露出显示屏，点击上线按钮，然后等待了一分钟时间。

“他也许赶上堵车了。”橙衫男犹豫不决地说。

“没关系。”奈特说。

又过了一分钟，就绪指示灯亮起，奈特输入：

键盘测试

几秒钟后回复出现：

看起来没问题。

她切换到视频模式，屏幕上的文字变成效果粗糙的图像，正对着她的是她自己的脸。

她的平行自我朝她点点头说："麦克风测试。"

"一清二楚。"她回答。

屏幕切换回文字，奈特没认出平行自我一直戴着的项链，要是他们最后买下这台棱镜，她会问她在哪儿买的。她重新看向橙衫男，给出了一个报价。

他的失望溢于言表："就值这点？"

"就值这些。"

"我以为这些设备越老越值钱呢。"

"确实是，但也不会马上就涨价。如果这台是五年前的，我就不这么跟你谈了。"

"要是另一条时间线发生了非常有意思的事儿呢？"

"嗯，那会值点钱。"奈特指着棱镜问，"另一条时间线发生有意思的事儿了吗？"

"我……不知道。"

"要是想多卖点钱，你得自己研究一下再来找我们。"

橙衫男犹豫不决。

"如果你想考虑下，可以以后再来，我们一直都在。"

"能给我点时间吗？"

"不着急。"

橙衫男操作键盘，跟他的平行自我交流了一下。结束之后，他说："谢谢，我们以后再来。"说完他合上棱镜离开了。

店里的最后一位顾客结束了交谈准备结账，奈特进入顾客一直在使用的隔间，检查棱镜数据使用情况并把它搬回库房。

等她收好钱款，三名预约了四点的顾客已经到店，其中就包括预定了莫罗带走的那台棱镜的顾客。

“稍等，”她对顾客说，“我给你们登记。”她到库房给另外两位顾客取出棱镜，刚在隔间设置好，莫罗就从正门走进来，怀里抱着一个大纸箱。奈特在前台迎上他。

“你差点迟到。”奈特瞪着他低声说。

“是，是，我知道时间安排。”

莫罗搬着超大号纸箱进入库房，出来时拿着棱镜，在隔间里为第三位顾客设置好，还有几秒钟时间。四点整，三台棱镜的就绪指示灯亮起，所有顾客都开始跟他们的平行自我交谈。

奈特跟莫罗来到前台后边的办公室，莫罗坐到桌旁，仿佛什么都没发生一样。“话说，”奈特问，“怎么去了那么久？”

“我跟疗养院的一名看护交谈来着。”莫罗刚刚是去见他们的一位顾客。杰西卡·厄尔森是一位七十多岁的寡妇，没多少朋友，唯一的儿子更像是个负担，无法给她带来安慰。差不多一年前，她开始每周来跟她的平行自我交流一次。她总是预定一个私人包间，以便使用语音交谈。几个月前，她摔倒造成臀部骨折，进了一家疗养院。既然没法来到店里，莫罗就每周把棱镜带到她那儿，让她继续定期交流。这违反了“我聊”公司的规定，但是厄尔森夫人花钱请他帮忙。“看护把厄尔森夫人的情况告诉我了。”

“什么情况？”

“厄尔森夫人感染了急性肺炎，”莫罗说，“他说臀部骨折后多发急性肺炎。”

“真的吗？臀部骨折怎么会导致肺炎？”

“这家伙说是因为不经常活动，而且依赖氧气，造成呼吸很浅。不管怎么样，厄尔森夫人肯定得了肺炎。”

“严重吗？”

“看护认为她不出一个月就会去世，最多两个月。”

“噢，那可太糟了。”

“是啊，”莫罗用他短粗的手指挠了挠下巴，“不过我有个想法。”

这不意外。“这回是什么计划？”

“这次不需要你，我自己能行。”

“不需要拉倒，我事情多着呢。”

“对，今晚你要参加互助会，进展如何？”

奈特耸耸肩：“很难说，我觉得有进展。”

*　　　*　　　*

每台棱镜（Prism）——这个名字接近原始名称“普雷加[1]平行世界通信仪”的首字母缩写——有两个发光二极管指示灯，一个红色，一个蓝色。当一台棱镜被激活，设备内部进行量子测量，产生两种概率相同的可能结果，一种结果通过亮起的红色发光二极管指示，另一种结果通过亮起的蓝色发光二极管指示。从那一刻开始，棱镜允许信息在泛波函数的两个分支间传输。通俗点说，棱镜产生了两条分叉的时间线，一条时间线中红色发光二极管亮起，另一条时间线中蓝色发光二极管亮起，棱镜允许我们在两条时间线间通信。

1　物理学家雷纳·普雷加曾构思过一种在平行世界间传递信息的设备。

棱镜使用由磁阱隔离的离子阵列交换信息，当棱镜被激活，泛波函数分成两支，这些离子仍处在相干叠加态，仿佛在刀刃上获得平衡，跟每个分支都能通信。每个离子可用于从一个分支向另一个传输1比特信息，要么是0，要么是1。读取0/1的操作会引起离子退相干，永久性地把它从刀刃上撞向一侧，传输下一位信息需要另一个离子。你可以用离子阵列传输按文本编码的一系列比特，如果离子阵列足够长，你可以传输图片、声音，甚至视频。

要点是，棱镜并不像联系两个分支的无线电，激活一台也不能启动发射器来让你追踪它的频率。它更像是由两个分支共享的便笺簿，每次有信息传输，最上边的一张便笺就被撕掉。一旦便笺用光，两条分支就无法继续传输数据，只能各自发展，从此再也无法跟另一个平行世界交流。

自从棱镜发明以来，工程师们一直致力于增加离子阵列容量，最新型的商用棱镜数据簿容量有1G字节，如果只通过文本交流，那足够你用一辈子，但不是所有消费者都满足于此，许多人需要实时对话功能，最好能有视频。他们需要听见自己的声音，或者跟自己的面孔对视。即使是低分辨率、低帧率的视频，也能在几个小时内耗光棱镜的所有数据簿。为了尽量延长棱镜的使用寿命，人们往往依靠文字或语音交流，只偶尔使用视频。

*　　　*　　　*

丹娜四点钟的预约对象通常是一个名叫特蕾莎的女人。特蕾莎在丹娜这儿咨询刚超过一年，主要是因为无法维持长期的情感关系才寻求治疗。丹娜起初以为她的问题源自父母在她青少年时期离婚，现在又觉得特蕾莎容易见异思迁。在上周的治疗中，特蕾莎告诉丹娜她最近碰见一位前男友，五年前她曾拒绝他的求婚，如今他已经跟别人幸福地步入婚姻殿堂，丹娜希望她们今天能继续谈谈那件事。

特蕾莎通常会用一些客套话来做开场白，但这次没有。她一坐下就说："今天午休我去了水晶球公司。"

丹娜问："你问他们什么了？"心里已经在猜测答案。

"我问他们能不能查明，如果我跟安德鲁结婚会怎么样。"

"他们怎么说？"

"他们说也许可以。我还不明白工作原理，他们那儿有人给我解释了一下。"特蕾莎没有问丹娜是否了解工作原理，她需要深入谈谈，这是好现象。通常这种情况下，只需要丹娜稍微一点拨，她就能打开心结。"他说引起两条时间线分叉的不是我决定跟安德鲁结婚与否，而是激活一台棱镜。他们可以检查一下在安德鲁求婚前那几个月被激活的棱镜，向那些平行分支里的水晶球公司发出请求，他们的雇员会查询平行世界里的我，看她们有没有跟安德鲁结婚。如果找到嫁给安德鲁的，他们会采访她，再把她的回答告诉我。但是他说不保证能找到这样的分支，只要发出查询请求就得花钱，所以不管能否找到，他们都得收我钱。如果想采访平行世界里的我，还要额外付款。因为要使用五年前的棱镜，所以一切都很昂贵。"

丹娜很高兴水晶球公司能开诚布公，她知道有数据代理商会说空话，承诺做不到的事情。"那你怎么做的？"

"跟你谈之前我不想轻举妄动。"

“好吧，”丹娜说，“我们谈谈。在水晶球公司咨询结束后你感觉如何？”

“我不知道。他们也许找不到我同意嫁给安德鲁的分支，我没考虑过这种可能性。他们怎么会找不到呢？”

丹娜犹豫是否要引导特蕾莎自己回答，但又觉得没有必要。“这可能意味着你拒绝他并不是随意的决定。也许感觉上摇摆不定，但其实不然。你拒绝他是基于深刻的内心感受，而不是一时兴起。”

特蕾莎若有所思地说：“知道这一点挺好，我想知道自己是否应该先让他们去查询，如果找不到哪个版本的我嫁给安德鲁，那我就可以罢手了。”

“假如他们找到了，你让他们去采访她的可能性有多大？”

她叹口气说：“百分之百。”

“这说明什么？”

“我猜这告诉我，除非确定想知道答案，否则我不应该让他们查询。”

“你想知道答案吗？”丹娜问，“算了，我们换个说法。你希望得到的答案是什么，害怕的答案又是什么？”

特蕾莎停了一会儿，最后说道：“我猜自己希望看到的是，有一个版本的我同意嫁给安德鲁然后又离婚，因为他跟我不合适。我害怕看到一个版本的我跟他结婚，幸福美满。我这样是不是小肚鸡肠？”

“一点都不是，”丹娜说，“这完全可以理解。”

“我猜我必须得决定要不要冒这个险。”

“可以这样考虑。”

“还可以怎样考虑?”

“还可以考虑你从另一条时间线了解到的情况是否真的有助于自己。有可能你从另一条时间线发现的一切都没法改变你在这条时间线的境遇。”

特蕾莎皱眉想了一下。“也许什么都无法改变，可是知道自己作了正确的决定，感觉会更好。”她陷入沉默，丹娜也陪她一起沉默。然后特蕾莎问:“你还有别的客户去找过数据代理商吗?”

丹娜点点头:“很多。”

“总体而言，你觉得使用这种服务是一个好主意吗?”

“我认为这个问题不存在总体上的回答，它完全取决于个人情况。”

“所以你不会告诉我是否应该去寻找答案。”

丹娜笑道:“你明白那不是我应该扮演的角色。”

“我知道，只是觉得问问也无妨。”过了一会儿，特蕾莎说，“我听说有人痴迷棱镜。”

“没错，那有可能发生。实际上我就在协调一个使用棱镜上瘾的互助小组。”

“真的吗?”特蕾莎似乎一下子受到吸引，想知道细节，不过她问的是，“你不打算警告我不要去使用水晶球公司的服务吗?”

“有人酗酒，可我不会建议客户滴酒不沾。”

“我觉得这说得通。”停了一下，特蕾莎又问，“你自己用过那种服务吗?”

丹娜摇摇头:“没有，我没用过。”

"有没有动过念头？"

"没有。"

特蕾莎好奇地看着丹娜："你不好奇自己是否作出过错误选择吗？"

我并不是非得好奇，我知道自己的选择。但是丹娜大声说出口的是："当然好奇，但我努力着眼当下。"

*　　*　　*

由一台棱镜连接的两个分支，除了量子测量结果，起始条件完全一样。除非有人决定根据量子测量结果作出重大抉择——"如果蓝灯亮，我就引爆炸弹；否则我就拆除它"——两个分支才会明显偏离。如果没有人根据量子测量结果采取行动，两个分支会相互偏离多少呢？单个量子事件本身能否在两个分支中引发可观测的改变呢？能通过使用棱镜研究更广泛的历史影响吗？

自从棱镜通信第一次得到展示起，这些问题就成为争论的热点。当数据簿容量为100千字节的棱镜被开发出来时，一位名叫彼得·斯利通加的大气科学家做了两项试验来解决纷争。

当时的棱镜仍是一种需要液氮冷却的大型设备，他计划的试验每项都需要一台棱镜。激活之前，他做了很多准备工作。首先，他在十几个国家征集当前没有怀孕但打算要孩子的志愿者，一年时间内成功生下孩子的夫妻同意对他们的新生儿进行21基因座的DNA测试。然后他激活棱镜，输入指令，发射一粒光子穿过一块偏光滤镜。

六个月后，他安排一家软件代理商获取一个月内的全球天气预报，然后他激活第二台棱镜继续等待。

*　　　　*　　　　*

让奈特高兴的是，不管什么主题的互助小组都有咖啡喝。她不怎么在乎咖啡好不好喝，握着杯子让双手有事可做才是她所需要的。这个互助小组的活动场所——相当典型的教堂地下室——不是她见过的最佳的，咖啡却一直非常好喝。

奈特走过去的时候，莱尔正在咖啡机旁倒咖啡。“你好。”他把刚倒的这杯递给奈特，自己又倒了一杯。

“谢谢你，莱尔。”莱尔参加这个互助小组的时间只比奈特长一点点，大约有三个月吧。十个月前他获得了一份新的工作邀约，但无法决定是否应该接受。他买了一台棱镜，把它当作硬币来抛：蓝灯表示接受，红灯表示拒绝。在这个分支里，蓝灯亮了。于是他接受了新工作，而他的平行自我继续做原来的工作。头几个月里他们都对自己的状况感到满意，但是新工作最初的新鲜感褪去之后，莱尔对自己的职业感到幻灭，而他的平行自我却升职了。莱尔的信心动摇了，跟平行自我通信时，他假装开心，可是羡慕与嫉妒让他挣扎不已。

奈特找了两个挨着的空座。“你喜欢坐在前排，是吗？”

“是的，不过如果你不喜欢，可以选别的位置。”

“没关系。”他们一边坐着喝咖啡，一边等活动开始。

这个互助小组的组织者是一位名叫丹娜的心理医生，她很年轻，年龄不超过奈特，但似乎很清楚自己的职责。要是在以前的互助小组，奈特可能需要这种人的帮助。

等所有人都坐下，丹娜说：“今天有人想第一个讲讲吗？”

“我来吧。”莱尔说。

“好的，给我们讲讲你这周的境况。”

“嗯，我查询了这条时间线里的贝卡。”莱尔的平行自我一直在见一位名叫贝卡的女人，他们是偶然在酒吧认识的。

“馊主意，馊主意。”凯文摇头说。

“凯文，别这样。”丹娜说。

“抱歉，抱歉。”

“谢谢，丹娜，”莱尔说，“我给她发了消息，告诉她联络她的原因，还给她发了一张我俩的平行自我在一起的照片，然后问是否可以请她喝杯咖啡，她说没问题。”

丹娜点头让他继续。

“我们周六下午见面，一开始似乎比较合拍。我的笑话把她逗笑了，她的笑话也逗笑了我。我打赌我的平行自我遇见她的时候，也是这样开始的，我感觉自己活在最好的人生里。”他看起来有点不好意思。

“然后一切都开始不对劲儿。我正说着跟她约会是多么愉快，感觉一切都在好转。还没等意识到，我就跟她说起使用棱镜曾让我多么扭曲。我提到我是多么嫉妒平行自我遇到贝卡，如今的我总是思前想后。我说个没完没了，都能听出自己在谈论时有多可悲。我知道自己要失去她，所以出于绝望……”他犹豫了一下，“我提出让她借用我的棱镜跟她的平行自我聊聊，那个贝卡可以告诉这个贝卡，我可以有多么了不起。你们可以想象出结局，她挺有礼貌，但是明确表示不想再见到我。”

“谢谢分享，莱尔。”丹娜说，然后问小组的其他人，“有人想要回应一下吗？”

这是一个机会，但是奈特不想马上就参与进去，最好让其他小组成员先说。

凯文开始了："抱歉我之前插话。我不是说你尝试那么做就是愚蠢。我想说的是，那听起来像是我会做的事，因此对于结局我有种不好的预感。抱歉你也没能得到更好的结果。"

"谢谢你，凯文。"

"而且说真的，那不是馊主意。如果你俩的平行自我成为情侣，你俩肯定能合得来。"

"我同意凯文说的你俩合得来，"扎蕾娜说，"可是我们所有人都在不断犯的错误就是，一旦看见平行自我走运，就会认为自己也有资格交同样的好运。"

"我不觉得自己有资格跟贝卡在一起，"莱尔说，"可是跟我一样，她也在找对象。如果我们合得来，不能说明什么吗？我知道自己留下的第一印象不好，可我觉得如果我们能够合拍，足以让她忽略那一点。"

"她不把第一印象当回事当然好，但她没有义务那样做。"

"对啊，"莱尔勉强地说，"我明白你的意思了，只是觉得特别……我知道自己一直在这么说，可我真是感到嫉妒。我怎么会这样？"

现在似乎是个好时机，奈特说："我觉得自己最近的经历也许跟莱尔的类似。"

"请讲。"丹娜说。

"我有个爱好，就是制作珠宝，通常是耳环，我还有一家小型在线商店销售我的作品。我自己不处理订单，只上载设计图，这家公司制作实物，再邮寄给顾客。"这是真的，以防有人想去查询她的商店，“我的平行自我最近告诉我，某个网红碰巧用了我们的一款设计，在网上宣传她有多喜欢，过去一周我的平行自我卖了几百副耳环，她竟然在咖啡店里看见有人戴那款产品。

“问题在于，热卖的产品并不是她在我激活棱镜后设计出来的，而是在我激活棱镜之前。在这个分支里，我的在线商店正在销售一模一样的耳环，可是没有人买，现实分离前的设计正在被她用来谋利，我却一点钱都没挣到。为此我怨恨她，为什么走运的是她不是我？”奈特看见有人在同情地点头。

“我认识到，如果是看见别人在网上卖首饰，跟这件事的感觉就不同，一点都不一样。”她转身面对莱尔，“我认为自己本质上不是爱嫉妒的人，我认为你也不是，我们并不是总想要别人拥有的东西。可是有了棱镜，对比的就不是别人，而是你自己，所以你怎么就不能觉得，他们拥有的就是你应得的呢？嫉妒是自然的，问题不在你，而在于棱镜。”

“谢谢，奈特，我很感激。”

“不用客气。”

有进展，肯定有进展。

* * *

摆好一局台球，来一次完美的开球，想象球台上没有球袋也没有摩擦，所以台球不断反弹，永不停止。你预测任意一颗台球跟其他台球碰撞后的轨迹能有多精确？一九七八年，物理学家迈克尔·巴里计算出，在考虑站在房间里的人所产生的引力效应之前，你只能预测九次碰撞。假如你对台球初始位置的测量偏差哪怕一纳米，你的预测在几秒钟之内就会失去意义。

空气分子间的碰撞同样具有不确定性，可以被一米外原子的引力效应所影响。因此，即使棱镜的内部与外部环境隔离，被激活时发生量子测量的结果仍然能影响外部世界，决定两个氧气分子是相互撞击还是擦肩而过。不是任何人刻意而为，但激活棱镜必然对生成的两个分支产生不同的影响。差异起初感觉不到，只是分子热运动层面的区别。可是如果空气急剧流通，大约一分钟之后，微观层面的扰动就会扩展到宏观层面，导致直径一厘米的气旋。

对于小规模的大气现象，扰动的影响每小时扩大一倍，就预测而言，那意味着初始大气测量中一米的误差，会导致第二天的预测结果偏离一公里。在更大范畴上，误差增长被地形变化和大气分层等因素延缓，但不会停止，最后公里级的误差会扩大到几百或几千公里。即使初始测量非常详尽，包含了每立方米地球大气的数据，你对未来天气的预测也会在一个月内失去意义。提高初始测量精度的获益也是有限的，因为误差增长在小范围内非常迅速，即使开始用每立方厘米的大气数据进行预测，精确预测的延长时间也只能以小时计算。

天气预测中的误差增长，等同于棱镜不同分支间天气的差异。初始的扰动就是棱镜激活时氧分子碰撞的差异，一个月后全球天气就会变得大相径庭。斯利通加跟他的平行自我在棱镜激活一个月后交换天气预报时就证实了这一点。天气预报都符合季节更替——没有哪个地方在一个分支上经历冬天，而在另一个分支上经历夏天——可是除此之外，它们根本没有关联性。不知不觉间，两个分支已经在全球范围出现明显差异。

斯利通加在一篇名为《基于普雷加平行世界通信仪的大气误差大规模增长研究》的论文中发布这些结果后，对于天气能对历史进程产生什么程度的影响，历史学家进行了热烈的讨论。怀疑主义者承认，这可能从各个方面影响个人日常生活，但是创造历史的事件结果由天气决定的频率是多少呢？斯利通加没有参与讨论，他在等待另一项一年之久的棱镜试验得出结果。

*　　　*　　　*

有时候，来访者的次序恰到好处，星期三下午对丹娜来说就是如此。首先是丹娜最费神的一位客户，总是让丹娜替他拿主意，丹娜拒绝时他就抱怨，最终自己作了决定还会责怪丹娜。随后见到豪尔赫时，丹娜终于放松下来，仿佛有一股清风吹彻她的办公室。豪尔赫面对的问题不是丹娜最感兴趣的，可是丹娜喜欢这位客户。豪尔赫风趣友好，总是心怀善意。他对治疗过程有点犹疑，但是对于他因为缺乏自信和充满负能量而举步维艰的问题，他们取得了稳定进展。

四周前发生了一件事，豪尔赫的经理是个自私的暴君，会贬低每一位下属。丹娜与豪尔赫会面的一个永恒主题就是帮助他克服经理的侮辱。有一天独自在停车场时，豪尔赫怒不可遏地扎了经理汽车的四个轮胎。过了很长时间以后，他也没被发现。虽然他想假装一切都没发生，却又对自己的行为感到难受。

丹娜先是和他闲谈了几句，又感到他有什么话要说，于是向他投去期待的目光，最后他说：“上周我们会面之后，我去了一家名叫万花筒的数据代理公司。”

丹娜感到吃惊。“真的吗？为什么？”

“我想看看有多少个版本的我采取了同样的做法。”

“继续说。”

“我让他们去问六个版本的我，因为时间的分叉点离现在不远，费用不贵，所以我要了视频。今天早晨，他们把记录平行自我说法的视频文件发给了我。”

“你都了解到了什么？”

“没有一个平行自我扎过他们经理汽车的轮胎，他们都说自己幻想过。在我扎轮胎的同一天，其中一个差点动手，但是他忍住了。”

“你觉得那意味着什么？”

“意味着我的行为是反常的偶然事件，我扎轮胎的事实说明不了我的为人。”

丹娜知道有人这样使用棱镜，可通常都是通过指出平行自我的更恶劣行径来为自己正名。她以前从没遇到过如此独特的做法：用平行自我的正常行为为自己辩护。她当然也没想到豪尔赫会这么做。“所以你认为你的平行自我的行为能反映你本人的性格？”

“他们核实的分支，都源自扎轮胎事件之前的一个月，这意味着那些平行自我都跟我一样，他们还没来得及变成别人。”

丹娜点点头，他说得没错。“你觉得自己破坏经理汽车的事实，被平行自我没有那么做的事实抵消了？”

“不是抵消，但那表明了我是什么样的人。如果所有的平行自我都扎了经理汽车的轮胎，那将说明有人得注意我的为人，那才是莎伦需要知道的。”豪尔赫没有把自己的行为告诉妻子莎伦，因为他感到特别惭愧，“但是他们没有扎轮胎意味着我在本质上不是个暴力的人，所以告诉莎伦会让她误解。”

让他把一切都告诉妻子，是他们逐步要达成的目标。“了解到那些信息之后，你感觉如何？”

“我猜是安心吧，”豪尔赫说，“我曾担心那种行为的意义，可是现在，我没那么担心了。”

“给我讲讲那种安心的感觉。”

“我感觉就像……”寻找说辞的豪尔赫在椅子上烦躁不安，最后说道，“我感觉像是得到了医学检查的结果，一切健康。”

“就好像你也许染病了，但是结果却没有。”

“没错！没什么严重的，不会在我身上复发。”

丹娜决定碰碰运气。“那我们可以把这当作一次体检，你有患重病的征兆，比如说癌症。但是体检结果证明，你没得癌症。”

“是这样！”

“你没得癌症当然是天大的好事，可你还有那些征兆，它们的来源不值得你查清楚吗？”

豪尔赫一脸茫然。“既然不是癌症，那还有什么重要的呢？”

“因为有可能是别的问题，这个状况会帮你认识到那些问题。”

“我已经得到了需要的答案，”他耸耸肩，“这就够了。”

“好吧，那也行。”丹娜说。没道理刨根问底，她确信豪尔赫最终会自己想清楚。

* * *

有一种常识是，你会出生在你父母相遇并生儿育女的分支里，但没有谁的出生是必然的。斯利通加打算用他长达一年的试验揭示受孕对环境的高度依赖性，包括受孕当天的天气。

排卵是平缓且规律的过程，所以不管是晴天还是雨天，到了特定时间，同一个卵细胞都会从卵泡中出现。然而，精子到达卵子却跟抽中彩票一样，取决于绝对随机的力量，即使在两个分支里性交过程所在的外部环境看似相同，只要存在一个无法感知的微小差异，就会导致不同的精子使卵子受精。因此，两个分支里的天气模式一旦变得明显不同，所有的受精过程都会受到影响。九个月后，全球各地的每位母亲将在不同分支生下不同的婴儿。如果两个分支中诞生的婴儿性别不同，那将是最直接的证据；即使性别相同，结论依然成立。一个分支的新生儿迪伦不同于另一个分支的新生儿迪伦，他们是亲兄弟。

斯利通加和他的平行自我对棱镜启动一年内诞生的婴儿进行了DNA测试，并在论文《天气对人类受孕的扰动影响》中揭示了上述内容。他已经为《基于普雷加平行世界通信仪的大气误差大规模增长研究》使用了另一台棱镜，就是为了避免那个试验结果的公布会对这个试验产生莫名影响。在孕育为这些孩子的受精卵最初形成时，两个分支之间完全没有通信。每个孩子的染色体组成跟另一个分支对应孩子的都不相同，唯一可能原因就是一次量子测量所造成的。

有人还争辩说，更大范围的历史进程在两个分支中不会变得不同，但这更难证明。斯利通加已经揭示出可以想象的最小变化最终会产生全球性的影响。假设一个时间旅行者要阻止希特勒崛起，影响最小的干预不是掐死摇篮里的婴儿阿道夫，而是回到受孕前一个月，扰动一个氧分子。这不仅会让阿道夫被他的一个兄弟顶替，跟他同龄或比他更小的每个人都会被顶替，到一九二〇年，他们将占世界人口的一半。

*　　　*　　　*

莫罗差不多跟奈特在同一时间到“我聊”供职，所以这家公司兴盛时他们都还没有加入。只有大公司能担负棱镜费用的时候，人们喜欢去店里跟平行世界的自己交流。现在人们可以自己购买棱镜，“我聊”就只剩下几家门店，他们的客户大多是被家长禁止使用棱镜的青少年或仍然觉得平行自我很新颖的淳朴老者。

奈特一直很低调，可莫罗总有自己的想法。因为提出了一个吸引新顾客的方法，他被提升为店长。每当他们有了一台新棱镜，他就会研究这台棱镜激活一个月后的事件报告，然后向相关人群投放广告。有机会了解其他境遇下自己的生活，他们通常无法拒绝。这些人都没有成为长期顾客——其中大多数都对了解到的内容感到沮丧——但以这种方式，每台新棱镜都能带来可靠的创收。

在疗养院，莫罗在屋外等厄尔森夫人和她的平行自我交谈，如今她们通过视频交谈而不是打字。她知道自己没有多少时间了，所以没必要为以后节省棱镜的数据簿。可是这让平行世界的厄尔森夫人感到难受，因为她此刻正看着一个版本的自己走向死亡。她们的对话很不自然——莫罗在房间里安放了一个麦克风，这样他就能通过耳机听到她们的对话——不过，垂死的厄尔森夫人似乎没有注意到。

她们谈好后，厄尔森夫人稍微提高声音，让莫罗回到屋里。

“对话进行得如何？”他问。

“还行，”厄尔森夫人说，她的呼吸很吃力，“假如你可以卸下伪装跟某个人交谈，那一定是你自己。”

莫罗从跨桌上取下棱镜，重新装进纸盒。“厄尔森夫人，要是你不介意，我想提个建议。”

“说吧。”

“你曾说过不知道有谁有资格继承你的钱财。如果真有这种顾虑，也许你应该把钱留给你的平行自我。”

“这你能做到？”

信心是让人相信谎言的关键。“金钱只是另一种形式的信息，”他说，“像传输音频和视频一样，我们可以通过棱镜转账。”

“嗯，这个想法很有趣，我知道她会比我儿子更好地使用这笔钱。”一想到儿子她就皱起眉头，“我该怎么操作？让我的律师改遗嘱吗？”

“当然可以，不过遗产清算需要时间，你得尽早把钱转给她。”

“为什么呢？”

“下个月将有一项新法律生效。”他让厄尔森夫人看了一篇他伪造的文章，“政府想阻止人们从这条时间线向外转移钱财，所以他们对转向其他时间线的资金征收百分之五十的税款。”莫罗能从她表情看出这个想法吸引到了她，“‘我聊’可以立即为你处理这件事。”

“安排一下吧，”厄尔森夫人说，“你下周过来时我们就转账。”

“我会把一切都准备好。”莫罗说。

回到“我聊”后，莫罗用棱镜向平行自我发了一条消息，让他配合。他们俩会告诉那个平行世界的厄尔森夫人，这里的厄尔森夫人因为服用止痛药而出现幻觉，坚信自己通过棱镜赠送了钱财，所以最好在她剩下的日子迎合一下她。这样做可能就够了，但是如果有必要，他们还可以谎称另一个客户意外地用尽了这台棱镜的数据簿，彻底结束她们的视频聊天。

完成了上述准备，莫罗开始设置接受转账的虚假账号。他没打算骗到大钱，厄尔森夫人大概攒了些钱，但是并不富有。走运的话，奈特参加的互助小组会有大笔收入进账。

作为“我聊”工作的一部分，莫罗维护一个互助小组列表，组里都是些使用棱镜时内心挣扎的人。他知道其中一些人最后会卖掉他们的棱镜，所以定期去那些互助小组集会的教堂或社区中心张贴传单，传单上写着：高价收购棱镜。三个月前，莫罗在一块公告板上钉了传单，当时旁边就站着几个组员，他们手拿咖啡，一边闲聊，一边等待房间开门，莫罗听到了他们交谈的内容。

“你想过没有，你激活棱镜有没有毁了别人的生活？”

“什么意思？”

“比如说，有人也许在不同于我们的另一条时间线上死于车祸，但是在我们的时间线没有，全都是因为你激活了棱镜。”

“说起这个，你还记得几个月前发生在好莱坞的那场车祸吗？在我平行自我的分支里，死于车祸的是斯科特，不是罗德里克。”

“我指的就是这种事。你激活棱镜，结果对别人的生活造成了巨大的影响。你想过没有？”

“没怎么想过。也许是我太自私，我通常考虑的都是自己的生活。”

这家伙一直在谈论的明星夫妻是流行歌手斯科特·大冢和电影明星罗德里克·费瑞斯，在去一场电影首映式的路上，他们在豪华轿车里被醉驾的司机撞到，罗德里克丧命，斯科特独自在悲伤中活了下来。可是在这家伙的棱镜开启的分支里，丧命的是斯科特，罗德里克成了生还者。

那台棱镜可能值不少钱，但是莫罗不能直接走上前去提出购买请求。于是他派奈特加入互助小组，让她假装想摆脱自己使用棱镜的习惯。那个家伙叫莱尔，奈特的任务就是跟他交朋友。不涉及性——莫罗明白自己无权要求奈特这样做——只是成为互助小组的伙伴，成为他喜欢和信任的人。这样奈特就可以和缓地劝莱尔放弃自己的棱镜。当莱尔准备好的时候，奈特会告诉他自己也准备处理掉棱镜，而且知道有人高价回收二手棱镜，并建议他俩一起卖掉。然后奈特会带莱尔去“我聊”，让莫罗买下他俩的棱镜。

之后莫罗会安排拜访斯科特·大冢，提出把这台可以跟他罗德里克交谈的棱镜卖给他。

*　　　*　　　*

棱镜无法实现与被激活前分叉的时间线进行通信，所以不会有人报道肯尼迪总统没有被刺或蒙古人入侵西欧的时间线。同理，从技术发展方向看，通过不同的时间线获取发明专利来挣钱也是不可能的。如果说存在使用棱镜获取实际利益的方法，它们只能来自激活后的不同时间线。

偶尔，临时的改变可能避免事故。有一次，客机坠毁后联邦航空管理局通知另一条时间线的对应机构，后者得以禁飞了对应的飞机，进行仔细检查，发现了液压系统的一个部件濒临失效。但人为失误造成的事故无法避免，这在每条时间线上都是不同的。无法提前发出自然灾害的预警：一条时间线上有飓风无法证明另一条时间线上也有飓风发生的可能；而地震在每条时间线上都会同时发生，所以提前预警也是不可能的。

一位陆军将领购买了一台棱镜，因为他觉得自己可以把一条时间线用作超级真实的军事演习。他打算让他的平行自我在另一条时间线开展军事入侵，这样他们就能看到对方的应对方式。结果，刚联系上平行自我，他就发现了这个方案的缺点，因为对方也打算以完全一样的方式利用他。每条时间线在它自己的居民看来都至关重要，没人愿意当别人的小白鼠。

棱镜提供的是一种研究历史变迁机制的方法。研究者对比不同时间线上的头条新闻，寻找差异再调查成因。有些情况下，差异源自明显的随机事件，比如一名逃犯因为交通临检而被捕；另一些情况下，差异是两条分支中不同个人选择的结果。在这些案例中，研究者会提出采访要求，但是如果采访对象是公众人物，他们很少细说自己作出选择的原因。在不属于这两种类型的案例中，研究者必须梳理之前几个星期的新闻报道，以此推断导致差异的原因，这通常也会引发对股票市场或社交媒体的随机波动进行审查。

随后，研究者会在接下来的几周或几个月里继续监视新闻内容，观察差异如何继续随时间发展。他们寻找典型的“因为少了一颗钉，最后亡了国家”的情况，其中的波澜逐步升级，但是背后的缘由都可以理解。但最后，他们发现的是其他一些微小差异，与他们最初发现的差异没有关联。天气也在无时无刻、不分地点地引发变化。等他们观测到重大政治事件差异时，个中原因就变得很难断定。使问题更加棘手的是，每次研究在棱镜的数据簿用光后都得结束。不管差异多么有趣，分支之间的联系总是暂时的。

在私人应用领域，企业家认识到，尽管从棱镜获得的信息价值有限，但还是可以作为内容卖给消费者。一种新型的数据代理出现了：企业同平行世界中的对应实体交换当前时间的新闻，再把信息卖给订阅者。体育新闻和名人八卦最容易销售，跟偶像在当前时间线的行为一样，人们常常对他们在平行宇宙的行为也很感兴趣。体育发烧友从多条时间线上搜集信息，争论哪支队伍的总体表现最佳，以及这是否比他们在单一时间线上的表现更重要。读者对比不同时间线上发表的不同小说版本，结果平行自我创作的小说成了作者本人要面对的盗版书竞争。随着棱镜的数据簿越来越大，同样的事情开始在音乐和影视领域接连发生。

*　　　　*　　　　*

奈特第一次参加互助会时，对其他参与者讨论的内容表示怀疑：一个男人过分地担心他的平行自我比他更快乐；一个女人因为平行自我投票给不同的候选人而陷入疑虑。正常人会把这类事情当作问题吗？在呕吐物中醒来，因为凑不够现金而糊弄毒贩：这些才算得上真正的问题吧。一时间，奈特幻想告诉互助小组的每个人，他们应该放下包袱，但实际上她肯定没有，不仅是因为害怕暴露自己，还因为她没资格评判别人。那他们对自己感到难过该怎么办呢？因为无关紧要的事情自怨自艾总好过把自己的真实生活搞得一团糟。

奈特搬到现在的地方开始新生活，远离了可能让她再次使用毒品的人和地方。“我聊”的工作算不上了不起，但是辛勤劳动赚钱就挺好，而且她喜欢跟莫罗在一起。莫罗的行骗副业很有趣，奈特也一直擅长这类技能。她对自己说，这能帮助自己故态复萌，因为骗人带来的快感能够安全替代吸毒的快感。可是最近，奈特总感觉是在自欺欺人，即使没有花钱买毒品，这些小骗局还是很可能让她重新涉毒。她最好从这一切中抽身，找个远离莫罗的新工作，可能还意味着再次搬家，但这需要钱，所以她还得继续跟莫罗干才能在以后摆脱他。

扎蕾娜在发言：“我侄女是高三学生，过去几个月是大学申请期。这周他们得到答复，她的结果不错，被三所大学录取。跟平行自我讨论之前，我对此还感到不错。

“平行自我的侄女被瓦萨学院录取，那是她的第一选择。可是在我们的时间线上，瓦萨学院拒绝了我侄女。两个平行世界里的不同都是我激活棱镜的结果，是吗？所以我侄女被拒的原因在我，她应该怪我。”

“你的意思是，如果没有激活棱镜，你的侄女就会被录取，”凯文说，“但那不一定成立。”

扎蕾娜开始撕扯手里的纸巾，这是她谈论自己时的一个习惯，“可那意味着我的平行自我帮助了她的侄女，做了我在这个分支里没有做的事情。所以应该怪我不作为。”

“不怪你。”莱尔说。

“可是一切的不同都是因为我的棱镜。”

“那也不能说明是你的过错。”

“怎么不是？”

莱尔不知怎么回答，转向丹娜求助。“除了瓦萨学院，你侄女和她的平行自我被录取和拒绝的学校还有差别吗？”

“没有，别的都一样。”

“所以，我们可以认为你侄女的总体申请材料在两个分支里同样优秀。”

“是的，”她坚定地说，“她是个聪明的女孩，不管我做了什么都改变不了这一点。”

“那让我们想想。为什么瓦萨学院在另一个分支接受了你的侄女，在这一分支却不接受呢？”

“我不知道。”扎蕾娜说。

丹娜环视房间，“别人知道吗？”

莱尔说：“也许我们分支的招生负责人在审核她的申请材料时心情不好。”

“让他心情不好的原因可能是什么呢？”

奈特假装感兴趣，所以也参与进来。“也许早晨时有人在他前面插队。”

“或者他的手机掉进厕所。”凯文说。

“或者两种情况都有。”莱尔说。

丹娜对扎蕾娜说：“这些可以预见的行为结果是你造成的吗？”

“不是，”扎蕾娜承认，“我觉得不是。”

“它们只是两个分支里天气不同造成的随机结果，任何原因都能导致天气不同。要是我们找一找，我确定能找到一百个人的棱镜所连接的分支里，你侄女被拒绝。如果在你行为各不相同的分支里都产生了同样的结果，那么，起因就不在于你。”

“可我还觉得是自己的错。”

丹娜点点头。“我们倾向于认为总有人要为特定事件负责，因为那帮助我们理解世界。我们过于喜欢这个想法，结果有时候就会责怪自己，就为了有人可以指摘。然而，并不是每件事都受我们控制，或者说，不是每件事都受人控制。”

“我能明白这不是理性的反应，可我还是摆脱不了这个想法。”扎蕾娜说，“我觉得自己倾向于认为对不起我姐……”她停顿了一下，“因为我俩的过去。”

“你想谈谈吗？”丹娜问。

扎蕾娜犹豫了一下，继续说：“多年以前，我们十几岁的时候一起学习舞蹈，但是她比我优秀得多。她得到一次茱莉亚学院的面试机会，可我却嫉妒得暗中破坏。”

合乎逻辑的恶意行为，这就有趣了。奈特以前在互助小组没听过这种事，但她谨慎地没有表现出过于迫切。

“我在她的水瓶里放了咖啡因，因为我知道那会有损她的表现，后来她没有被录取。”扎蕾娜用双手捂住脸，“我觉得永远都不能弥补自己的过错。你们可能没法感同身受。”

丹娜脸上闪过痛苦的表情，但她很快调整好。“我们都犯过错，”她说，“相信我，我也有过类似经历。但是，为我们的行为负责和为意料之外的不幸担责是两回事。”

奈特在丹娜说话时审视着她，丹娜的表情已经恢复到通常情况下的冷静与包容，但她失去沉着的瞬间吸引了奈特的注意，奈特以前从没在互助会协调员身上看过类似情况。有一次她在戒毒人员聚会上听一位协调员讲自己的过去，那是个特别熟练的家伙，他的故事听起来就像是一场推销活动的一部分。让奈特好奇的是，丹娜做了什么让她自己觉得特别愧疚的事呢？

*　　*　　*

随着棱镜的数据簿容量变大，数据代理商开始提供个人搜索服务，目标客户就是想要了解其他可能的生活方向的人。这是一项比出售其他时间线新闻更冒险的投资，原因如下：首先，两条时间线上的差异达到吸引人的程度也许要花几年时间，数据代理商必须囤积棱镜，激活它们，但不交换任何信息，节省数据簿留待以后使用；其次，这项业务需要不同时间线上的某家公司进行更高层次的合作。如果客户吉尔想了解她的平行自我，多个世界里的数据公司会在他们的分支进行搜索，但是吉尔只能给她自己时间线上的公司付钱，跨时间线支付无法实现。他们期望的是，跨时间线合作会使每条时间线上的这家公司都拥有自己的付费客户，随着时间的推移，这项业务将让每一家公司都获益：不同时间线上的同一家公司之间形成一种互利关系。

可以预见，某些个人在了解他们的平行自我享受了他们没有企及的成功后变得消沉。有一段时间，曾有人担心这些私人调查作为一种产品会让买家伤心。然而，大多数人觉得相比平行自我，他们更喜欢自己当前的生活经历，所以认为自己已经作出正确决定。虽然这有可能只是确认偏误，但是一般说来，个人搜索服务仍然是数据代理商的盈利业务。

有些人对可能会了解到的内容心存恐惧，所以完全避开数据代理商，而另一些人却沉迷于此。有些夫妇中的一方变成前者，另一方变成后者，结果经常会走向离婚的结局。数据代理商想尽办法拓展客户群，但是很少成功。反对声最强的成功产品以痛失所爱的人为目标：数据代理商会找到一条时间线，其中他们逝去的爱人仍然活着并更新社交媒体，这样他们就能看见自己的爱人可能会拥有的生活。这种业务印证了专家提出的最常见批评：数据代理商助长了客户的不健康行为。

*　　　*　　　*

考虑到在厄尔森太太身上实施的成功计划，奈特以为莫罗会满足一段时间。厄尔森太太几周前向一个伪造账户转了一些钱，她的平行自我也听信了止痛药引起神志不清的说辞。厄尔森太太已经过世，一切问题都烟消云散。可如今，莫罗没有满足于此，反而更渴望干一票大买卖。

他们在“我聊”公司的办公室里吃着莫罗从两个街区外的快餐车买来的墨西哥卷饼，然后莫罗提起互助小组的情况。“我们在莱尔身上进展如何？”他问。

“有进展，”奈特说，“我能看出他觉得没有棱镜更快乐。”

莫罗吃完他的卷饼，喝光汽水。“我们不能干坐着等他自己决定放弃棱镜。”

奈特对他皱皱眉。“干坐着？你觉得我一直干坐着？”

莫罗对奈特摆摆手。“别激动，我不是这个意思。可是他抱着棱镜几年不放手，对我们也没好处。我们得让他主动摆脱棱镜。”

“我知道，这就是我现在的行动目标。”

“我考虑采取点实质性措施。”

“比如什么？”

“我认识一个人，他跟一个身份盗用的团伙一起干活。我可以让他们针对莱尔，毁掉他的名誉。然后莱尔就完全不想去了解他的平行自我过得有多好。”

奈特皱起眉头。“这不就是我们现在所做的吗？”

莫罗耸耸肩。“如果有办法让莱尔平行自我的生活看起来更美好，我觉得也行，可那实现不了，我们能做的只有让莱尔的生活更糟。”

谨慎的恳求不会动摇莫罗，奈特需要一个更实际的出发点。“你不想让他悲惨到把棱镜当作与幸福生活的唯一联系吧。”

这句话似乎起作用了。“你说得有道理。”他承认。

“你采取措施前再给我几次会面的机会。”

莫罗把纸质食物托盘和空饮料杯揉成一团，扔进废纸篓，“好吧，我们继续按你的方法坚持一下，不过你得抓紧。”

奈特点点头。“我有办法。”

*　　　*　　　*

奈特向互助小组宣布自己已经卖掉棱镜时丹娜有点儿吃惊，在以前的互助会上她没觉得奈特已准备好跨出这一步，但是她知道这些事情总会让人出乎意料。奈特似乎对自己的决定感到高兴，不过那是典型反应，每个人离开棱镜时都感觉很好。丹娜还注意到，奈特非常隐晦地观察莱尔对她宣布卖掉棱镜的反应，丹娜以前也发现过奈特有类似举动。似乎奈特的兴趣并非出于男女之情，即便是对莱尔有意，她也没有刻意追求，这样做也许是为了在解决自己问题的同时避免事情复杂化。

再下一次互助会上奈特谈得比以往更久，描述了放弃棱镜以来她感受到的自己态度的转变。她没有过度表达感情，但丹娜有点担心她的期待也许有点不现实，会让自己栽跟头。凯文让人尴尬地表达了同样的看法，他也许更多是出于嫉妒，而不是同情。凯文比奈特更早加入互助小组，可是进展有限。幸运的是，奈特没有跟他针锋相对，她说自己明白，卖掉棱镜没有一劳永逸地解决所有的生活难题。然后，完全不用丹娜引导，互助小组余下的时间都聚焦在凯文身上，听他讲上周的经历。

后来丹娜对互助小组和自己都感到相当高兴，可是好心情没有持续多久。她把咖啡机送到教堂的厨房，正在给聚会的房间锁门时，文妮莎出现了。

“嘿，丹娜！”

“文妮莎，你在这儿干吗？”

“我到你办公室找过你，”文妮莎解释说，“但是你不在，所以就找到这儿来了。”

“有什么事？”

“与钱有关。”

当然与钱有关，文妮莎打算重返校园，让丹娜帮她交学费。“怎么回事？”

“我现在就需要，招生本周就结束。”

“本周？上回我们讨论的时候你说是秋天。”

“是，我知道，可我觉得越早开始越好。所以这周你能把钱给我吗？”

丹娜犹豫了一下，思索如何重新安排预算。

“你改变主意了？”

“没有——”

“因为我之前听了你的话，并依此安排了计划。要是你改变主意就告诉我。”

“不，不，我能给你钱。明天行吗？”

“太好了，谢谢。你不会失望的，我保证，这次我不会让学费打水漂。”

“我知道你会努力的。”

两人尴尬地站了一会儿，文妮莎就离开了。丹娜看着她走远，心里琢磨该如何恰当地描述她俩的关系。

高中时她们是好朋友，总是待在一起，相互吐露心声，感动得笑中带泪。不仅如此，丹娜还羡慕文妮莎不在乎别人的看法，拒绝束缚。文妮莎曾在取得好成绩后公开嘲笑老师，最后老师们别无选择，只好将她留堂。有时候丹娜希望自己能有同样的勇气，但是她过度满足于老师眼里的好学生角色，不敢做任何可能会有损自己形象的事。

后来她们要去华盛顿特区实习。两人计划离开前的晚上在酒店房间举办一场聚会，但害怕让老师知道：酒水难以隐藏，大麻也容易闻到。最后她们在父母的药柜里搜集止痛药，都是丹娜爸爸牙龈手术和文妮莎妈妈子宫切除时剩下的，足够她俩和朋友们用。

但她们没料到的是，一位老师从客房部借了一张门卡进行突击检查。结果第一天晚上，就在她俩重新统计存货的时候，阿彻老师进来了，两打药片在梳妆台上整齐地摆成两排。

“这究竟是怎么回事？”

她俩仿佛雕塑一样站立良久，一言不发，丹娜似乎看见自己所有的未来计划向晨雾一样散去。

“你俩都无话可说？”

然后丹娜说：“都是文妮莎的。”

文妮莎看着丹娜，脸上只剩下震惊。她本可以否认，可她们都知道，这无法改变什么，因为老师们会相信丹娜，不会相信文妮莎。有一瞬间，丹娜本可以收回所说的话，坦白真相，可她没有。

文妮莎被停学，等回到学校时，她故意躲开丹娜。丹娜也无法为此怪她什么，可是事情没有就这样结束。因为对一切感到愤怒，文妮莎开始破罐子破摔：小偷小摸，彻夜不归，喝醉或吸毒后去上学，跟有同样恶行的孩子混在一起。她的成绩开始跳水，进入好大学的机会也泡汤了。就好像在那晚之前，文妮莎一直在摇摆不定，既可能成为社会认同的好女孩，也可能成为坏女孩，丹娜的谎言把她推向了一侧，坏的一侧。有了这个标签，文妮莎走上了另一个方向的生活轨迹。

自那之后她们失去联系，但是多年后丹娜又碰见了文妮莎。文妮莎说她原谅了丹娜，并理解丹娜那样做的原因。她在牢里度过了一段时间，又经过戒毒所的强制戒毒，正尝试让生活回到正轨。她想参加社区大学的课程，但是自己付不起学费，父母也已经放弃了她。丹娜随即提出要帮助她。

第一次尝试没有成功，文妮莎发现自己没法打心里认同上学，只好放弃。后来她尝试开网店，跟丹娜要钱起步，结果也没有成功，因为她错误地估算了相关费用。如今她又有了投资的想法，但是没有为此跟丹娜要钱。为了向潜在的投资人提出可靠的商业企划，文妮莎打算学习必要的课程，所以她又向丹娜要学费。

丹娜知道文妮莎在利用自己的罪恶感，但是没关系，丹娜确实有罪，她欠文妮莎的。

*　　　*　　　*

奈特从卫生间出来时，听见丹娜在拐角另一侧的走廊跟某人交谈。奈特停下来靠在墙上，把手机放在耳旁伪装，然后蹭过去，直到能听清她俩交谈：有人在跟丹娜要钱，但是不清楚为什么。这个女人在诈骗吗？奈特告诉自己应该继续追查，只为确保没有意外会影响她和莫罗的行动，而且她的确感到好奇。

她出去赶上刚刚跟丹娜交谈的女人。“抱歉，你认识丹娜吗？”

女人疑惑地打量奈特。“为什么要告诉你？”

“我参加了一个由她协调的互助小组，正要离开时看见你们在交谈。我没听清内容，但是看起来你对她很生气。我只是好奇你是参加过她负责的互助小组，还是当过她的病人，才跟她有什么不好的经历。我不是成心打探隐私，只是想知道丹娜的某些情况我是否应该了解一下。”

女人咯咯一笑。“有趣的问题。你参加的是哪方面的互助小组？”

“使用棱镜出现问题的人参加的小组。”奈特说。女人脸上出现了不屑一顾的表情，奈特有种预感，“不过，我以前也参加过匿名戒毒互助小组。”

女人点了一下头。“但是丹娜不是你戒毒小组的协调员，对吗？”

“对。”

“好，我也不信任她能主持戒毒小组。不过对于棱镜的问题，我肯定她还行，你不用担心。”

“能告诉我你为什么不信任她主持戒毒小组吗？”

她考虑了一下，然后耸耸肩。“没问题，为什么不呢？酒钱你出。”

她们来到附近的酒吧，女人名叫文妮莎。奈特请她喝了一杯美格波本威士忌，自己却坚持喝蔓越莓汽水。奈特谨慎地讲述了自己的吸毒史，使之跟自己在互助小组的伪装身份相符。她认为文妮莎不会跟丹娜讲起这次对话，但是小心一点总不是坏事。文妮莎听信了奈特的黑历史，便开始讲述自己的过去。她解释说自己高中时潜力无限，已经要进入名牌大学，准备享受美妙人生。结果她最好的朋友为了自保而背叛她，一切戛然而止。从那之后，文妮莎走上了一条艰难之路，如今才刚刚摆脱。

“所以我不愿看见她协调戒毒小组，你无法相信她不去揭发你。”

“互助小组里发生的一切都是保密的。”奈特说。

“好朋友之间的秘密也是一样！”酒吧里有些人转头看她们，文妮莎继续用正常音量说，“她不见得是我遇到的最差劲的人，至少还懂得为自己的所作所为感到愧疚。不过有些人是你可以完全依靠的，而有些人只在某些方面靠得住，你得明确区分。”

"可你还在跟她见面。"

"没错，我说过了，丹娜在某些方面还行。我的看法是，她不是每件事都值得信任，我付出很大代价才懂得这一点。"

接下来文妮莎开始谈论自己要启动的商业计划。奈特没有问她跟丹娜要钱的事，但是能够看出她不是有意诈骗。文妮莎只是在利用丹娜，让她为最新的投资提供商业支持，并以此作为她赎罪的机会。奈特谢过文妮莎，并保证不把她们的谈话内容告诉任何人，然后便回家了。

奈特过去跟文妮莎一样，总是把自己的问题归罪于别人。多年以来，她认为自己因强闯民宅被捕是她父母的过错：如果他们没有更换她家房子的门锁，她就不用闯进去寻找值钱的东西换毒资。奈特花了许久才为自己的行为负责，文妮莎显然还没走到那一步，这也许是因为她发现丹娜愿意承担责任。丹娜对文妮莎做过些糟心事，这点毫无疑问，可那都是在多年以前。如果文妮莎现在还没过上正常生活，那就是她自己的问题，不是丹娜的。

*　　　*　　　*

个人消费者有能力购买棱镜时，零售商起初把棱镜宣传为数据服务之外的另一种个人选择。他们以新手父母为目标客户，鼓励他们立即购买、激活，然后存放到孩子成年，到那时孩子就能看见自己的生命以另外的方式演绎。这种策略赢得了一些消费者，但远不到零售商期望的数量。相反，当人们能够为自己购买棱镜时，除了探索"可能发生的"人生境遇，他们还找到了其他用途。

棱镜的一个流行用途是跟自己合作，通过跟平行自我分割项目任务来增加产出，每个人做一半的工作，然后共享成果。有些人尝试购买多台棱镜，这样他们就能加入由各种不同的自己组成的团队。然而，并不是所有平行自我之间都能直接联系，这就意味着信息需要接力传递，棱镜数据簿的消耗也就更快。不少合作项目突然终止，就因为有人低估了他们的数据用量，在一条分支上完成的工作被传送出来之前穷尽了数据簿，导致项目数据永远无法被其他分支共享。

私人棱镜的用法对于大众想象力的冲击更甚于数据贩卖公司，就连从没使用过棱镜的人都发觉自己开始思考偶然性在他们生活中扮演的重要角色。有些人经历身份危机，觉得他们的自我意识被无数平行世界版本的自我破坏。有些人购买多台棱镜，试图让所有的平行自我都保持同步，即使各自的分支发生分化，也强迫所有人保持同样的生活轨迹。从长远看这是不可能的，但是这种行为的支持者还是购买更多棱镜，对新一批平行自我重复他们的努力，还声称减少他们分化的任何努力都是值得的。

很多人担心自己的选择会变得毫无意义，因为他们的每个行为都会被他们作出反向选择的分支所抵消。专家尝试解释说，人类决策属于经典物理现象的范畴，并不属于量子物理现象，所以决策行为本身并不会引出新的分支，而是量子现象产生了新分支，你在那些分支里的选择始终是有意义的。虽然有人努力解释，但很多人还是相信，棱镜消除了他们行为的道德内涵。

很少有人鲁莽地去杀人越货，因为你的行为后果在当前的分支里仍然由你自己承担，不会落到其他分支的人头上。虽然没有爆发大规模犯罪行为，但是社会学家轻易就能识别出一种行为的转变。埃德加·艾伦·坡用“反常之魔”来描述因为有能力做坏事而带来的诱惑，对于很多人而言，这个恶魔的诱惑越来越大了。

*　　　　*　　　　*

不止一次，奈特希望有办法判断莱尔如何看待他的棱镜，比如存在某种清晰的进度条。距她假意宣布放弃棱镜已经过去一个月，虽然她知道莱尔比她开始这项行动时更愿意放弃棱镜，但是她不清楚还需要多久，一个月？半年？莫罗的耐心很快就会耗尽，然后他们就得尝试更加激进的方法。

等大家一落座，莱尔主动第一个发言，他转向丹娜说：“我最初参加这个小组时，你说我们的目标是跟平行自我建立健康的关系。”

“可能的目标之一，没错。”丹娜说。

“有一天我跟一起健身的一个家伙聊天，他似乎就达到了那个目标。他说他跟平行自我是好朋友，交换了解到的小窍门，鼓励对方进步，听起来可了不起了。”

奈特立即警觉起来，莱尔决心达成这个目标吗？如果是这样，那简直太糟了，即使是莫罗的计划都不足以让他卖掉棱镜。

“然后我认识到，我永远不会跟平行自我形成那种关系，所以我决定摆脱棱镜。”

奈特一下子放松下来，有一瞬间她还以为肯定会被别人看透，但是没人注意到她。扎蕾娜问莱尔：“你跟平行自我谈过这件事儿吗?”

“谈过，一开始他建议我们分开一段时间，但还是保留我们的棱镜。我以前也考虑那么做，因为我可以在境遇改善后再给他看。可是几次互助会之前，奈特提到她不需要向谁证明什么。我觉得留下棱镜无法让我摆脱想要证明什么的思维模式，于是我跟平行自我把事情挑明，他表示理解。我们会各自卖掉棱镜。”

凯文说:“你跟平行自我的关系不完美，也并不意味着你必须放弃棱镜。这就好比是，如果婚姻没有童话故事里一样幸福永久，你就不结婚。”

“我觉得不是你说的那样，”扎蕾娜说，“维持婚姻比维持跟平行自我的关系重要得多。棱镜被发明出来之前，每个人也都过得还行。”

“可是这个互助小组的每个成员都指望摆脱棱镜吗？先是奈特，如今是你，我不确定是否要放弃棱镜。”

“别担心，凯文，”丹娜说，“你可以自己选择目标，不是所有人都得一样。”

互助小组又花了一些时间安抚凯文，并讨论伴随棱镜生活的各种有效方法。互助会结束时，奈特对莱尔说:“我认为你作出了正确的决定。”

“谢谢，奈特。你绝对帮到了我。”

“我很高兴。”现在到了关键时刻，奈特的紧张程度让她自己都感到吃惊。她尽量装作漫不经心地说:“话说你应该去我卖掉棱镜的地方出售你的棱镜，他们会给你和你的平行自我一个好价钱。”

“真的吗？那地方叫什么？”

“‘我聊’，在第四大街。”

“对，我好像在附近看到过他们的传单。”

“没错，我也是从传单知道他们的。如果你卖棱镜时需要精神支持，我可以跟你一起去，然后我们可以去喝杯咖啡什么的。”

莱尔点点头。“好的，就这么定了。”

就这样，一切都按计划在走。“周日怎么样？”奈特说。

*　　　*　　　*

奈特在“我聊”外边等莱尔，她知道莱尔有可能改变主意，不过还是看到他带着棱镜准时出现。最终见到这台棱镜有点反高潮的意味，她和莫罗为此努力了好几个月，可棱镜看起来跟其他最新型号没有差别，只是一个蓝色铝合金手提箱。奈特突然觉得当时的情形既了不起又出奇地平淡：每台棱镜都像是童话故事里的宝贝，手提箱里藏着通往另一个世界的门，可大多数世界并没有什么特别的乐趣，也没有特别的价值。这 台就因为可能会让王子跟他的爱人团圆才更珍贵。

“确定还要卖吗？”她问。

“百分百确定，”莱尔说，“我今早跟平行自我确认过，他也要一起卖。此刻他应该在那边的‘我聊’店呢。”

“太好了，走吧。”

他们进屋，莫罗站在柜台旁。“有什么需要？”他问。

莱尔深吸一口气。“我想卖掉这台棱镜。”

莫罗对键盘、摄像头和麦克风进行常规检查。他们计划中的最大变数是，无法确定棱镜另一侧是谁在柜台服务，谁会给平行世界里的莱尔报价。很有可能是平行世界的莫罗或平行世界的奈特，这样就不会有什么问题，即使他们不知道计划，也会听从这边莫罗的指挥。但是在另一条时间线里，总可能有别人在“我聊”的柜台工作，这也许会把事情变复杂。

奈特看见莫罗一直在打字，比硬件检查所需的时间还久，这是好现象。莫罗在让另一侧的人相信他，高于市场价买下另一个莱尔的棱镜，假装一切正常，随后莫罗会跟他解释。幸运的是，莱尔不知道检查棱镜通常需要多久。

莫罗提出报价，然后莱尔跟他的平行自我简单商量了一下。既然都已经同意卖掉棱镜，他们就不会再讨论价格，只是要最后告别。等待的时候，奈特确保自己不跟莫罗交换眼色，可她也不确定应该看哪里。盯着莱尔看也不合适，所以她就看着窗外。

最后莱尔交出棱镜，拿到自己的钱。结束后，奈特问他：“感觉怎么样?”

“有点悲伤，有点宽慰。”

“我们去喝杯咖啡。”

他们在咖啡店聊了一会儿，然后拥抱告别，奈特对莱尔说下次互助会上再见。她的计划是再参加一次互助会，然后宣称自己没有必要再去。

等她回到“我聊”时，还有半个小时关店，只有一两名顾客没走。她发现莫罗正在办公室里用莱尔的棱镜打字。“你来得正好，”他说，“我跟平行自我联系上了。”他比画着让奈特在屏幕上看他打字交流。

嗨，兄弟。

你要告诉我为什么高价买下这台棱镜吗？

六个月前的车祸，
斯科特·大冢和罗德里克·费瑞斯，
在你的世界里谁活下来了？

罗德里克·费瑞斯。

这边是斯科特·大冢。

明白了！了不起的发现，兄弟！

那当然，今天是你的幸运日。
接下来你这么做：

莫罗已经找到一份六个月前的印刷版报纸，当天的头条信息是罗德里克·费瑞斯死于车祸，斯科特·大冢活了下来。平行世界的莫罗现在得找到一份印刷版报纸，那上面得报道大冢丧生和费瑞斯生还的同一场车祸。两位安排几天后再次交流。

莫罗合上键盘，把棱镜放在库房后边的架子上。进入办公室前，他朝奈特笑了一下："你还以为我们不能成功，是不是？"

她有自己的疑虑，即使现在几乎都无法相信。"我们还没有成功呢。"她说。

"最难的部分已经完成，剩下的就简单了，"他笑着说，"高兴点，你要有钱了。"

"我猜是吧。"这本身就让她担忧，对于一个过去的瘾君子而言，一大笔意外之财可能会跟创伤事件一样让她旧病复发。

莫罗仿佛读懂了奈特的心思，说："你担心跌进以前的毒瘾？我可以为你保管钱财，保证安全，以免你乱花。"

奈特微微一笑，"谢了，莫罗，不过我觉得还是拿走我那份吧。"

"我只是想帮点忙。"

奈特好奇棱镜那边另一个版本的自己。不到一年前，这台棱镜还没被激活的时候，她跟那个平行自我还是一个人。现在奈特要成为有钱人，而她的平行自我不会。那边的莫罗也会变得富有，可他不像是跟另一个奈特分享收入的那种人，倒不是说她应该有份。平行世界里的奈特没有去互助小组聚会，什么工作都没做，对面的莫罗也没做什么，只是幸运地在他们联系的时候一直在柜台旁工作。如果对面的奈特当时在柜台旁工作，她可能就得跟那个莫罗平分——他是老板——但奈特还是会因为在正确的时间出现在正确的地点而挣到一大笔钱。这取决于运气。

一个四十几岁、身穿防风夹克的男人走进正门，奈特走到前台："有什么需要帮助吗？"

"这里有人叫莫罗吗？"

莫罗走出办公室："我就是。"

男人盯着他："我是格伦·厄尔森，你偷走了我母亲的两万美元。"

莫罗困惑地说："你误会了，我在帮助你母亲跟她的平行自我联系——"

"对，然后你说服她放弃财产。那笔钱属于我！"

"钱属于你母亲，"莫罗说，"她想怎么处理都行。"

"好吧，现在我来了，想把钱要回来。"

"我没有钱，已经转到另一条分支上了。"

厄尔森鄙夷的表情变得扭曲。"别胡扯了，我知道你们没法把钱转到另一条时间线。我不是白痴！"

"要是你给我几天时间，我可以看看你母亲的平行自我愿不愿意还钱——"

"少扯淡，"厄尔森从夹克里掏出一把手枪，瞄准了莫罗，"把钱还我！"

莫罗和奈特举起手。"行，别动怒。"莫罗说。

"你把钱还我我就不动怒。"

"我没有你要的那笔钱。"

"胡扯！"

奈特身处自己的位置，能看到一个隔间里的顾客目睹了经过并报了警。"出纳机里有些现金，"她说，"你可以拿走。"

"我他妈不是劫匪，只想要回属于自己的，要回这个家伙从我母亲那儿骗走的。"厄尔森用另一只手掏出手机放在柜台上，"现在，把你的也拿出来。"他对莫罗说。

莫罗缓缓掏出手机，放在厄尔森的旁边。

厄尔森打开他手机上的数字钱包。"转两万美元。"

莫罗摇摇头。"不。"

"你以为我在开玩笑？"

"我不会付钱给你。"莫罗说。

奈特难以置信地看着他说："快把——"

"闭嘴。"莫罗瞪了她一眼，然后重新转向厄尔森，"我不会把钱给你。”

厄尔森明显变得慌张。“你觉得我不会动手？”

“我觉得你不想进监狱。”

“你成天摆弄棱镜，知道在某条时间线上我即将朝你开枪。”

“没错，可我认为在这里你不会。”

“反正都会发生，为什么动手的不能是我？”

“你杀了我就会进监狱，我说过，你不想那样。”

厄尔森盯着他看了一分钟，然后放下手枪，拿起电话，走出了店铺。

奈特和莫罗都放松地长叹一口气。“老天在上，莫罗，”奈特说，“你究竟在想什么呢？”

莫罗淡淡一笑。“我知道他没那个胆量。”

“有人用枪指着你，你就该按他说的做。”奈特发现自己心脏狂跳，便尝试用深呼吸来平复，她的衬衫已经被汗水湿透，“我最好去看下顾客——”这时厄尔森又出现在门口。

“去他的吧，”他说，“杀了你又能怎么样呢？”他举起手枪，轰开莫罗的脑袋，然后走了出去。

* * *

警察在几公里外抓住了格伦·厄尔森，询问了奈特、店里的顾客和“我聊”总部办公室的管理人员。奈特告诉警察自己不清楚莫罗做了什么，他们似乎相信了她。奈特向管理人员承认她知道莫罗违反了公司政策，会带店里的一台棱镜去看疗养院的杰西卡·厄尔森，结果因为知情不报被管理人员批评了一顿。第二天，临时店长过来，要求清点所有棱镜库存，并建立了棱镜进出店铺的全新检查制度，不过，奈特已经把莫罗从莱尔手中买下的棱镜带回了家。

在约定跟对面的莫罗交流的时候，奈特通过打字跟他沟通：

我不是莫罗，是奈特。

嗨，奈特，为什么是你？

我们这里有情况，莫罗死了。

啥？你说真的吗？

他骗了一个名叫杰西卡·厄尔森的女人，
她的儿子格伦过来杀了他。
我不知道你在那边是不是也行骗了，
如果是，赶紧收手。她的儿子情绪不稳定。

该死，那可太糟了。

谁说不是呢？你现在想怎么办？

隔了很长时间才有一个回复出现在屏幕上。

我们还可以继续交易。
你得自己处理你那边的事情，
能行吗？

奈特考虑了一下，把棱镜卖给大家意味着前往洛杉矶，乘坐大巴单程需要几个小时。真正卖掉之前很可能得预先见一面，也就是说，至少要去两次。

我能处理好。

奈特第一次不再扮演买家角色，而是成为一个卖家，她得提供棱镜有价值的证据。奈特和对面的莫罗交换了各自印刷版报纸的照片，这可比报纸网站的截屏更难伪造。

现在她得接触斯科特·大冢的工作人员，说明她能提供什么，并发去照片证明。

*　　　　*　　　　*

奥内尔作为斯科特的私人助理已经十年，远早于斯科特遇见罗德里克并与之结婚。几年前罗德里克的助理移居法国，如果斯科特拍外景或去别处宣传时有人陪伴，而罗德里克留在家里，奥内尔就成了他们两人的助理。直到六个月前，一名酒醉的司机改变了一切，她又成了斯科特一个人的助理。

车祸之前，奥内尔没有过多关注棱镜。她知道斯科特的歌迷中流传其他版本歌曲的盗版拷贝，但是斯科特从来不听，所以她也不听，对于罗德里克的电影也是一样。但是车祸以来，她似乎被棱镜数据商的广告包围："现在订阅，率先观看罗德里克·费瑞斯如果还活着会拍出怎样的电影。"

接下来，拥有棱镜的粉丝提出，要把自己的棱镜交给斯科特。他们了解到斯科特和罗德里克没有棱镜，虽然斯科特可以很容易从数据提供商那儿买到，但是很多粉丝想跟他有所联系，想成为减轻他伤痛的人。奥内尔知道斯科特考虑过找一台棱镜，为了再次看见活生生的罗德里克他愿意放弃一切。但是问题也显而易见：在每一条没有发生车祸的时间线上，她丈夫都还活着，他的平行自我也在那里。斯科特会成为闯入二人幸福婚姻的伤心的鳏夫，让他们想到灾难会从天而降，仿佛美好生活中的一个凶兆。那不是他想要的结果，即使想看到平行世界里的罗德里克，他也不想被当作怜悯和害怕的对象。

最近这次有人出售的棱镜不一样：分支里没有另一个斯科特，只有一个伤心的罗德里克。斯科特也许会对此感兴趣，但是在确保提供的棱镜合法之前，奥内尔不会跟他提起。

当然，奥内尔请一位专家检查了她收到的图片，专家告诉奥内尔无法确认是伪造，但他可以轻松生成一张同样效果的图片，所以仅凭图片不能证明什么。奥内尔告诉卖家想跟另一边的奥内尔先谈谈，所以她们安排了双方都合适的时间见面。

卖家到来的时候奥内尔有点吃惊，她以为“奈特”是个男人，可是带着棱镜出现在前门的是一个女人。奈特身材瘦弱，要是打扮一下本可以很漂亮，可她有点悲伤。奥内尔为斯科特工作多年，有丰富的经验可以识别出机会主义者，可她在奈特身上没发现这种感觉，至少没有立即发现。

“我想先说明，”奥内尔在奈特进来时告诉她，“你今天不会见到斯科特，他甚至不在房里。如果我对看到的东西满意，那我们再约一次。”

“当然，我想也是。”奈特说，她几乎对自己的做法感到抱歉。

奥内尔让她在咖啡桌上准备好棱镜，起初奈特跟另一侧的人进行文字交流，然后她切换到视频模式，把棱镜推给奥内尔。一张面孔出现在屏幕上，但不是平行世界里的奈特，而是一个瘦高的男人，机会主义者。“你是谁？”她问。

“莫罗。”他从镜头前走开，然后另一个奥尔内出现在屏幕上。奥内尔能看见背景中的房间跟她自己此时的一样，还认出了平行自我的穿着。

“是真的吗?”她试探着问，“罗德里克在你的分支里还活着?”

她的平行自我看起来也是难以置信。“是的，你那边斯科特还活着?”

“没错。”

“我有几个问题。”

“可能跟我的一样。”两个奥内尔交流着车祸相关的信息，两个分支里出事的情况都一样：同一场电影首映式，同一个酒醉的司机，只有生还者不同。

她们一致决定奥内尔跟斯科特谈谈，她的平行自我跟罗德里克谈谈。假如双方对可能的情况持开放态度，她们再约定下周某一天让斯科特和罗德里克试下棱镜，并决定是否购买。

“现在我们谈谈价格。”奥内尔说。

“我们现在不谈价格，”莫罗在另一侧坚决地说，“你们老板试过产品后，我会定一个价格。要么你们付钱，要么我们走人。”

这个策略可以理解，如果斯科特和罗德里克想要购买，他们不会有心情讨价还价，显然是这位莫罗在主导交易。“好吧，”奥内尔说，“我们到时候再谈。”奥内尔把棱镜推还给奈特，后者跟莫罗简单商量了一下就关闭了棱镜。

“我觉得先这样吧，”奈特说，“我下周再来。”

“好。”奥内尔说完陪奈特走到门口，把她送走。奈特走下台阶时，奥内尔问："为什么我是跟你做交易？"

奈特转回身，"什么？"

"我的平行自我跟那个叫莫罗的家伙交易，为什么我是跟你而不是这边的莫罗？"

奈特说："说来话长。"

* * *

奈特倒了一杯咖啡，找座位坐下。这是她得到莱尔的棱镜后第二次参加互助会，上周她还一直盘算宣布不再回来，可是最后她根本没法说出口，所以不得不再参加一次来说明自己以后不来了。如果直接不来，大家会感到奇怪。

丹娜笑着对互助小组成员说："今天谁想先发言？"

不知不觉间，奈特发现自己已经在发言，同时开口的还有莱尔，然后两人又都停下。

"你先。"奈特说。

"不，应该你先说，"莱尔回应，"我觉得你以前从没有在会上最先发言。"

奈特发觉他说得对，自己是怎么了？她张开嘴，头一次发现想不出一个合适的谎言。最后她说："我的一个同事，我觉得你们可以称他为我的上司，最近死了。是谋杀，实际上。"

全组的人都感到震惊，还有人小声说："我的天！"

"你想跟我们谈谈你和他的关系？"丹娜问。

"对啊，"凯文问，"他是你朋友？"

"可以说是，"奈特承认，"但那不是我对这件事日思夜想的原因。我知道这不是倾诉悲痛的互助小组……我提起这件事是想让你们有所启发。”

“没问题，”丹娜说，“继续。”

“我一直在想这起谋杀的随机性。不是说杀手随机选中他作为受害人，而是他用枪指着我上司时说，某个版本的他会扣动扳机，所以那个人为什么不能是他。这句话我们以前都听说过，但我从没在意。可是我现在好奇，说出那句话的人是不是真的没错？”

“这个问题很好。”丹娜说，“我同意我们都听过人们提出类似的主张，”她对大家说，“有谁对此有想法吗？你们觉得每次有人惹怒你，都存在一个分支的你掏枪打死他吗？”

扎蕾娜大声回答：“我曾看到过，棱镜流行以来，激情犯罪的数量增加，虽然不多，但具有统计学意义。”

“没错，”凯文说，“所以这个理论不能成立。激情犯罪数量增加——即使增加得很少——这一事实证伪了这个理论。”

“你怎么得出的结论？”扎蕾娜问。

“分支是由任意量子事件产生的，对吧？即使在我们拥有棱镜之前，分支也一直在产生，只是我们无法联系那些分支。总有一个分支，你在其中一时兴起，掏枪杀人，如果这个假设成立，那我们应该看到，发明棱镜之前每天的随机杀人数量跟发明棱镜之后的相同。棱镜的发明不应该在我们这条特定的分支上导致谋杀案增多。所以，如果我们在棱镜流行之后发现杀人案变多，那不可能是因为总有一个分支里你掏出了枪。”

“我听懂你的意思了，”扎蕾娜说，“但究竟是什么引发谋杀案增多呢？”

凯文耸耸肩：“就像是自杀潮吧，人们听说别人在做，就产生了想法。”

奈特思考了一下说：“那证明了论调不可能正确，但没有解释为什么不对。”

“如果你知道理论错误，为什么还需要更多理由呢？”

“我想知道我的决定是否重要！”奈特没想到这句话说得如此用力，她吸了口气，继续说，“别管谋杀了，那不是我谈论的重点。如果我可以选择是非，在不同分支里总会有这两种情况出现吗？如果每一次对别人来说我同时也是个混蛋，为什么还要刻意去对他们友善呢？”

小组成员讨论了一下，最后奈特转向丹娜，“能告诉我你是怎么想的吗？”

“当然可以，”丹娜停下来整理思路，“大体上，我觉得你的行为跟性格相符。也许有不止一件事适合你做，因为你的行为随着情绪在变，但是更多事情完全取决于你的性格。如果一直喜爱动物，你就不会在任何分支里因为小狗朝你叫而踢它；如果一直遵纪守法，你就不会在任何分支里的上班路上突然抢劫便利店。”

凯文说：“从你婴儿时期就分离的时间线呢？你的生命轨迹完全不同。”

“我不关心那种，”奈特说，“我问的是，有同样生活经历的自我面对选择的分支。”

“凯文，如果你愿意，我们可以随后再探讨差异更大的时间线。”丹娜说。

“不用，没关系。你继续说。”

“好吧，我们想象你同时面对几个选择的情况，每种做法都与你的性格相符。举例来说，假如一个收银员多找了零钱给你，你可以退回去或者直接留下。假设你能看见自己的每种行为，取决于你一天来心情怎样。在这种情况下，我会说，完全有可能同时存在一条你留下多余零钱的分支和一条你退回零钱的分支。”

奈特觉得很可能不存在任何她退回多余零钱的分支。按照她的想法，如果她一天来心情不错，收到多余的找零就是锦上添花。

凯文问：“也就是说我们做个混蛋也没关系？”

“你在当前的分支上当混蛋对你个人影响很大。”扎蕾娜说。

“可是整体来看呢？在这条分支上当混蛋会增加所有分支上混蛋行为的比重吗？”

“我不确定统计数字，”丹娜说，“但绝对认为你的选择很重要。你作的每个决定构成了你的人格，塑造了你要成为的那种人。如果你想成为总是把多找的钱还给收银员的人，你现在的行为决定你将来是否会成为那种人。

“你度过了糟糕的一天并留下多余找零的分支，是从过去分化出来，你的行为不再对它产生影响。但是，如果你在这条分支里表现得有同情心，那仍然会有意义，因为它会影响将来出现的分支。你富有同情心的行为越多，将来作出自私选择的可能性就越小，哪怕你在那些分支里度过了糟糕的一天。”

“听起来不错，但是——”奈特想到多年不变的行为模式可能在一个人的大脑中形成思维定式，这样你不用刻意尝试，就会不知不觉掉进同样的习惯——“但是不容易。”奈特说。

“我知道不容易，”丹娜说，“可问题在于，假设我们了解其他分支，是否应该作出更好的选择。我认为绝对应该，我们都不是圣人，但都可以努力变得更好。每次你表现得慷慨大度，你都是在塑造一个下次更有可能慷慨大度的人，这很重要。

“你改变的不仅是你在这条分支里的行为：你是在给将来产生的所有分支中的自己打预防针。通过成为一个更好的人，你是在确保从此以后一个更好的你出现在越来越多的分支里。”

平行世界里更好的奈特。“谢谢你，”她说，“这正是我想要的答案。”

*　　*　　*

奥内尔知道奈特和斯科特见面时会尴尬，可实际情况超出她的预期。几个月来，除了家庭成员或密友，斯科特几乎不跟人说话，疏于练习面对公众时需要的那种表情，有望再次看见活生生的罗德里克令他特别焦虑。至于奈特，她似乎挺冷淡，不同于奥内尔想象中很快就要赚大钱的人。

奈特再次把棱镜在咖啡桌上准备好，奥内尔切换到视频模式，先看见莫罗的脸，然后是她的平行自我，看起来跟她自己一样紧张。有一瞬间，奥内尔产生了叫停整件事的冲动，她害怕斯科特只会更痛苦，但她知道他们不该放弃这个机会。她招手让斯科特坐在身旁的沙发上，她的平行自我也在朝屏幕外的某个人摆手，然后奥内尔调整棱镜，让它面对斯科特。

屏幕上的面容让她更加熟悉：一是因为它属于罗德里克；二是因为他的表情经受了数月悲伤的洗礼，跟奥内尔每天看到的斯科特的表情一样。斯科特和罗德里克的内心肯定产生了同样的波澜，因为他们不约而同哭起来，奥内尔从没有像此时这样坚信，这两个人注定应该在一起，他们看着对方的样子就好像看见了自己。

斯科特和罗德里克一句接一句开始交谈，奥内尔不想让陌生人听他们对话，便站起身说："我们能给他们点隐私吗？"

奈特点点头，准备离开房间，可是奥内尔听见棱镜另一侧的莫罗说："要是他们拥有棱镜，想要什么隐私都行。他们得先买下来。"

两个奥内尔同时问道："多少钱？"

莫罗报出价格，奥内尔看见奈特的反应，数额似乎超出她的预期。

斯科特和罗德里克没有犹豫："给他们钱。"

奥内尔握住斯科特的手看着他，无声地问他是否确定。斯科特捏了下奥内尔的手，点点头。之前他们俩谈过，棱镜所能提供的有限，不管他跟罗德里克如何节省，数据簿剩余容量也无法满足他们余生使用。他们不会满足于只用文字交流，会渴望听到对方的声音，看到对方的面容，所以数据簿最终会用尽，然后他们就得告别。但是斯科特愿意完成交易，就他自己而言，多一段共处的时光是值得的，最后两人分开，至少不是因为意外。

奥内尔站起身来转向奈特："跟我来，我给你付款。"她能听见另一侧的自己也在跟莫罗说同样的话，屏幕上罗德里克的脸变成了莫罗的，然后屏幕熄灭；他不会让自己的棱镜离开视线，除非收到了钱。

奈特却正相反，她愿意把棱镜留在桌上，留给斯科特。她尴尬地看了一下斯科特，说："节哀顺变。"

“谢谢。”斯科特说着抹了把眼泪。

奈特随奥内尔来到后者的办公间，奥内尔解锁工作电话，打开数字钱包。两人交换账号，然后把电话一起摆在桌上，奥内尔输入金额，点击了发送。奈特的电话提醒收到转账，但是奈特没点接收按钮。

“我猜斯科特有很多粉丝会免费送他棱镜吧。”奈特盯着手机屏幕说。

奥内尔点点头，不过奈特没有看她，“没错，”她说，“绝对会有。”

“甚至非粉丝可能都会有同样的举动。”

“很可能。”奥内尔想说世上还有好人，但是不希望因为暗示奈特不是好人去触怒她。过了很长一段时间，奥内尔说：“既然钱已经转过去，你介意我发表一下个人观点吗？”

“请讲。”

“你不像莫罗。”

“什么意思？”

“我理解他为什么要这么做。”她如何明智地表述呢？“他把悲痛的人看作牟利的机会。”

奈特勉强点点头，“没错，是这样。”

“可你不是。那你为什么要这么做？”

“人人都需要钱。”

奥内尔觉得有了坦言的勇气，“希望你别介意我的说法，比这更好的赚钱方式不是没有。”

“我不介意，我自己也一直在想同一个问题。”

奥内尔不确定自己应该讲点什么，最后她说：“斯科特乐于为你的棱镜买单，不过如果你觉得收钱不好受，没人逼迫你必须这样做。”

奈特的手指悬在了接收按钮的上方。

*　　　　*　　　　*

过去几周，丹娜确保在跟豪尔赫交谈时不提起他的破坏行为。相反，他们谈论了他的一些努力，即认识到自己的好品质和忽略别人对他的潜在看法。丹娜觉得他们取得了进展，并认为不久就能拓展主题。

让丹娜感到吃惊的是，豪尔赫在一次会面时开始就说：“我一直好奇自己是否应该再去找万花筒公司，让他们联系我的平行自我们。”

“真的吗？为什么？”

“我想知道上次确认以来他们是否有所行动？”

“有什么事促使你这样想吗？”

豪尔赫描述了最近一次与经理的交流，“我感到非常生气，很想砸东西那种。我想起以前咱俩谈过，就是我去万花筒获得体检结果那次。我意识到也许检查还不够细致。”

“如果你了解到你的平行自我们最近有所行动，那意味着存在第一次检查时没有发现的严重问题？”

“不知道，”豪尔赫说，“也许吧。”

丹娜决定在这件事上稍微给他一点压力：“豪尔赫，我想给你个建议。即使你的平行自我们最近没有因为愤怒而有所行动，这条分支上发生的事或许也值得考虑一下。”

“可是不去确认平行自我，我怎么知道那是不是反常的偶然事件。”

“那件事显然不符合你的本性，”丹娜说，“这点毫无疑问。可它仍然是你做出来的，不是你的平行自我们。”

“你是说我很坏。”

“我绝对不是这个意思，”丹娜向他保证，“我知道你是个好人，可即使好人也可以生气。你被惹怒就采取行动，那没关系，了解到你人格的那个方面也没关系。”

豪尔赫静坐了一分钟，丹娜担心自己逼他太紧。然后豪尔赫说：“也许你说得对，可是，违背本性也不符合我的惯常行为，这就不重要吗？”

“当然重要。但即使你的行为违背本性，你也得为其承担责任。”

他的脸上露出害怕的表情。“你是说我得将所作所为告诉经理？”

“我说的不是法律责任，”丹娜安抚他说，“我不关心你的经理知不知道。我说的承担责任是向你自己承认自己的行为，并在决定以后怎么做的时候把这件事考虑进来。”

他叹了口气。“为什么我就不能直接忘记这件事曾经发生过呢？”

“要是忘记它你会更快乐，我就不会觉得有问题。可事实是，你已经为此花了太多精力，这表明它困扰着你。”

豪尔赫低下目光，点点头。“你说得对，我一直很烦恼。”他又抬起头看着丹娜说，“那我现在应该怎么办？”

“跟莎伦谈谈事情的经过怎么样？”

他停了很长时间才说：“我觉得……要是我也告诉她，我的平行自我们没有做出同样的行为，那她也许会知道，我的本性并非如此。这样她就不会误解了。”

丹娜露出一丝微笑，豪尔赫取得了突破。

*　　　*　　　*

新城市、新公寓，奈特还没找到新工作，但是现在还早。找一个吸毒者互助小组应该挺容易。本来她打算最后一次参加棱镜互助小组，把一切都告诉大家；然而，她对此思考得越多，就越觉得坦白一切完全是为了自己好，而不是为别人好。莱尔如今状态挺好，要是了解到他们相互认识这段时间奈特有不可告人的秘密，他肯定不会高兴，互助小组的其他人也一样。最好让他们继续觉得他们认识的奈特是真正的奈特。

这也是她现在参加戒毒互助会的原因。这个小组比棱镜互助小组更大——从吸引力来看，棱镜永远不能跟毒品匹敌——小组成员也都是惯常的组成：看起来绝不会吸毒的人和一看上去就是瘾君子的人。奈特不知道这个组坚决执行分步计划，还是绝对接受更高权威的领导。她甚至不确定自己想不想定期参加聚会，只想见机行事。

第一个发言的家伙说他从过量吸毒中醒来时，发现是他十三岁的女儿给他注射了盐酸烯丙羟吗啡酮解毒。听起来让人难受，但是奈特发现，回到一群有类似经历的人中间，自己感到宽慰。接下来是一个女人发言，然后是另一个男人，他们谁都没有详细叙述惨痛经历，这让人安心。奈特不想紧接着一个伤心的故事发言。

这个互助小组的组长是一个声音温柔、胡子灰白的男人。

“今晚我看这里出现了一些新面孔，你们想对大家说点什么吗？”

奈特举手作了自我介绍：“我几年没参加互助会了，但一直也没有再沾毒品。不过最近发生了一些事情……不是说我需要参加互助小组的聚会才能防止复吸，但是我一直在思考问题，觉得需要一个地方袒露心声。”

奈特沉默了一会儿——她已经好久没有过这样的发言——但是组长看出她还有话要说，于是就耐心等待。最后奈特继续说道：“我伤害过一些人，可能永远也没法弥补。他们永远不会给我机会，我不怪他们。可是我觉得，在某种层面上，那些经历让我思考，如果自己永远无法公平对待他们，公平对待那些被我伤害最深的人，那么对别人好坏与否也就不怎么重要了。所以我不再吸毒，但还是会撒谎，还是会欺骗。没有可怕的遭遇，也没有吸毒时我对别人的伤害。我只关心自己，但是从没真正思考过这个问题。

“可是最近……我有了这个机会，可以真正帮助别人，不是我辜负过的人，只是某个受伤害的人。跟往常一样不管不顾我也很容易做到，可是我想到了一个更好的人会怎么做，然后我也照着做了。

“我对自己的做法感到高兴，但不是说我值得什么奖励。因为有其他人很容易就能做到慷慨大方，不会在心里斗争。对他们来说容易，是因为他们过去有过许多慷慨的普通决定；对我来说却不容易，是因为我过去有过很多自私的普通决定。也就是说，我很难做到慷慨的原因在于自己，这才是我需要解决的，或者说想要解决的问题。我不确定来这个小组合不合适，但我首先想到的就是这里。”

"谢谢，"组长说，"绝对欢迎你参加我们的聚会。"

另一个新人年轻得好像刚从高中毕业，他自我介绍，然后开始发言。奈特转向他，开始倾听。

*　　*　　*

丹娜回到家里时，一个包裹正等待着她。她一进屋就打开，发现里面是一台个人平板电脑，没有销售包装，只有一张便笺粘在屏幕上，"给丹娜。"她检查了包装，没有看到发件人的姓名和地址。

丹娜打开平板电脑，屏幕上仅有的图标是几个视频，每一个的文件名都是她的名字加上顺序排列的数字。她点击第一个观看，屏幕被她低分辨率的面容填满。可那不是她本人，而是她的一个平行自我，在谈论她的过去。

"阿彻老师来到我们房间里，发现我们在数止痛药。她问我们是怎么回事，我呆住了一瞬间，然后说那些都是我的，文妮莎毫不知情。老师感到怀疑，因为以前我从不惹麻烦，但我还是让她相信了。最后我停学一段时间，但是并没有造成应有的后果，他们让我留校察看，如果我不惹麻烦，这件事就不会永久记录在我的档案上。老师对文妮莎有看法，我知道如果她承认的话，后果会更严重。

"可是文妮莎开始逃避我，最后我终于质问她为什么，她说一见到我就会觉得内疚。我告诉她不必觉得内疚，我想跟她一起相处，可她说我只是在让事情变得更严重。我对她发火，她也对我发火。她开始跟一些不断惹麻烦的女孩混在一起，被抓住在校内贩毒后又被开除，从那以后成了监狱的常客。

“我一直在想，要是我没说止痛药是我的，一切就会不同。如果我让文妮莎一起分担责任，我们之间就不会产生嫌隙，渐行渐远，我们会一起受罚，她就不会开始结交那些问题女孩，会走上完全不同的生活之路。”

怎么回事？她颤抖着手指点开了第二个视频文件。

又一个丹娜说：“就在我们数止痛药的时候，一位老师来到了我们的房间。我立即承认了一切，告诉她文妮莎和我从父母那里偷来止痛药，这样就能组织聚会。最后学校罚我们停学一阵并留校察看。我觉得他们虽然想更加严惩文妮莎，但最后也只能平等对待我们。

“文妮莎对我大发雷霆。她说我应该告诉老师我们刚刚才发现止痛药，肯定是有人在机场偷偷塞进了我们的背包，我们正打算向老师报告。她说学校不会归咎我们任何事。然而因为我们已经承认，她也留校察看，讨厌她的老师可以随时开除她，她不会给他们那样的权力。我们停学一结束，文妮莎就开始喝醉酒上学。这样做了几次后，学校开除了她，她开始被警察追捕。

“我一直在琢磨，要是我没有坦白，一切是否就会不同。那样险些被抓足以警醒她不要陷入真正的麻烦，她开始惹祸就是因为生我的气，要没有那件事，她会上好大学，生活也会完全不同。”

别的视频没有提到因为止痛药被抓的事件，但也都遵循一种可以识别的模式。一条视频里，丹娜因为把文妮莎介绍给一个引诱她吸毒的男孩而内疚；另一条里，一次成功的商店行窃促使文妮莎尝试更多大额盗窃。所有这些文妮莎都陷入自毁性行为模式中，不论采取了什么措施，所有的丹娜都为此感到自责。

如果在你行为各不相同的分支里都产生了同样的结果，那么起因就不在于你。

丹娜曾撒谎说止痛药是文妮莎的，但是把文妮莎推向一侧，把她变成罪犯的，不是丹娜的谎言。不管别人怎么做，那总是文妮莎要走的路。丹娜已经花了数年时间和大把金钱去弥补自己的过错，尝试改善文妮莎的人生。她也许不必继续那样做。

丹娜查看了视频文件的元数据，每个都包含了各自棱镜的信息，它们都是在整整十五年以前被激活。

她和文妮莎参加那次实习到现在已经过去十五年，当时数据代理商才刚刚开始出现，棱镜数据簿的容量在那个时代比现在小很多。让丹娜吃惊的是，居然还有数据代理商留着古董棱镜，更别说有足够容量传输视频的那些了。那些是数据代理商最宝贵的棱镜，传输这些视频可能穷尽了它们的数据簿。

谁会花这笔钱呢？肯定数额不菲。

[后记]

在有关自由意志的讨论中，很多人说，所谓你可以自由选择的行为——由你承担道德责任的那个行为——意味着在完全相同的条件下，你必须拥有作出不同选择的能力。哲学家不停地争论这究竟是什么意思。有些人指出，马丁·路德一五二一年对教会辩护他自己的行为时，他说：“我站在这里，无法去做别的。”也就是说，他不可能做出别的行为，可那是否意味着我们不应该赞赏他的行为。如果他说“我可以有别的做法”，我们当然不会认为他值得更多赞誉。

有关量子力学的多世界诠释，在大众的理解中，它的含义是：我们的宇宙不断地分裂成近乎无穷多个不同的版本。对此观点，我大体上抱有不可知的态度；但我觉得，它的支持者如果对它的含义做出更适度的主张，遇到的阻力便会小一些。比如，有人辩称，多世界诠释致使我们的选择变得毫无意义，因为不论你怎么做，总有另外一个你采取相反做法的宇宙存在，来抵消你所作决定的道德权重。

我相当确信的是，即使多世界诠释是正确的，它也不意味着我们所有的决定都会被抵消。如果一个人的性格特征由他长久以来所作的决定所体现，那么，同样也会从他在多个世界中所作的决定中昭示出来。假如你可以用某种方法调查马丁·路德在多个世界中的态度，要发现一个他没有反抗教会的世界，我觉得你得查找很多，而这，就证明了他是个什么样的人。

耿辉　译